河南省新華書店发行集团有限公司总发行

闲情偶寄

描述中国人生活艺术的出色著作

[清]李 渔 著
“青少年成长必读经典书系”编委会 主编

河南科学技术出版社
·郑州·

图书在版编目(CIP)数据

闲情偶寄 / “青少年成长必读经典书系”编委会主编.—郑州：河南科学技术出版社，2013.10(2019.1 重印)
(青少年成长必读经典书系)
ISBN 978-7-5349-6391-9

Ⅰ.①闲… Ⅱ.①青… Ⅲ.①杂文集-中国-清代 Ⅳ.①I264.9

中国版本图书馆 CIP 数据核字(2013)第 157110 号

出版发行:河南科学技术出版社
地址:郑州市金水东路 39 号　　邮编:450016
电话:(0371)65788890　　65788630
网址:www.hnstp.cn
策划编辑:孙　珺
责任编辑:朱　超
责任校对:李　丽
封面设计:张　超
版式设计:中图传媒
责任印制:张　巍
印　　刷:辉县市伟业印务有限公司
经　　销:全国新华书店
开　　本:787 mm×1092 mm　1/16　　印张:18　　字数:238 千字
版　　次:2013 年 10 月第 1 版　　2019 年 1 月第 2 次印刷
定　　价:28.80 元

总　序

经典的乐园

书籍是人类文明的伟大标志，古今中外，在书籍的哺育下，人们创造出了灿烂的精神文化。那一部部经典著作，是人类文明长河中一粒粒耀眼的明珠。

“青少年成长必读经典书系”将这些明珠拾缀在一起，是整个人类智慧的结晶，凝聚了前人对社会、时代的洞见，对人生的观察思考，具有深刻的思想内涵和艺术魅力。这套书无疑是献给青少年朋友的最好礼物。

高尔基说过，书籍是人类进步的阶梯。每一次阅读，都像一次新的探索，都能增添独特的滋味和意义。当你翻开一本本书，便好似步入了一个个崭新的世界。有时候，你会进入芬芳的花园，享受恬静与美好；有时候，你会走入冒险世界，进行奇妙的探险；有时候，你会开始沉思，思考自己从哪里来，将到哪里去……世界名著的辉煌殿堂对每一位有志的青少年敞开着大门，这座殿堂是最迷人的乐园，你每走出一小步，都会看到不一样的风景，收获奇异的果实。今天，你在希腊观赏蓝天白云下奥林匹斯山众神与人们的生活；明天，你又在中国随着孔子周游列国，感知儒家学说的教诲；你既可以上天揽月，也可以在两万里的海底自在地航行；你会看到丑恶的人性，也会感知最

总　序

善的温情，这个世界任由你遨游。

这就是伟大的经典，属于每一个阅读者的乐园，永远放射着异彩，永远以历久弥新的魅力吸引着你。一切民族和时代的精神都聚集其中，都等待着新的召唤和复苏。这个召唤来自于你，年轻的阅读者，当你的心灵与它共鸣，便能产生新的智慧与力量。

当你看到经典名著的繁多的书目时，不必为难，不必对着它浩若烟海的知识兴叹，可从你喜欢的出发，慢慢走进这个世界。阅读，并不在于数量，而在于从中受到启发，收获思考。

牛顿说：“如果说我比别人看得更远些,那是因为我站在了巨人的肩上。” 阅读“青少年成长必读经典书系”，会让你站在巨人们搭建的高梯之上，不断攀登，看得更远！

国家教育部中小学继续教育教材评审专家
中国教育学会中学语文教学专业委员会秘书长　张蕾

阅读导航

《闲情偶寄》是清初文人李渔的一部所谓寓“庄论”于“闲情”的闲书，是我国最早的系统的戏曲理论专著，也是中国古代典籍中第一部有趣味的经典之作。

作者简介

李渔（1610—1680），清代著名的戏曲创作家和理论家。原名仙侣，字谪凡，号天徒，后改名渔，字笠鸿，又号笠翁。人称“东方莎士比亚”，代表作有《闲情偶寄》、《笠翁十种曲》，均为我国戏曲宝库中的珍贵遗产。亦署新亭樵客、觉世稗官、觉道人、随庵主人、湖上笠翁等。祖籍浙江兰溪，生长于江苏如皋。他出身于药商家庭，自幼与市民阶层接触密切，对他以后的人生观有很大影响。早岁他尚存入仕之心，但几次应乡试均落第，遂不复作此念。清军入关后的一段时间曾避居山中，蓬衣垢食，不以为苦。他原本家境不错，但经过历年天灾人祸，家道日衰，逐渐过上了卖文为生的生活。顺治八年（1651年）他移家杭州，与当时名流俊彦过往甚密，他的戏曲小说多作于此时。由于其文名渐大，后来又自主戏班，专事演出，在社会上产生了颇大的影响，一些达官贵人纷纷请他演戏。他也乐此不疲，经常携带妻妾出外打抽丰，足迹遍及大江南北，尽览九州风光之作，也使自己成为广有资财的戏班主。康熙元年（1662年），他从杭州迁居金陵（今江苏南京）。芥子园是他在金陵的别业，命名取“芥子纳须弥”之义。与此寓所一起，还设有书铺，刊行了不少戏曲小说及其他杂著，如著名的《芥子园画传》，这一切说明他是个具有商业头脑的文人。晚年他又举家迁回杭州，“买山而隐”，但经济状况已大不如前，时常向友人求助，终于在穷困中死去。

总之，李渔是明末清初一位杰出的戏曲和小说作家，是元、明以来戏曲理论的集大成者，为中国戏曲理论批评的发展作出了巨大的贡献。李渔在中国戏曲史乃至在中国文学史上都占有一席之地。

内容概况

《闲情偶寄》是李渔汲取了前人如王骥德《曲律》中的理论成果，联系当时戏曲创作的实践，并结合他自身的创作经验，建立了一套完整的戏曲理论体系，其深度和广度都达到了中国古典戏曲理论的高峰，为戏曲理论批评史乃至中国文学批评史树立了一块里程碑。李渔的戏曲理论以舞台演出实践为基础，因而能够揭示戏曲创作的一般规律。

《闲情偶寄》为李渔重要著作之一。全书分为演习部、居室部、器玩部、饮馔部、种植部和颐养部六大块，内容包含戏曲理论、饮食、营造、园艺、养生等。在中国传统文化中享有很高声誉，被誉为古代生活艺术大全，名列“中国名士八大奇著”之首。其文字清新隽永，叙述娓娓动人。读后留香齿颊，余味无穷；逸趣横生，妙不可言。周作人先生对此书推崇备至，认为本书唯一缺憾在于没能涉及老年生活，否则必有奇文妙论。

总之，《闲情偶寄》不仅熏陶、影响了周作人、梁实秋、林语堂等一大批现代散文大师，开现代生活美文之先河，而且对我们今天提高生活品位、营造艺术的人生氛围仍有极大的启发与教育意义。

目录

演习部

居室部

目录

器玩部

目录

饮馔部

目录

种植部

目录

目录

颐养部

目录

演习部

选剧第一

【注释】

①缯：古代丝绸总称。璧：玉器。

②氍毹（qúshū）：地毯，指演出的舞台。

【原文】

填词之设，专为登场；登场之道，盖亦难言之矣。词曲佳而扮演不得其人，歌童好而教率不得其法，皆是暴殄天物，此等罪过，与裂缯毁璧等也[①]。方今贵戚通侯，恶谈杂技，单重声音，可谓雅人深致，崇尚得宜者矣。所可惜者：演剧之人美，而所演之剧难称尽美；崇雅之念真，而所崇之雅未必果真。尤可怪者：最有识见之客，亦作矮人观场，人言此本最佳，而辄随声附和，见单即点，不问情理之有无，以致牛鬼蛇神塞满氍毹之上[②]。

【译文】

编剧的目的就是专门为了登台演出；演出的规律却是很难说明白的。剧本写得好却找不到好演员来演，或演员好却教导不得法，这两种情况都是暴殄天物，这样的罪过，与撕裂绸缎、毁坏玉璧的罪过是一样的。如今的达官贵人都不喜欢谈论杂技，只喜欢戏曲，可以说是品味高雅、推崇得当。可惜的是，演戏的人漂亮，可是所演的剧作却不一定称得上是尽善尽美；推崇高雅的想法是真诚的，但是所推崇的剧作却未必是真的高雅。让人感到特别奇怪的是：非常有见识的观众，也像矮人看戏一样，有人说这本戏最好，他也随声附和说好，看见戏单就点戏，也不管有没有情理，从而使得牛鬼蛇神塞满了戏台。

【注释】

①要津之上：指身在重要岗位上的达官要员。

②咨：商量于人。嗟：叹息。

【原文】

极长词赋之人，偏与文章为难，明知此剧最好，但恐偶违时好，呼名即避，不顾才士之屈伸，遂使锦篇绣帙，沉埋瓿瓮之间。汤若士之《牡丹亭》、《邯郸梦》得以盛传于世，吴石渠之《绿牡丹》、《画中人》得以偶登于场者，皆才人侥幸之事，非文

至必传之常理也。若据时优本念，则愿秦皇复出，尽火文人已刻之书，止存优伶所撰诸抄本，以备家弦户诵而后已。伤哉，文字声音之厄，遂至此乎！吾谓《春秋》之法，责备贤者，当今瓦缶雷鸣，金石绝响，非歌者投胎之误，优师指路之迷，皆顾曲周郎之过也。使要津之上[①]，得一二主持风雅之人，凡见此等无情之剧，或弃而不点，或演不终篇而斥之使罢，上有憎者，下必有甚焉者矣。观者求精，则演者不敢浪习，黄绢色丝之曲，外孙齑臼之词，不求而自至矣。吾论演习之工而首重选剧者，诚恐剧本不佳，则主人之心血，歌者之精神，皆施于无用之地。使观者口虽赞叹，心实咨嗟[②]，何如择术务精，使人心口皆羡之为得也。

【译文】

非常擅长创作词赋的人，却偏要和词曲过不去，明明知道这本戏最好，但是怕这样做会有些不合人们的口味，一提到它的名字就避而不谈，也不管有才华的作者会不会受委屈，从而使一些上好的戏曲作品被埋没了。汤显祖的《牡丹亭》和《邯郸梦》能够盛传于世，吴石渠的《绿牡丹》和《画中人》能够偶尔在戏台上演出，这对戏曲作家来说都是很侥幸的事情，而不是因为文采好就一定能流传的常理。要是按照当今演员戏子的心愿，他们希望秦始皇再生，将文人已经刻印的书全都用火烧掉，只留下他们自己改编的抄本，让千家万户去演习排演。

可悲啊！戏曲作品遭到的厄运，竟达到了这般程度！我认为写作《春秋》的目的是：对于贤者更应该责备。现在戏台上只有乱七八糟的声音，再也听不到以前那些优美的声音了，这不是因为演员投错了胎、老师指错了路，而是那些评论的行家们的过错。如果在地位显赫的大人物中，有一两位推崇风雅的人，只要一看到这种不合情理的剧作，或者把它抛到一边不点，或者演到一半就斥责它停演，上面有人憎恶这种剧本，下面的人就一定会更憎恶它了。观众追求精致高雅，那么演员就不敢乱学乱演了。这样，绝妙的戏剧作品不用去刻意寻找，也会自然出现了。我认为，演戏的技艺最重要的是剧本的选择，怕的就是剧本没有选择好，而让戏班主的心血和演员的精力都花在没有用的地方。观众嘴上虽然称好，心里却在责骂，为什么不在挑选剧本上多下些工夫，让人们心服口服呢？

别古今

【原文】

选剧授歌童，当自古本始。古本既熟，然后间以新词，切勿先今而后古。何也？优师教曲，每加工于旧，而草草于新。以旧本人人皆习，稍有谬误，即形出短长；新本偶尔一见，即有破绽，观者听者未必尽晓，其拙尽有可藏。且古本相传至今，历过几许名师，传有衣钵①，未当而必归于当，已精而益求其精，犹时文中“大学之道”、“学而时习之”诸篇，名作如林，非敢草草动笔者也。新剧则如巧搭新题，偶有微长，则动主司之目矣。

【注释】

①衣钵：僧尼使用的袈裟和食具。中国禅宗初祖至五祖师徒间传授道法，常付与衣钵作为凭证，称为衣钵相传。后泛指老师传给学生的学业和知识。

【译文】

选剧本教戏童唱戏，应当从旧剧本教起。旧剧本练熟之后再慢慢地让他们学一些新的剧本，千万不能先教新剧本后再教旧剧本。这样做是为什么呢？戏师教戏，总是对旧剧本要求严格，对新剧本却很草率。因为每个人对旧剧本都很熟悉，稍出一点错，观众就能看出来；新戏人们只是偶尔见到，就是有一点破绽，观众不一定全都知道，这样就可以把短处隐藏起来。况且旧剧本流传到现在，不知道经过多少名师的衣钵相传，剧本中不当的地方也肯定得到了修正，已很完美的地方也更加完美了。这好比八股文中的以“大学之道”、“学而时习之”为题目的各种文章，名作层出不穷，谁也不敢轻易动笔去写。新剧本就如若巧妙地搭配新题目，写的文章只要有一点长处，便会引起主考官的注意。

【原文】

故开手学戏，必宗古本。而古本又必从《琵琶》、《荆钗》、《幽闺》、《寻亲》等曲唱起，盖腔板之正，未有正于此者。此曲善唱，则以后所唱之曲，腔板皆不谬矣。旧曲既熟，必须间以新词。切勿听拘士腐儒之言，谓新剧不如旧剧，一概弃而不习。盖演古戏，如唱清曲，只可悦知音数人之耳，不能娱满座宾朋之目。听古乐而思卧，听新乐而忘倦。古乐不必《箫》、《韶》、《琵琶》、《幽闺》等曲①，即今之古乐也。

【注释】

①《箫》、《韶》：传说中虞、舜时的音乐。

【译文】

所以刚开始学唱戏，一定要从旧剧本学起。而在旧剧本中又必须从《琵琶记》、《荆钗记》、《幽闺》、《寻亲记》等旧剧本开始学起，因为腔调和配乐的准确，没有超过这四部戏的。把这些曲子唱熟了，那么以后唱的曲子，腔调就不会错了。旧曲唱熟了之后，就一定要间杂学学新曲子。千万别听那些拘束、迂腐之人的话，认为新戏比不上旧戏，就把它们全部抛在一边不去学。演古戏，比如唱清曲，就只能让几个知音听了觉得很美妙，而不能让满座宾朋看了都觉得满意。听古乐会让人想睡觉，听新乐则会让人忘记疲倦。古乐不一定非要是《箫》、《韶》、《琵琶记》和《幽闺》等曲子，在现在就算是古乐了。

【原文】

但选旧剧易，选新剧难。教歌习舞之家，主人必多冗事，且恐未必知音，势必委诸门客，询之优师。门客岂尽周郎，大半以优师之耳目为耳目。而优师之中，淹通文墨者少①，每见才人所作，辄思避之，以凿枘不相入也②。故延优师者，必择文理稍通之人，使阅新词，方能定其美恶。又必藉文人墨客参酌其间，两议佥同，方可授之使习。此为主人多冗，不谙音乐者而言。若系风雅主盟，词坛领袖，则独断有余，何必知而故询。噫，欲使梨园风气丕变维新③，必得一二缙绅长者主持公道，俾词之佳音必

【注释】

①淹通：精通，贯通。

②凿枘不相入：比喻两不相合。凿，圆形的榫眼。枘，方形榫头。

③丕变维新：使作曲风气大大改变，而追求新鲜。

④沉香：香木。

传，剧之陋者必黜，则千古才人心死，现在名流，有不心沉香刻木而祀之者乎④？

【译文】

只不过选旧剧本容易，选新剧本困难。这是因为教唱戏曲的人家，主人肯定有好多杂事，并且不一定懂戏，这样他势必会委托给门客去做，或询问戏师。门客又怎会全是懂得乐理的人，多半也是听戏师的。而戏师中文采好的人也没有多少，一见到才子写的剧本，就想避开，因为雅俗相互排斥。所以请戏师，一定要请稍通文理的人，让他们阅读新剧本，才能判断出新剧本中的好坏。另外还一定要让文人参加讨论，两方意见相同，才能让戏童去练习。这是针对杂事繁多而又不懂音乐的主人说的。如果他自己是风雅的盟主、词坛的领袖，那么他自己决定就可以了，又何必故意向别人咨询呢？唉，要想让戏曲界改变风气，就一定得有一两个德高望重的绅士长者出来主持公道，这样才能让好的剧本得以流传，不好的剧本被抛弃，那么，古今的才子才会死心，现在的戏曲名流能不对他们顶礼膜拜吗？

剂冷热

【原文】

今人之所尚①，时优之所习，皆在热闹二字；冷静之词，文雅之曲，皆其深恶而痛绝者也。然戏文太冷，词曲太雅，原足令人生倦，此作者自取厌弃，非人有心置之也。然尽有外貌似冷而中藏极热②，文章极雅而情事近俗者，何难稍加润色，播入管弦？乃不问短长③，一概以冷落弃之，则难服才人之心矣。予谓传奇无冷热，只怕不合人情。如其离合悲欢，皆为人情所必至，能使人哭，能使人笑，能使人怒发冲冠，能使人惊魂欲绝，即使鼓板不动，场上寂然，而观者叫绝之声，反能震天动地。是以人口代鼓乐，赞叹为战争，较之满场杀伐，钲鼓雷鸣而人心不动，反欲掩耳避喧者为何如？岂非冷中之热，胜于热中之冷；俗中之雅，

【注释】

①尚：推崇。

②中藏：比喻词曲内容。

③乃：竟然。

逊于雅中之俗乎哉?

【译文】

当今人们所推崇的，戏人所学习的，都是热闹的剧本；清冷文雅的剧本都是他们深恶痛绝的。剧情过于冷清，词曲过于文雅，本来就很令人厌倦，这是作者自找的，并不是别人存心冷落他。但是，也有一些外边看起来很冷清，内容却很热情的剧本；文辞典雅而情节通俗的剧本，只要稍作修改，配上音乐，再让人去演，这有什么难的？却有人不问好坏，全部弃而不用，这就很难让才子们心服了。我认为好的剧本没有什么冷热的分别，只怕不符合人情事理。比如，剧情中所表现出来的悲欢离合都是人的感情所能达到的，能让人哭、能让人笑、能让人怒、能让人恐惧，即使不敲锣打鼓，全场寂静无声，而观众的喝彩声也能震天动地。这是用人的嘴代替锣鼓，用赞叹显现战争，与满场打打杀杀，战鼓雷鸣，而观众却无动于衷，反而想捂上耳朵躲避喧闹相比较，又怎么样呢？这难道不是冷中的热胜过热中的冷，俗气中的高雅要逊色于高雅中的世俗吗？

变调第二

【原文】

变调者，变古调为新调也。此事甚难，非其人不行，存此说以俟作者。才人所撰诗赋古文，与佳人所制锦绣花样，无不随时更变。变则新，不变则腐；变则活，不变则板。至于传奇一道，尤是新人耳目之事，与玩花赏月同一致也。使今日看此花，明日复看此花，昨夜对此月，今夜复对此月，则不特我厌其旧，而花与月亦自愧其不新矣。故桃陈则李代，月满即哉生[①]。花月无知，亦能自变其调，矧词曲出生人之口[②]，独不能稍变其音，而百岁登场，乃为三万六千日雷同合掌之事乎？

【注释】

①哉：才，始。

②矧（shěn）：况且。

【译文】

变调就是把古调变成新调。这件事非常难做，不是做这行的人做不了，我先把这种说法提出来，以待作者验证。文人所写的诗、词以及古文和妇人所绣的花样图案一样，都会随时间的推移而发生变化。变化才是新的东西，不变就成旧的了；变化了就是活的东西，不变就显得呆板。至于戏曲，更是使人耳目一新的事情，和玩花赏月是一回事。如果让人今天观赏这朵花，明天还来观赏这朵花，昨夜观看这轮月亮，今夜还去观看这轮月亮，那么不仅我会厌烦它们的陈旧，花和月亮也会为自己的不新鲜而感到羞愧了。所以桃花谢了就会有李花替代，月亮圆了就会出现缺口。花和月亮都是没有知觉的，尚能够自己改变形态，更何况戏曲是活人演唱的，难道就不能稍微改些音调，而是一出戏演上一百年，三万六千个日子都演相同的戏吗？

【原文】

吾每观旧剧，一则以喜，一则以惧。喜则喜其音节不乖，

【注释】

①执郢斤者：见《庄子·

耳中免生芒刺；惧则惧其情事太熟，眼角如悬赘疣。学书学画者，贵在仿佛大都，而细微曲折之间，正不妨增减出入，若止为依样葫芦，则是以纸印纸，虽云一线不差，少天然生动之趣矣。因创二法，以告世之执郢斤者[①]。

徐无鬼》中的"运斤成风"，说的是古代郢(今江陵一带)人中著名的工匠善使工具的故事:一位郢人的鼻子尖上有一小块白色的泥污，一位工匠挥动斧子呼呼生风，一刹那间就干净利落地把郢人鼻子上的白泥削掉了，而鼻子完好无损。后世遂用"郢匠挥斤"等词语形容某人技艺精湛，手段高明，工作得心应手，处理各种事务挥洒自如;人们也爱以"郢匠、匠郢"等称具有高超技能的人，或指大手笔;以"鼻垩"指缺憾。

【译文】

我每次看旧戏，都是又高兴又担心。高兴的是因为它的音调不乖僻，听着顺耳；担心的是它的情节过于老套，就像眼角上挂了一颗肉瘤，看了让人不舒服。学书学画的人，看重的只是和名家的作品相似，而在一些细微曲折的地方，倒不妨有些出入，如果只是照葫芦画瓢，那么就只是复印件，虽说和原作品没有一点儿差别，却缺少生动自然的趣味。所以我创造了以下两种变调的方法，现在告诉给那些搞戏剧音乐的人吧。

缩长为短

【原文】

观场之事，宜晦不宜明。其说有二：优孟衣冠[①]，原非实事，妙在隐隐跃跃之间。若于日间搬弄，则太觉分明，演者难施幻巧，十分音容，止作得五分观听，以耳目声音散而不聚故也。且人无论富贵贫贱，日间尽有当行之事，阅之未免妨工。抵暮登场，则主客心安，无妨时失事之虑，古人秉烛夜游，正为此也。

【译文】

看戏的时间，最好是在晚上而不在白天。有两点原因：戏子演戏，演的本来就不是真事，隐隐约约才能显出其中的妙处。如果在白天演出，观众看得太清楚，演员虚幻的技巧难以得到充分的发挥，十分的音容，只能当做五分欣赏，因为白天人们耳朵和眼睛的注意力容易分散不容易集中。并且不论富人穷人，白天都有事要做，看戏就不免要耽误工夫。到了晚上再演戏，宾客和主

【注释】

①优孟衣冠：典出《史记·滑稽列传》：楚令尹孙叔敖死后，他的儿子生活艰难，遇到了优孟。优孟在楚庄王做寿时，穿戴上孙叔敖的衣冠，打扮成孙叔敖的言谈举止，前去出席宫廷酒会，终于使庄王把寝丘(今安徽临泉)作为领地分封给了孙叔敖的儿子。"优孟衣冠"，原指戏剧演员善于模仿别人的举止。

人都能安下心来，不会有误时误事的顾虑，古人拿着灯烛夜里闲游，就是因为这点。

【注释】

①告阕（què）：宣告完毕。

【原文】

然戏之好者必长，又不宜草草完事，势必阐扬志趣，摹拟神情，非达旦不能告阕[①]。然求其可以达旦之人，十中不得一二，非迫于来朝之有事，即限于此际之欲眠，往往半部即行，使佳话截然而止。予尝谓好戏若逢贵客，必受腰斩之刑。虽属谑言，然实事也。与其长而不终，无宁短而有尾。

【译文】

但是，好戏都比较长，又不能草草收场，一定要表演得淋漓尽致，不到天亮是演不完的。然而能看到天亮的人，十个人中也找不到一两个，不是因为第二天有事，就是因为当时想睡觉，只看到一半就要走了，使得好戏演了一半就不能再演了。我曾说过好戏如果遇到贵客，就只能看一半。这话虽然是开玩笑，却是实事。与其戏很长不能让人看完，不如把戏改短让人看得有头有尾。

【原文】

故作传奇付优人，必先示以可长可短之法：取其情节可省之数折，另作暗号记之，遇清闲无事之人，则增入全演，否则拔而去之。此法是人皆知，在梨园亦乐于为此。但不知减省之中，又有增益之法，使所省数折，虽去若存，而无断文截角之患者，则在秉笔之人略加之意而已。法于所删之下折，另增数语，点出中间一段情节，如云昨日某人来说某话，我如何答应之类是也；或于所删之前一折，预为吸起，如云我明日当差某人去干某事之类是也。如此，则数语可当一折，观者虽未及看，实与看过无异，此一法也。

【译文】

所以写剧本交给戏子时，一定要先告诉他们可以让戏长短变化的办法：选取情节可省略的数折，用记号标明，遇到清闲没事的人看戏，就把可省略的部分添上一起演，不然的话就把这部分删掉。这办法人们都知道，戏班也愿意这样做。不过人们不知道删减的办法中还有增补的办法，使删去的几折好像还存在一样，而又不用担心把一部戏弄得支离破碎，这只要作者略加几笔就可做到。这种方法是在所删除的几折戏的下一折之前，增加几句话，交代中间的一段情节，比如“昨天某人来说过某些话，我是怎样回答的”等等；或者在所删除的几折戏的前一折末尾，提前作些交代，比如“我明天派某人去干某些事”等等。这样，用几句话就可以代替一折戏，观众虽没看过这些戏，但和看过没有什么区别，这是一种办法。

【原文】

予又谓多冗之客，并此最约者亦难终场，是删与不删等耳。尝见贵介命题①，止索杂单，不用全本，皆为可行即行，不受戏文牵制计也。予谓全本太长，零出太短，酌乎二者之间，当仿《元人百种》之意，而稍稍扩充之，另编十折一本，或十二折一本之新剧，以备应付忙人之用。或即将古书旧戏，用长房妙手②，缩而成之。但能沙汰得宜，一可当百，则寸金丈铁，贵贱攸分，识者重其简贵，未必不弃长取短，另开一种风气，亦未可知也。此等传奇，可以一席两本，如佳客并坐，势不低昂，皆当在命题之列者，则一后一先，皆可为政③，是一举两得之法也。有暇即当属草，请以下里巴人，为白雪阳春之倡。

【注释】

①贵介:高贵的看客。

②长房妙手:《神仙传》中记载，费长房，东汉人，有神术，能将地缩短，使千里景色尽现眼前，放之则恢复原状。

③为政:指可以充当看客的中心。

【译文】

我又说过：“对一些事务繁忙的观众，连最短的戏都看不完，对他们来说，删不删节都是一样的。”我曾见过一些贵族点戏，他们只挑折子戏，不点全本，就是为了要走就走，不受戏剧情节的牵制。我觉得全本戏太长，折子戏又过短，最好是在这两者之间，仿照《元人百种》的样子，稍微加长一点，另外编一些十折一本，或者十二折一本的新戏，预备给那些繁忙的人观看。或者把古书旧戏，让费长房那样的妙手精心改编，缩写成短篇。只要删减恰当，一部戏抵得上一百部，那么就会像一寸金和一丈铁一样贵贱分明，有见识的人看重它的简明扼要，未必就不会弃长篇而取短篇。从此便形成一种新风气，也不是没有可能。这种剧作，一个晚上可以上演两本。如果宾客坐在一起，身份不分上下，都能够点戏，那么就一先一后，都能用得上，这是一举两得的好办法。有空的话我就会去写，用我卑微的身份来倡导这种高雅的艺术。

变旧成新

【原文】

演新剧如看时文，妙在闻所未闻，见所未见；演旧剧如看古董，妙在身生后世，眼对前朝。然而古董之可爱者，以其体质愈陈愈古，色相愈变愈奇。如铜器玉器之在当年，不过一刮磨光莹之物耳，追其历年既久，刮磨者浑全无迹，光莹者斑驳成文，是以人人相宝，非宝其本质如常，宝其能新而善变也。使其不异当年，犹然是一刮磨光莹之物，则与今时旋造者无别，何事什佰其价而购之哉[①]？旧剧之可珍，亦若是也。今之梨园，购得一新本，则因其新而愈新之，饰怪妆奇，不遗余力；演到旧剧，则千人一辙，万人一辙，不求稍异。观者如听蒙童背书，但赏其熟，求一换耳换目之字而不得，则是古董便为古董，却未尝易色生斑，依然是一刮磨光莹之物，我何不取旋造者观之，犹觉耳目一新，何必定为村学究[②]，听蒙童背书之为乐哉？然则生斑易色，其理甚难，当用何法以处此？曰：有道焉。仍其体质，变其丰姿，如同一美人，而稍更衣饰，便足令人改观，不俟变形易貌，而始知别一神情也。体质维何？曲文与大段关目是已。丰姿维何？科诨与细微说白是已。曲文与大段关目不可改者，古人既费一片心血，

【注释】

①什佰其价：比原先高出十倍乃至百倍的价钱。

②村学究：村庄学塾里的老先生。

自合常留天地之间，我与何仇，而必欲使之埋没？且时人是古非今，改之徒来讪笑，仍其大体，既慰作者之心，且杜时人之口。

【译文】

演新戏就像看新文章，妙处就在剧情是以前没有听说过、没有见过的；演旧戏就如同看古董，妙处就在虽然出生在后世，却能看到以前朝代的东西。然而古董之所以可爱，是由于它越是陈旧越是古老，外表就越变越奇特。比如铜器和玉器，在当年它们只不过是一件刮磨得光洁晶莹的物品而已，等到它们经历了漫长的岁月之后，刮磨的痕迹完全消失了，光洁晶莹的外表变得斑斑驳驳，所以人们都把它当做宝贝。并不是珍视它的本质没有发生变化，而是珍视它善于变化，能够变化出新样。假如它与当年没有什么分别，仍然是一件刮磨得光洁晶莹的物品，那么就与今天造出的东西没有什么差别了，何必要用高出百倍的价钱去购买它呢？

旧戏之所以珍贵，也许就是这个原因。现在的戏园，买到一个新剧本，就因为它是新的，想把它演得更加新奇，就不惜用尽一切力量，追求服装、化妆的奇异。演到旧剧的时候，就千篇一律，不稍微做一点改动。观众就像听儿童背书一样，只觉得他背得很熟，想从中找到一个让人耳目一新的字眼是不可能的。那么古董虽然是古董，却没有改变颜色、变得斑驳，还是一件刮磨得光亮晶莹的物品。为什么我们不把刚造的拿来观赏，这样还会让人觉得耳目一新，何必要做一个乡村的学究，把听儿童背书当做自己的乐趣呢？但是要让古董生斑变色是很难的，应当用什么办法来解决呢？我说：有办法！保持它内在的本质不变，改变它的外在形态，就像一位美女，只要稍稍改变一下她的衣服和饰物，就足以让人刮目相看，不需要改变她的形体容貌，就能让人看到她的另一种神情了。内在本质是什么呢？就是曲文与大段的关目。外在形态是什么呢？就是插科打诨与宾白。曲文与大段的关目不可以改，这是因为古人既然费了一片心血才写成的，自然应该世代流传，我们跟他们有什么仇恨，非要把他们的作品埋没？况且现代人往往崇拜古代的作品却鄙薄当代的作品，改古代的作品只会白白招来人们的讥讽嘲笑。保持原作的大致内容不变，既可告慰作者的一片苦心，又能堵住当代人的嘴。

【原文】

科诨与细微说白不可不变者，凡人作事，贵于见景生情，世道迁移，人心非旧，当日有当日之情态，今日有今日之情态，传奇妙在入情，即使作者至今未死，亦当与世迁移，自啭其舌，必不为胶柱鼓瑟之谈，以拂听者之耳。况古人脱稿之初，便觉其新，一经传播，演过数番，即觉听熟之言难于复听，即在当年，亦未必不自厌其繁，而思陈言之务去也。我能易以新词，透入世情三昧，虽观旧剧，如阅新篇，岂非作者功臣？使得为鸡皮三少之女[①]，前鱼不泣之男[②]，地下有灵，方颂德歌功之不暇，而忍心矫制责之哉？但须点铁成金，勿令画虎类狗[③]。又须择其可增者增，当改者改，万勿故作知音，强为解事，令观者当场喷饭，而群罪作俑之人，则湖上笠翁不任咎也。此言润泽枯槁，变易陈腐之事。予尝痛改《南西厢》，如《游殿》、《问斋》、《逾墙》、《惊梦》等科诨，及《玉簪·偷词》、《幽闺·旅婚》诸宾白，付伶工搬演，以试旧新，业经词人谬赏，不以点窜为非矣。

【注释】

①鸡皮三少之女：有“夏姬得道，鸡皮三少”的谚语。传说春秋陈灵公时大夫苗徵舒的母亲夏姬可以把皱得鸡皮一样的脸三次恢复为少女的样子。

②前鱼不泣之男：《战国策·魏策》：龙阳君是魏王的宠臣。一日，魏王与龙阳君同船钓鱼，龙阳君钓得十几条鱼，竟然涕下，魏王惊问其故，龙阳君说：初钓得一鱼甚喜，后钓得益大，便将小鱼丢弃。由此思己，四海之内，美人颇多，恐魏王爱其他美人，必将弃己，所以涕下。这里是反其意而用之。

③画虎类狗：比喻好高骛远，不仅无所成就，反留笑柄。

【译文】

科诨和宾白之所以不能不改动，是因为人们做事情，贵在能触景生情。时代变了，人的心情也变了，当时有当时的情感态度，现在有现在的情感态度。戏曲作品妙就妙在合乎人们的情理。即使作者现在还没有死，他也应当随时代的改变而变化，自己改变说话的方法，一定不会说一些不能变通的话，让观众听了不顺耳。况且古人刚写完作品的时候，觉得它比较新鲜，但一经传播，演过多次之后，便觉得耳熟能详的话不想再听。即使在当年，也未必自己没有感到厌倦，而想着变更那些陈旧的言辞。如果我们能把其中陈旧的语言换成一些新词，表达出新的人情世故，虽然人们是看旧剧，却像看新剧一样，这难道不是作者的功劳吗？能够让旧剧重新焕发出青春色彩，也不会由于新作品的不断增加而被后来人遗弃，如果作者地下有灵，要为我们歌功颂德还来不及，怎么会忍心因为我们改了他的作品而责怪我们呢？但改动旧剧本，必须能点石成金，不能画虎不成反类狗。又必须挑选剧本中那些可以增加的地方增加，应当改动的地方改动，千万不要自以为是，牵强附会，到时候让观众当场笑掉大牙，而把罪过全都怪到我这个最先干这件坏事的人身上，我李渔可不承担责任。这里说的是把枯燥无味的语言加以润色，把陈腐的地方改变过来。我曾经大力修改《南西厢》，如修改《游殿》、《问斋》、《逾墙》、《惊梦》等戏中的插科打诨，《玉簪·偷词》、《幽闺·旅婚》等戏中的宾白，然后把它们交给演员表演，进行新旧对比检验，他们没有因为我的改动而认为有什么不对的地方，这已经得到同行们的赞赏。

【原文】

尚有拾遗补缺之法，未语同人，兹请并终其说。旧本传奇，每多缺略不全之事，刺谬难解之情。非前人故为破绽，留话柄以贻后人，若唐诗所谓“欲得周郎顾，时时误拂弦”，乃一时照管不到，致生漏孔，所谓“至人千虑，必有一失”。此等空隙，全靠后人泥补，不得听其缺陷，而使千古无全文也。女娲氏炼石补天，天尚可补，况其他乎？但恐不得五色石耳。姑举二事以概之。赵五娘于归两月[①]，即别蔡邕，是一桃夭新妇[②]。算至公姑已死，别墓寻夫之日，不及数年，是犹然一冶容诲淫之少妇也[③]。身背琵琶，独行千里，即能自保无他，能免当时物议乎[④]？张大公重诺轻财，资其困乏，仁人也，义士也。试问衣食名节，二者孰重？衣食不继则周之，名节所关则听之，义士仁人，曾若是乎？此等缺陷，就词人论之，几与天倾西北，地陷东南无异矣，可少补天塞地之人乎？若欲于本传之传，劈空添出一人，送赵五

【注释】

①于归：指女子嫁到夫家。

②桃夭新妇：如桃花盛开的新娘子。桃夭，桃花盛开貌。

③冶容诲淫：指妇女成熟美丽。

④物议：众人议论。

⑤以政同心：用以让同心的人斧正，政，同“正”。

娘入京，与之随身作伴，妥则妥矣，犹觉伤筋动骨，太涉更张。不想本传内现有一人，尽可用之而不用，竟似张大公止图卸肩，不顾赵五娘之去后者。其人为谁？着送钱米助丧之小二是也。《剪发》白云："你先回去，我少顷就着小二送来。"则是大公非无仆从之人，何以吝而不使？予为略增数语，补此缺略，附刻于后，以政同心⑤。此一事也。

【译文】

修改旧剧本，还有一个查漏补缺的方法，我没有告诉同行们，现在请让我一起把它说完。旧剧本中，常常会有一些残缺不全的地方，还有些错误的地方让人难以理解。这些地方不是前人故意留下破绽，给后人留下议论的话柄，正如唐诗里所说的"欲得周郎顾，时时误拂弦"，而是一时照顾不到，所以产生了漏洞，所谓"智者千虑，必有一失"。像这样的漏洞，全靠后人去填补，不能任凭漏洞存在，致使从古至今没有完整的戏文。女娲炼石补天，天尚且可以补，更何况其他的东西呢？只是担心得不到五色石罢了。姑且举两个例子来说明。赵五娘新婚才两个月就与丈夫蔡邕分别，还是一个桃花般艳丽的新媳妇。从这儿开始，算到公公、婆婆去世，告别公婆的坟墓，去寻找丈夫的时候为止，这中间也不过几年，赵五娘仍然是一个美丽的、容易招惹是非的少妇。她身上背着琵琶，独自一人远行千里，即使她能自己保证不出什么事，但是她能避免当时人们的闲言碎语吗？张大公遵守诺言，仗义疏财，资助衣食缺少的赵五娘，是一个有仁有义的人，一个讲义气的人。请问在穿衣吃饭与名声贞节这二者之间，哪个重要？赵五娘缺衣少食，张大公就去周济她，遇到关乎名节的大事张大公就听之任之。张大公是一个仁义的人，怎么会做出这样的事呢？像这样大的漏洞，对搞戏曲创作的人来说，几乎和天倾西北、地陷东南没什么差别，能缺少填补这种漏洞的人吗？如果想在这个剧本以外凭空加上一个人送赵五娘进京，和她随身作伴，漏洞是消除了，但还是觉得好像是伤筋动骨，情节改动得太大了。殊不知剧本中还有一个现成的人物，完全可以用这个人却没有用，就使得张大公像是只图推卸责任，却不顾赵五娘离开后会发生什么事情。这个人是谁呢？就是被张大公派去送钱和米，帮助赵五娘办丧事的小二。《剪发》一折中张大公说："你先回去，我少顷就着小二送来。"由此看来张大公并不是没有仆人，为什么舍不得把他派上用场呢？我为这部剧略微加了几句话，补上了这个漏洞，附在这段文字后面，用来征求同行们的意见。这是一个例子。

【原文】

《明珠记》之《煎茶》[①]，所用为传消递息之人者，塞鸿是也。塞鸿一男子，何以得事嫔妃？使宫禁之内，可用男子煎茶，又得密谈私语，则此事可为，何事不可为乎？此等破绽，妇人小儿皆能指出，而作者绝不经心，观者亦听其疏漏；然明眼人遇之，未尝不哑然一笑，而作无是公看者也[②]。若欲于本家之外，凿空构一妇人，与无双小姐从不谋面，而送进驿内煎茶，使之先通姓名，后说情事，便则便矣，犹觉生枝长节，难免赘瘤。不知眼前现有一妇，理合使之而不使，非特王仙客至愚，亦觉彼妇太忍。彼妇为谁？无双自幼跟随之婢，仙客观在作妾之人，名为采苹是也。无论仙客觅人将意，计当出此，即就采苹论之，岂有主人一别数年，无由把臂，今在咫尺，不图一见，普天之下有若是之忍人乎？予亦为正此迷谬，止换宾白，不易填词，与《琵琶》改本并列于后，以政同心。又一事也。

【注释】

①《明珠记》：明代陆采作，写王仙客和刘无双的爱情故事。

②无是公：司马相如《子虚赋》中塑造的一个艺术形象，就是指"没有此人"。

【译文】

在《明珠记》的《煎茶》这一折戏中，用来传递消息的人是塞鸿。塞鸿是一个男子，怎么能够去侍候嫔妃呢？假如宫禁之内可以用男子煎茶，还可以和男子偷偷地说私房话，那么这种事情可以做，还有什么事情不可以做呢？像这样的漏洞，就是妇女小孩都能指出来，但作者却一点也没有注意到，观众也任凭这些漏洞存在。但明眼人看到了，只会黯然一笑，就当这个人（即塞鸿）不存在。如果在本家以外再凭空虚构一个女人，和无双小姐从来没见过面，把她送到宫内煎茶，让她先通报自家姓名，然后再叙述事情的来龙去脉，恰当是恰当，还是觉得有些节外生枝，难免啰唆。没想到眼前有一个现成的女人，按道理说应该派上用场却没有用，让人觉得不只是王仙客太傻，也觉得那个女人也太狠心了。这个女人是谁呢？就是自幼跟随无双身边的婢女，现在给王仙客做小妾的人，名字叫采苹。先不说王仙客找人出主意，主意应该出自采苹；即使只就采苹本身来说，哪有和主人一别几年，没有办法扶持主人，如今主人近在咫尺，也不想见主人一面的人？天底下有这样狠心的人吗？我也是为了填补这个漏洞，只换了里面的宾白，没有修改曲文，把它和《琵琶记》的改本一起刊在后面，以征求同行们的意见。这又是一个例子。

【原文】

其余改本尚多，以篇帙浩繁，不能尽附。总之，凡予所改者，皆出万不得已，眼看不过，耳听不过，故为铲削不平，以归至当，非勉强出头，与前人为难者比也。凡属高明，自能谅其心曲。插科打诨之语，若欲变旧为新，其难易较此奚止百倍。无论剧剧可增，出出可改，即欲隔日一新，逾月一换，亦诚易事。可惜当世贵人，家蓄名优数辈，不得一诙谐弄笔之人，为种词林萱草[①]，使之刻刻忘忧。若天假笠翁以年，授以黄金一斗，使得自买歌童，自编词曲，口授而身导之，则戏场关目，日日更新，毡上诙谐[②]，时时变相。此种技艺，非特自能夸之，天下人亦共信之。然谋生不给，遑问其他？只好作贫女缝衣，为他人助娇，看他人出阁而已矣。

【注释】

①萱草：也叫忘忧草，据说可以使人忘记忧愁。

②毡上：即场上。

【译文】

其他的改本还很多，因为篇幅太长，不能都附在后面了。总之，凡是我修改的剧本，都是出于万不得已，眼睛看不过去，耳朵听不过去，所以就打抱不平，使它们归于妥当。并不是我想出风头，故意跟前人过不去。凡是高明的人，自然能体谅我的一片苦心。如果想要把旧剧里插科打诨的话变成新的，难易程度和这相比，岂止容易百倍？不要说每个剧本都可以增加，每一出戏都可以改动，即使是想每隔一天一新，每过一月一换，也真的是很容易的事。可惜当今世上的权贵，家里养了那么多的戏子，却没有一个文笔诙谐的填词人，为他写些幽默的东西，从而让人们时刻忘记烦恼。如果老天爷能多让我活几年，并给我一斗黄金，让我自己买几个歌童，让我自编词曲，让我亲自教他们、引导他们练习，那么戏场上的情节关目，每天都会更新；曲坛上的笑话，时时都会变换花样。这种技艺，并不是我自夸，全天下的人也会相信我具有这种技能。但是我现在肚子都填不饱，哪里顾得上别的事情？只好像贫困人家的女儿那样，为别人缝制嫁衣，增加别人的娇媚，再眼睁睁看着别人出嫁罢了。

授曲第三

【注释】

①柳七：即柳永，字耆卿，初号三变。因排行第七，又称柳七。他是北宋第一个专力作词的词人，他不仅开拓了词的题材内容，而且制作了大量的慢词，发展了铺叙手法，促进了词的通俗化、口语化，在词史上产生了较大的影响。

②曲子相公：即唐代诗人和凝，字成绩，郓州须昌人。举进士。唐天成中，历翰林学士。知贡举，所取皆一时之秀。晋天福五年，拜中书侍郎同平章事。入汉，拜太子太傅，封鲁国公。终于周。凝为文章，以多为富。有集百余卷，今编诗一卷。人称“曲子相公”。

③蘖（niè）：即曲。酿酒用的发酵剂。

【原文】

声音之道，幽渺难知。予作一生柳七[①]，交无数周郎，虽未能如曲子相公身都通显[②]，然论其生平制作，塞满人间，亦类此君之不可收拾。然究竟于声音之道未尝尽解，所能解者，不过词学之章句，音理之皮毛，比之观场矮人，略高寸许，人赞美而我先之，我憎丑而人和之，举世不察，遂群然许为知音。噫，音岂易知者哉？人问：既不知音，何以制曲？予曰：酿酒之家，不必尽知酒味，然秫多水少则醇醲，曲好蘖精则香洌[③]，此理则易谙也；此理既谙，则杜康不难为矣。造弓造矢之人，未必尽娴决拾，然曲而劲者利于矢，直而锐者宜于鹄，此道则易明也；既明此道，即世为弓人矢人可矣。虽然，山民善跋，水民善涉，术疏则巧者亦拙，业久则粗者亦精。填过数十种新词，悉付优人，听其歌演，近朱者赤，近墨者黑，况为朱墨所从出者乎？粗者自然拂耳，精者自能娱神，是其中菽麦亦稍辨矣。语云：“耕当问奴，织当访婢。”予虽不敏，亦曲中之老奴，歌中之黠婢也。请述所知，以备裁择。

【译文】

乐曲的真谛深奥微妙，难以掌握。我这辈子像柳永那样填词作曲，与无数精通音乐的人士交往，虽然没能像“曲子相公”和凝那样声名显赫，但我平生创作的戏曲作品，也可以说是充满了人世间，像柳永的作品那样多得无法收拾了。不过，我对乐曲的真谛到底也没有理解透彻，我所理解的，只不过是诗词中个别章句的写作和乐曲中的一些皮毛而已，只不过比看戏的矮子稍稍高出了一寸多。我赞美夸奖的，别人也跟着赞美；我憎恶嫌丑的，别人也随声附和。大家都不明白真相，就把我当做精通戏曲音律的人。唉，乐曲难道是这么容易理解的么？有人问我："你既然不懂得音乐，又凭什么创作曲谱呢？"我回答说："酿酒的人家，不一定都知道酒的滋味，但酿酒的时候，高粱多些水分少些，酒味就醇厚，酒曲好酒糟精致，酒就香洌可口，这个道理很容易明白；既然明白了这个道理，那么想酿造杜康那样的美酒就不难了。制造弓箭的人并不一定都懂得射箭的技巧，但弯曲且有劲力的弓便于射箭，笔直而又锋利的箭容易射中目标，这个道理却是很容易明白的；既然明白了这个道理，那么世上的人都可以成为制造弓箭的匠人了。尽管山里的人善于爬山，水边的人善于涉水，但如果总不练习，则灵巧的人也会变得笨拙，长久从事某种职业，不太精通的人也会变得十分精通了。我编过几十种新剧本，全部拿去让戏子们排演，并且看过他们的歌舞演示，近朱者赤，近墨者黑，更何况我是编写戏曲的人呢？粗劣的地方听起来自然不顺耳，精巧美妙的地方自然能够令人身心愉悦。"这样，作品当中的优劣好坏也就逐渐被我分辨出来了。俗话说："种田应当去请教奴仆，织布纺纱应当去请教婢女。"我虽然不是很聪明，但也算是个作曲的老奴，填词的巧婢了。下面我就把自己所知道的记录下来，以供后人参考指教。

解明曲意

【原文】

唱曲宜有曲情，曲情者，曲中之情节也。解明情节，知其意之所在，则唱出口时，俨然此种神情，问者是问，答者是答，悲者黯然魂消而不致反有喜色，欢者怡然自得而不见稍有瘁容，且其声音齿颊之间，各种俱有分别，此所谓曲情是也。

【译文】

演唱曲子的时候应该了解曲情。曲情，就是戏曲的情节。了解了情节，知道了这部戏曲大概是什么意思，那么唱出口的时候，就能很正确地表现出剧中角色的神情。发问时就会表现出疑问的样子，回答时就会表现出回答的神情。令人悲伤的曲子就会唱得低沉婉转，而不会表现出喜色；令人欢愉的曲子就会唱得欢畅自然，而不会露出一丝的哀容。而且演唱者的声音、齿形和面部表情根据具体的戏曲情节都要有不同的变化，这就是所谓的“曲情”。

【原文】

吾观今世学曲者，始则诵读，继则歌咏，歌咏既成而事毕矣。至于讲解二字[①]，非特废而不行，亦且从无此例。有终日唱此曲，终年唱此曲，甚至一生唱此曲，而不知此曲所言何事，所指何人，口唱而心不唱，口中有曲而面上身上无曲，此所谓无情，与蒙童背书，同一勉强而非自然者也。虽腔板极正，喉舌齿牙极清，终是第二、第三等词曲，非登峰造极之技也。欲唱好曲者，必先求明师讲明曲义。师或不解，不妨转询文人，得其义而后唱。唱时以精神贯串其中，务求酷肖。若是，则同一唱也，同一曲也，其转腔换字之间，别有一种声口，举目回头之际，另是一副神情，较之时优，自然迥别。变死音为活曲，化歌者为文人，只在能解二字，解之时义大矣哉[②]！

【注释】

①讲解：明代传奇，在堂会一类演出时，每演一戏，先以名士训其义，继以词士合其词，即为讲解之义，并形成风气。

②时义：时机意义。

【译文】

我看现在那些学唱戏的人，开始的时候都是背诵朗读剧本，接着就是练习演唱，演唱练好了就算学会唱戏了。至于说讲解剧情曲意，非但不做了，而且好像从来都没有过这样的例子似的。有的人一天到晚在唱这支曲子，一年到头还是在唱这支曲子，甚至一辈子都在唱这支曲子，却不知道这支曲子说的是什么事，讲的是什么人。嘴上唱唱而没有用心来体会，嘴里唱这支曲子，但面容上、体态上没有任何表情，这就是人们常说的没有表情的曲子。这和学童背书一样，都是勉强这样做的，决不是自然而然从内心唱出来的。虽然唱腔、板式唱得非常正确，发音的齿形也很标准，但最终也只能算是二、三流的唱法，并不是登峰造极的技艺。如果想把一支曲子唱好，一定要先请教高明的老师，弄明白曲子的真正深意。老师若不懂，你不妨再去请教文人学士，直到把曲子的意义弄明白之后再去演唱。唱的时候，把思想感情贯穿到曲词的里面，一定要力求达到惟妙惟肖。如果是这样，那么采用同一个唱腔演唱同一支曲子，在转换腔调迭换韵律的时候，就会别有一种韵味，抬头回眸的一瞬间，就会有另一种神情，和当代的那些演员相比，自然有天壤之别。把死的声音变成活生生的曲调，把单纯的歌唱者变成文人，关键就在于能够理解词曲的大意。理解的作用确实是很大啊。

调熟字音

【原文】

调平仄，别阴阳，学歌之首务也。然世上歌童解此二事者，百不得一。不过口传心授，依样葫芦，求其师不甚谬[①]，则习而不察，亦可以混过一生。独有必不可少之一事，较阴阳平仄为稍难，又不得因其难而忽视者，则为“出口”、“收音”二诀窍。

【注释】

①谬：错误。

【译文】

调配平、仄音，辨别阴、阳调，是学戏曲的人首先要做的两件事情。然而世上知道怎么做这两件事的戏童，一百个人中也找不到一两个。他们不过是通过师傅的口传心授，照葫芦画瓢，只要师傅没有什么大的错误，他们就可以习以为常，而觉察不出什么，这样也可以混一辈子。只有一件事是必不可少的，它比调配平仄音、辨别阴阳调更难一些，又不能因为它难而被人们忽视了，那就是“出口”和“收音”两个诀窍。

【原文】

世间有一字，即有一字之头[①]，所谓出口者是也；有一字，即有一字之尾[②]，所谓收音者是也。尾后又有余音，收煞此字，方能了局。譬如吹箫、姓箫诸“箫”字，本音为箫，其出口之字

【注释】

①一字之头：指声母。

②一字之尾：指韵母。

头与收音之字尾，并不是“箫”。若出口作“箫”，收音作“箫”，其中间一段正音并不是“箫”，而反为别一字之音矣。且出口作“箫”，其音一泄而尽，曲之缓者，如何接得下板？故必有一字为之头，以备出口之用，有一字为之尾，以备收音之用，又有一字为余音，以备煞板之用。

【译文】

世上有一个字，就会有一个字的字头，这就是所谓的“出口”；有一个字，就会有这个字的字尾，那就是所谓的“收音”。结尾的后面还有余音，收完了这个字的音，才算发完了这个字音。比如吹箫、姓箫中的“箫”字，本来的音为“箫”，但出口的字头和收音的字尾，并不是“箫”。如果出口的字头念“箫”，收音的字尾也念“箫”，其中间一段的正音并不是“箫”，而是另外一个字音了。而且，倘若出口就是“箫”，那么“箫”字的声音一发就结束，缓慢的曲子，怎么能接下一板呢？所以一定要有一个字作它的字头，用作出口；有一个字作它的字尾，用来收音；还要有一个字作它的余音，以备煞板之用。

【原文】

字头为何？“西”字是也。字尾为何？“夭”字是也。尾后余音为何？“乌”字是也。字字皆然，不能枚纪。《弦索辨讹》等书载此颇详，阅之自得。要知此等字头、字尾及余音，乃天造地设，自然而然，非后人扭捏成者也，但观切字之法[①]，即知之矣。《篇海》、《字汇》等书[②]，逐字载有注脚，以两字切成一字。其两字者，上一字即为字头，出口者也；下一字即为字尾，收音者也；但不及余音之一字耳。无此上下二字，切不出中间一字，其为天造地设可知。此理不明，如何唱曲？出口一错，即差谬到底，唱此字而讹为彼字，可使知音者听乎？故教曲必先审音。即使不能尽解，亦须讲明此义，使知字有头尾以及余音，则不敢轻易开口，每字必询，久之自能惯熟。“曲有误，周郎顾。”苟明此

【注释】

①切字之法：即反切，传统的一种注音方法，用两个字拼合成另一个字的音。一般来说，反切的字声母相同，反切的下字与所切的韵母和声调相同。

②《篇海》：即《四声篇海》，金代韩孝彦所编的韵书。《字汇》：明代梅膺祚编的字书。

道，即遇最刻之周郎，亦不能拂情而左顾矣。

【译文】

“箫”字的字头是“西”字，字尾是“夭”字，余音是“乌”字。每个字都是这样，此处不能一一记录下来。《弦索辨讹》等书对这方面的记录很详细，看了以后自然会有收获。要知道这些字头、字尾及余音，是天造地设、自然而然的，并不是后人捏造而成的。只要看看切字的方法，就知道了。《篇海》、《字汇》等书，逐字逐句都标着注脚，用两个字切成一个字。那两个字，上一个就是字头，即“出口”；下一个字就是字尾，即“收音”；只是没有涉及余音的那个字。没有这上下两个字，就切不出中间的一个字，可见，它们是天造地设的组合。不明白这个道理，怎么能演唱戏曲呢？出口的发音一错，就会一错到底。唱的是这个字却错唱成那个字，能够让懂得戏曲的人听吗？所以教唱戏曲之前必须先要审定字音。即使不能全部解释清楚，也必须讲明白这个道理，使学戏的人知道字有字头和字尾及余音。这样他就不敢轻易开口，每遇到一个字，他必向人请教，久而久之，自然能够熟练掌握它。“曲有误，周郎顾。”假如能明白这个道理，即使遇到再苛刻的周郎，他也不能不顾情面而非要责问你了。

【原文】

字头、字尾及余音，皆为慢曲而设，一字一板或一字数板者，皆不可无。其快板曲，止有正音，不及头尾。

【译文】

字头、字尾和余音，都是为慢曲而设计的，一字只唱一板或者一字唱数板，那么字头、字尾和余音这三样缺一不可。那些节奏快的曲子，只有正音，没有字头和字尾。

【原文】

缓音长曲之字，若无头尾，非止不合韵，唱者亦大费精神，但看青衿赞礼之法[①]，即知之矣。“拜”、“兴”二字皆属长音。“拜”字出口以至收音，必俟其人揖毕而跪，跪毕而拜，为时甚久。若止唱一“拜”字到底，则其音一泄而尽，不当歇而不得不歇，失傧相之体矣[②]。得其窍者，以“不”、“爱”二字代之。“不”乃“拜”之头，“爱”乃“拜”之尾，中间恰好是一“拜”字。以一字而延数晷，则气力不足；分为三字，即有余矣。“兴”字亦然，以“希”、“因”二字代之。赞礼且然，况于唱曲？婉譬曲喻，以至于此，总出一片苦心。审乐诸公，定须怜我。

【注释】

①青衿：读书人。赞礼：举行典礼时司仪宣唱仪节，引导宾客行礼。

②傧相：也作“摈相”。出外接宾称摈，入内赞礼称相。指辅助礼仪进行的人。

【译文】

在舒缓的长曲中，字如果没有字头和字尾，不但不合韵律，唱戏的人也很费精神，只要看一下典礼中司仪的人唱读的方法，就会知道了。“拜”和“兴”这两个字都属于长音。“拜”字从出口直到收音结尾，一定要等到那些行礼的人作完揖又下跪，下跪之后又叩拜，所经历的时间极长。如果“拜”字一唱到底，那么这个音一出口就会结束，不应当停却又不得不停下来，就会失掉傧相的体面。掌握发音窍门的人，用“不”和“爱”两个字代替“拜”字。“不”字是“拜”字的字头，“爱”字是“拜”字的字尾，中间刚好是一个“拜”字。用一个字音而延续很长时间，就会力气不够用；如果把一个字分成三个字，那么就会有余地了。“兴”字也是这样，用“希”和“因”两个字来代替。典礼仪式中尚且如此，更何况唱戏的呢？我委婉地打比方，之所以这样做，实在是出于一番苦心。鉴赏音乐的各位先生，一定要怜惜我呀。

【原文】

字头、字尾及余音，皆须隐而不现，使听者闻之，但有其

音，并无其字，始称善用头尾者；一有字迹，则沾泥带水，有不如无矣。

【译文】

字头、字尾和余音，都必须隐藏起来，不要显现出来让观众听见。只有声音，并没有实在的字，这才称得上是善于运用字头字尾的戏人；一旦有了字的痕迹，就会显得拖泥带水，有还不如没有。

字忌模糊

【原文】

学唱之人，勿论巧拙，只看有口无口[①]；听曲之人，慢讲精粗，先问有字无字[②]。字从口出，有字即有口。如出口不分明，有字若无字，是说话有口，唱曲无口，与哑人何异哉？哑人亦能唱曲，听其呼号之声即可见矣。常有唱完一曲，听者止闻其声，辨不出一字者，令人闷杀。

此非唱曲之料，选材者任其咎，非本优之罪也。舌本生成，似难强造，然于开口学曲之初，先能净其齿颊，使出口之际，字字分明，然后使工腔板，此回天大力，无异点铁成金，然百中遇一，不能多也。

【译文】

学唱戏的人，不管是灵巧还是笨拙，只要看他口齿是否清楚；听戏的人，先不管唱得是精还是粗，而是先看演员咬字是否清晰。字从口中唱出来，听得清楚就是口齿清晰。如果演员唱出来的戏，让人听不清楚，有字就像没有字一样，说话说得清楚，唱戏却唱不清楚，那这种人和哑巴又有什么区别呢？哑巴也能唱戏，听听他们呼喊号哭的声音就知道了。经常有唱戏的人唱完了一支曲子，听的人只听到了声音，却分辨不出一个字，真的能把人闷死。

【注释】

①有口无口：戏班行话，唱得清楚有力有口，反之为无口。

②有字无字：谓字音清晰准确。

这样的人就不是唱戏的料，这是选拔演员的人的责任，而不是演员本人的责任。舌头是天生的，很难勉强再造一个，但是在开口学唱戏的时候，可以先让他把口齿练清晰，开口的时候，字字清晰明白，然后再让他学习准确的腔板，这几乎是不可能的事，和点铁成金的功夫差不多，但一百个人里也许能遇上一两个，不会再多了。

曲严分合

【原文】

同场之曲，定宜同场，独唱之曲，还须独唱，词意分明，不可犯也。常有数人登场，每人一只之曲，而众口同声以出之者，在授曲之人，原有浅深二意：浅者虑其冷静，故以发越见长①；深者示不参差，欲以翕如见好②。

【注释】

①发越：指声音高昂而激越。

②翕（xī）：和谐统一。

【译文】

一起唱的曲子，一定要一起唱；独唱的曲子就必须独唱。因为每一段曲子的词意分明，不可以混淆。常常有几个人同台演出，应当每一个人各唱一支曲子，结果却是由大家众口一声地唱出来的情况。从教戏曲的人来说，原本有一深一浅两层意思：浅的方面是担心场上太冷静，所以用响亮的声音使场面热闹起来；深的方面是想表示整齐，让观众听了为之一振。

【原文】

尝见《琵琶·赏月》一折，自“长空万里”以至“几处寒衣织未成”，俱作合唱之曲，谛听其声，如出一口，无高低断续之痕者，虽曰良工心苦，然作者深心，于兹埋没。此折之妙，全在共对月光，各谈心事，曲既分唱，身段即可分做，是清淡之内原有波澜。若混作同场，则无所见其情，亦无可施其态矣。惟“峭寒生”二曲可以同唱①，定四曲定该分唱，况有“合前”数句振起神情，原不虑其太冷。

【注释】

①峭寒生：（古轮台）首曲的第一句。本出（古轮台）共两曲，为净、丑所唱，故李渔认为可以同唱。

【译文】

我们曾经观看过《琵琶·赏月》这折戏，从“长空万里”到“几处寒衣织未成”，都作为合唱的曲子。仔细倾听其声音，仿佛是从一个人口中发出的，没有一点儿高低音、断断续续的痕迹。虽然戏人用心良苦，但埋没了作者本人的一片深心。这折戏的精妙之处，就在大家共对月光，各谈各的心事。曲子既然是由众人分开唱，身形表演就可分开做，这样平淡冷清之中就呈现出波澜。如果众人合唱，就不会看出人物的思想感情，也无法展现各人的神态了。只有“峭寒生”两支曲子可以由众人同唱，前面的四支曲子一定要分开唱，何况还有“合前”的几句台词可以振奋人心，本来就不必担心场上太冷清。

【原文】

他剧类此者甚多，举一可以概百。戏场之曲，虽属一人而可以同唱者，惟行路出师等剧，不问词理异同，皆可使众声合一。场面似闹，曲声亦宜闹，静之则相反矣。

【译文】

其他剧本也有很多这种情况，举了这一个例子就可以概括了。戏曲当中虽然是独唱，却可以合唱的，只有行路、出师等剧目，不管台词大意怎样，都可以让众人一起合唱。场面热热闹闹的，曲调也应该热热闹闹，而冷清的场面正好相反。

锣鼓忌杂

【原文】

戏场锣鼓，筋节所关，当敲不敲，不当敲而敲，与宜重而轻，宜轻反重者，均足令戏文减价。此中亦具至理，非老于优孟者不知。最忌在要紧关头，忽然打断。如说白未了之际，曲调初起之时，横敲乱打，盖却声音，使听白者少听数句，以致前后情事不连，审音者未闻起调，不知以后所唱何曲。打断曲文，罪犹

【注释】

①宾白：戏曲中的说白。

可恕，抹杀宾白[①]，情理难容。予观场每见此等，故为揭出。

【译文】

戏场上的锣鼓，起着很关键的作用。该敲时不敲，不该敲时偏偏要敲，或该重敲时却敲得很轻，该轻敲时却敲得很重，都会降低戏的价值。这其中蕴藏着很深的道理，没有丰富演出经验的行家是不会明白的。演戏最忌讳的是在最要紧的关头忽然被打断。比如在独白没有结束，曲调刚起的时候，锣鼓手横敲乱打一通，锣鼓声把独白和曲调的声音都盖住了，使听宾白的人少听了几句，导致他们对前后剧情的理解不能连贯，使听曲子的人听不清起调，不知道接下来演员要唱的是什么曲子。打断了曲调，还可以宽恕，但抹杀了独白的大意，于情于理都是让人难以容忍的。我看戏的时候常常遇到这种情况，所以在这里特意揭示出来。

【注释】

①过难专委：难以责备某一方有过错。

【原文】

又有一出戏文将了，止余数句宾白未完，而此未完之数句，又系关键所在，乃戏房锣鼓早已催促收场，使说与不说同者，殊可痛恨。故疾徐轻重之间，不可不急讲也。场上之人将要说白，见锣鼓未歇，宜少停以待之，不则过难专委[①]，曲白锣鼓，均分其咎矣。

【译文】

还有的情况是，一出戏将要结束了，只剩下几句宾白没说完，而这几句没有说完的宾白，又是剧情的关键，但戏场边上的锣鼓却早就敲响了，催促收场，使得那几句宾白说了等于白说，这实在是令人痛恨至极的事情。所以戏场上敲锣鼓时快慢轻重的技巧与要求，不得不急着向人们讲出来。戏场上的演员在要说宾白的时候，如果见到锣鼓手正敲得起劲，没有停下来，最好稍稍停歇一会儿，等锣鼓声停了再说。不然的话，宾白听不清楚的过错就不能全部由锣鼓手承担，演员也要承担一半的过错。

吹合宜低

【原文】

丝、竹、肉三音①，向皆孤行独立，未有合用之者，合之自近年始。三籁齐鸣②，天人合一，亦金声玉振之遗意也，未尝不佳；但须以肉为主，而丝竹副之，使不出自然者，亦渐近自然③，始有主行客随之妙。迩来戏房吹合之声，皆高于场上之曲，反以丝竹为主，而曲声和之，是座客非为听歌而来，乃听鼓乐而至矣。从来名优教曲，总使声与乐齐，箫笛高一字，曲亦高一字，箫笛低一字，曲亦低一字。然相同之中，即有高低轻重之别，以其教曲之初，即以箫笛代口，引之使唱，原系声随箫笛，非以箫笛随声，习久成性，一到声上，不知不觉而以曲随箫笛矣。

【注释】

①丝、竹、肉三音：指弦乐、管乐和人歌唱的声乐。

②三籁：天籁、地籁、人籁。在此指丝、竹、肉三音。

③渐近自然：使丝竹之音近于歌唱的自然之音。

【译文】

弦乐、管乐、声乐三种乐音，以前都是单独演奏的，没有人把它们合起来用，把这三种乐音结合起来用只是近年才开始的。三籁齐鸣，天人合一，这就是古人常讲的“金声玉振”的意思，没有什么不好；但是这种合奏必须以声乐为主，以弦乐、管乐的演奏为辅，使人发出的声音慢慢地接近自然，这样才有主唱客随的美妙效果。但近期一些戏场中伴奏的音乐，都比戏台上演唱者的声音要高，这样反倒是以弦乐、管乐为主，以声乐为辅。结果造成观众不是来听演唱者的演唱，倒像是来听鼓乐之声的。历来戏人教人唱戏，总是让歌唱的声乐与器乐的声音一样高。器乐的声音高一个调，演唱的声音也要高一个调；器乐的声音低一个调，演唱的声音也要低一个调。但在这种高低一致的情况下，也有音调的高低轻重的差别。这是因为戏师在刚开始教人唱戏的时候，用器乐代替口唱，引导学戏的人随器乐的音调练唱。这样就是声乐随着器乐进行，而不是器乐随着声乐进行。练习久了就成习惯了。一旦学戏的人站到戏场上开口演唱，就不知不觉地随着箫笛的声音唱了。

【注释】

①正：纠正。

②譬：比如，就像。

【原文】

正之当用何法[1]？曰：家常理曲，不用吹合，止于场上用之，则有吹合亦唱，无吹合亦唱，不靠吹合为主。譬之小儿学行[2]，终日倚墙靠壁，舍此不能举步，一旦去其墙壁，偏使独行，行过一次两次，则虽见墙壁而不靠矣。以予见论之，和箫和笛之时，当比曲低一字，曲声高于吹合，则丝竹之声亦变为肉，寻其附和之痕而不得矣。正音之法，有过此者乎？然此法不宜概行，当视唱曲之人之本领。如一班之中，有一二喉音最亮者，以此法行之，其余中人以下之材，俱照常格。倘不分高下，一例举行，则良法不终，而怪予立言之误矣。

【译文】

应当用什么方法纠正这个毛病呢？我的回答是：在平时练习唱曲的时候，不用管弦伴奏，伴奏只在戏场上用。这样有管弦的伴奏能唱，没有伴奏也能唱，但不能以伴奏的管弦为主。就像小孩学走路，成天靠着墙壁练习走路，没有墙壁就不能走了。如果让他离开墙壁，自己单独练习走，走过一次两次之后，他即使看见墙壁也不去依靠了。按照我的看法，在演唱者有弦乐和管乐伴奏的时候，应该让弦乐和管乐的声音比声乐低一个调，声乐的声音比弦乐和管乐高，那么弦乐和管乐的声音也成为了声乐的一部分，要想找出它们附和的痕迹也找不到了。纠正音调的办法有比这个办法更好的吗？这种办法不应该一概而论，应该根据演唱者自身的本领，确定如何去做。如果一个戏班的里面，有一两个嗓音洪亮的学生，就用这个办法进行教唱，其他的中等以下的学生，就都用常规的办法教唱。如果不区分学生素质的高低，一概按照我的方法来教唱，那么好办法也不会有好的效果，反而会责怪我提出的理论有错误。

【原文】

吹合之声，场上可少，教曲学唱之时，必不可少，以其能代师口，而司熔铸变化之权也。何则？不用箫笛，止凭口授[①]，则师唱一遍，徒亦唱一遍，师住口而徒亦住口，聪慧者数遍即熟，资质稍钝者，非数十百遍不能，以师徒之间无一转相授受之人也。

【注释】

①止：通“只”。

【译文】

器乐的伴奏，在戏场上演出时有时可以缺少，在教学生唱戏的时候却是必不可少的。因为器乐能代替老师的口，相当于浇铸金属的模具，可以起校正学生唱法的作用。这是为什么呢？不用器乐伴奏，只靠着老师口授，老师唱一遍，学生也跟着唱一遍，老师不唱，学生也跟着不唱。聪明伶俐的学生学几遍就熟了，资质稍微差一点的学生，不经过几十、上百遍的传授是学不会的，因为老师和学生之间没有一个可以互相沟通的人。

【原文】

自有此物，只须师教数遍，齿牙稍利，即有箫笛引之。随箫随笛之际，若曰无师，则轻重疾徐之间，原有法脉准绳，引人归于胜地；若曰有师，则师口并无一字，已将此曲交付其徒。先则人随箫笛，后则箫笛随人，是金蝉脱壳之法也。“庾公之斯，学射于尹公之他[①]；尹公之他，学射于我。”箫笛二物，即曲中之尹公他也。但庾公之斯与子濯孺子，昔未见面，而今同在一堂耳。若是，则吹合之力讵可少哉？予恐此书一出，好事者过听予言，谬视箫笛为可弃，故复补论及此。

【注释】

①庾公之斯，学射于尹公之他：见《孟子·离娄下》。

【译文】

有了伴奏，老师只需要教几遍，口齿稍微伶俐一点儿的学生，就可以用器乐的声音引导。在跟着器乐的声音练唱的时候，如果没有老师，轻重快慢之间，自有乐器引导，可以把学生引到正确的唱法上；如果有老师，那么老师即使没有唱出一个字，也能把整个戏的唱法都交给他的学生。开始是人随着器乐来练唱，后来是器乐随着人的声音而起，这就是金蝉脱壳的方法。古人说“庚公之斯，学射于尹公之他；尹公之他，学射于我。”像箫和笛这样的乐器，就是学习演唱的尹公之他。只是庚公之斯和子濯孺子，以前从来没有见过面，现在却同在一堂罢了。如果是这样，那么箫笛等器乐的伴奏可以缺少吗？我担心这本书一出，有好事的人过于相信我的话，便错误地认为箫笛等器乐的伴奏可以放弃，所以又在这里补说了以上内容。

教白第四

【原文】

教习歌舞之家，演习声容之辈，咸谓唱曲难[①]，说白易。宾白熟念即是，曲文念熟而后唱，唱必数十遍而始熟，是唱曲与说白之工，难易判如霄壤[②]。时论皆然，予独怪其非是。唱曲难而易，说白易而难，知其难者始易，视为易者必难。盖词曲中之高低抑扬，缓急顿挫，皆有一定不移之格，谱载分明，师传严切，习之既惯，自然不出范围。至宾白中之高低抑扬，缓急顿挫，则无腔板可按、谱籍可查，止靠曲师口；而曲师入门之初，亦系暗中摸索，彼既无传于人，何以转授于我？讹以传讹，此说白之理，日晦一日而人不知。人既不知，无怪乎念熟即以为是，而且以为易也。

【注释】

①咸：都。

②判如霄壤：形容相距极为遥远，或差异极大。霄壤，指天和地。

【译文】

教歌舞的人和学习戏曲的人，都认为唱曲子比较难，说宾白比较容易。只要把宾白记熟了念出来就可以了，曲文则要先记熟了才能练唱，练唱又必须唱几十遍才能唱熟，因此唱曲和说宾白的难易有天壤之别。目前人们都持有这种观点，只有我觉得不是这么回事。唱曲说难，其实很容易；说宾白容易，其实比较难。知道了它们难在什么地方，学起来才容易些；看上去容易的事情，实际上一定很难。总的来说，词曲中唱词音调的高低抑扬、缓急顿挫，都有固定不变的格式，这在曲谱上标得清清楚楚，老师传授讲解的时候要求得十分严格。学生练唱，久而久之就习惯了这些规则，自然也就不会违反格式了。至于宾白中的高低抑扬、缓急顿挫，就没有什么固定的腔调可以依照了，也没有什么曲谱可以查询，只靠戏曲老师的口授。而戏曲老师在刚入门学戏的时候，也是靠自己摸索出来的，既然劫难逃都没有人教给戏曲老师，他又怎能传授给学生呢？就这样以讹传讹，说宾白的道理也就一天比一天模糊了，人们根本不懂这些道理。既然人们都不懂，也难怪他们认为只要把宾白念熟了就是会说了，甚至还认为这是件很容易的事。

【原文】

吾观梨园之中，善唱曲者，十中必有二三；工说白者，百中仅可一二。此一二人之工说白，若非本人自通文理，则其所传之师，乃一读书明理之人也。故曲师不可不择。

【译文】

我看戏班里，十个人里面必定有两三个善于唱曲的；一百个人里面也就有一两个能把宾白说好的。这一两个宾白说得好的人，如果不是因为他们自己懂得文理，就是因为传授他们技艺的老师是个明白文理的读书人。所以对教唱戏曲的老师不能不有所选择。

【原文】

教者通文识字，则学者之受益，东君之省力①，非止一端。苟得其人，必破优伶之格以待之，不则鹤困鸡群，与侪众无异，孰肯抑而就之乎？然于此中索全人，颇不易得。不如仍苦立言者，再费几升心血，创为成格以示人。自制曲选词，以至登场演习，无一不作功臣，庶于为人为彻之义，无少缺陷。虽然，成格即设，亦止可为通文达理者道，不识字者闻之，未有不喷饭胡卢②，而怪迂人之多事者也。

【注释】

①东君：东家，主人。

②喷饭胡卢：笑得喷出饭来。胡卢，笑声。

【译文】

教戏的人通晓文理，那么学的人受到益处，主人省去的麻烦，就会不止一处了。如果真的找到了这样合适的戏曲老师，就一定要破格对待他，否则他就会像仙鹤被鸡群围困一样，与普通人没有什么差别。倘若没有特殊的礼遇，谁肯委屈自己待在你的家里呢？但要在戏曲老师中找到那种十全十美的人才，也很不容易。我不如再受点儿苦，多耗费些心血，创立出一种现成的说宾白的规范供大家参考。从填词谱曲，一直到登台表演，每一个环节我都涉及了，遵照帮人就帮到底的道理，我没有缺漏一个细节。即使说宾白的规范设立好了，也只能是对那些通晓文理的人说的，让不识字的人听到了，肯定会嘲笑我，责怪我迂腐怪异，多管闲事。

高低抑扬

【原文】

宾白虽系常谈，其中悉具至理，请以寻常讲话喻之。明理人讲话，一句可当十句，不明理人讲话，十句抵不过一句，以其不中肯綮也[①]。宾白虽系编就之言，说之不得法，其不中肯綮等也。犹之倩人传语，教之使说，亦与念白相同，善传者以之成事，不善传者以之偾事[②]，即此理也。此理甚难亦甚易，得其孔窍则易[③]，不得孔窍则难。此等孔窍，天下人不知，予独知之。天下人即能知之，不能言之，而予复能言之，请揭出以示歌者。

【注释】

①綮(qìng)：筋骨结合的地方，比喻事物的关键。

②偾(fèn)事：坏事。偾，毁坏，败坏。

③孔窍：窍门。

【译文】

宾白虽然是人们经常讲的话，但其中也包含着深刻的道理。打个简单的比方，明白事理的人讲话，讲一句话可以抵得上十句；不明白事理的人讲话，讲十句话也抵不上一句，因为他的话说不到点子上。宾白虽然是编写好了的话，但如果说得不得法，也跟不明事理的人说话一样，说不到点子上。这就像让别人传话，告诉他们要传些什么话，会传话的人能把事情办好，不会传话的人肯定会使事情变得更坏，这个道理和念白很相似，这个道理看起来非常难，实际上很容易，找到了其中的窍门就容易，找不到其中的窍门就难。这种窍门，天下的人都不知道，只有我一个人知道。天下的人即使知道，也不能表达出来，而我却能把它说清楚。下面就让我把它揭示出来，供演戏的人参考吧。

【注释】

①主客：主次。

②理：道理。

③法：方法。

【原文】

白有高低抑扬，何者当高而扬？何者当低而抑？曰：若唱曲然。曲文之中，有正字，有衬字。每遇正字，必声高而气长，若遇衬字，则声低气短而疾忙带过，此分别主客之法也①。说白之中，亦有正字，亦有衬字，其理同②，则其法亦同③。一段有一段之主客，一句有一句之主客，主高而扬，客低而抑，此至当不易之理，即最简极便之法也。凡人说话，其理亦然。

【译文】

说宾白讲究高低抑扬，什么地方该高该扬，什么地方该低该抑，我说就跟唱曲的规律一样。曲文当中，有正字，有衬字。遇到正字，就必须唱得声高气长；如果遇到衬字，就要唱得声低气短，很快带过去，这是区别主次的方法。宾白当中，也有正字和衬字之分，和唱曲的道理一样，方法也一样。一段宾白有一段宾白的主次，一句话有一句话的主次，主要的句子和主要的字要说得声高气扬，次要的句子和次要的字要说得声低气短，这是非常正确并且不可改变的真理，也是最简单最方便的说宾白的方法。一般来讲，平常人们说话，道理也是这样。

【注释】

①甘旨之心：奉养父母之心。甘旨，美味，代指奉养老人的饭食。

【原文】

譬如呼人取茶取酒，其声云："取茶来！""取酒来！"此二句既为茶酒而发，则"茶"、"酒"二字为正字，其声必高而长，"取"字"来"字为衬字，其音必低而短。再取旧曲中宾白一段论之。《琵琶·分别》白云："云情雨意，虽可抛两月之夫妻；雪鬓霜鬟，竟不念八旬之父母！功名之念一起，甘旨之心顿忘①，是何道理？"首四句之中，前二句是客，宜略轻而稍快，后二句是主，宜略重而稍迟。"功名"、"甘旨"二句亦然，此句中之主客也。"虽可抛"、"竟不念"六个字，较之"两月夫妻"、"八旬

父母”虽非衬字，却与衬字相同，其为轻快，又当稍别。至于“夫妻”、“父母”之上二“之”字，又为衬中之衬，其为轻快，更宜倍之。是白皆然，此字中之主客也。

【译文】

比如叫别人去取茶拿酒，就说：“取茶来!”“拿酒来!”这两句话既然是为了茶和酒而喊的，那么“茶”、“酒”这两个字就是正字，说的时候就要声高气长，“取”、“来”这两个字是衬字，说的时候就要声低气短。再拿旧戏曲中的一段宾白为例，说明这个道理。《琵琶记·分别》这折戏中有一段对白：“云情雨意，虽可抛两月之夫妻；雪鬓霜鬟，竟不念八旬之父母！功名之念一起，甘旨之心顿忘，是何道理?”开头的四句话中，前两句话是次要的，应该念得略轻而且稍快，后两句话是主要的，应该念得略重而且稍慢。“功名”、“甘旨”这两句话也是这样念的，这是应了句中主次有别的方法。“虽可抛”、“竟不念”六个字，与“两月夫妻”、“八旬父母”对比，虽然不是衬字，却和衬字相同，念的时候要念得轻些快些，又要与衬字的念法稍有差别。至于“夫妻”、“父母”前的两个“之”字，是衬字中的衬字，念的时候要念得特别轻、特别快。只要是宾白，都遵循这个道理，这是字中的主次之法。

【原文】

常见不解事梨园，每于四六句中之“之”字，与上下正文同其轻重疾徐，是谓菽麦不辨，尚可谓之能说白乎？此等皆言宾白，盖场上所说之话也。至于上场诗，定场白，以及长篇大幅叙事之文，定宜高低相错，缓急得宜，切勿作一片高声，或一派细语，俗言“水平调”是也。上场诗四句之中，三句皆高而缓，一句宜低而快。低而快者，大率宜在第三句①，至第四句之高而缓，较首二句更宜倍之。

【注释】

①大率:通常。

【译文】

我常常看到不懂这个道理的演员，每次念到四六句的时候，把句中“之”字的轻重快慢念得和上下正文一样，这就像是连豆子和麦子都分不清楚，能说他会说宾白吗？上面说的都是宾白，也就是戏场上演员所说的话。至于上场诗、定场白以及篇幅很长的叙事文字，一定要念得高低错落、缓急恰当，千万不能全部一个劲地念高声，或全部一味地念低语，成为俗话讲的“水平调”。上场诗的四句当中，有三句要念得声高而且气缓，有一句应该说得声低而气短。说得声低而且气短的那句，通常是放在诗中的第三句，到了第四句，念的时候要比前两句的声音更高、更缓。

【原文】

如《浣纱记》定场诗云①：“少小豪雄侠气闻，飘零仗剑学从军。何年事了拂衣去，归卧荆南梦泽云。”“少小”二句宜高而缓，不待言矣。“何年”一句必须轻轻带过，若与前二句相同，则煞尾一句不求低而自低矣。末句一低，则懈而无势，况其下接着通名道姓之语。如“下官姓范名蠡，字少伯”，“下官”二字例应稍低，若末句低而接者又低，则神气索然不振矣，故第三句之稍低而快，势有不得不然者。此理此法，谁能穷究至此？然不如此，则是寻常应付之戏，非孤标特出之戏也。高低抑扬之法，尽乎此矣。

【注释】

①《浣纱记》定场诗：见明梁辰鱼《浣纱记》演春秋末越国范蠡辅助越王句践灭吴国后，携西施泛舟江湖的事。

【译文】

例如，《浣纱记》的定场诗中说：“少小豪雄侠气闻，飘零仗剑学从军。何年事了拂衣去，归卧荆南梦泽云。”“少小”两句应该说得高而缓，这是不用说的。“何年”一句必须轻声带过，如果与前两句念得相同的话，那么收尾的一句，不想念低也会自然而然的低了。收尾一句要是念得低，那么整段就会显得松懈、没有了气势。况且接下来是通名报姓的话。比如“下官姓范名蠡，字少伯”，“下官”两个字按照常规念的时候应该声音低些，如果上面收句低了，接着一句又低，就会使整个人物的神情气势显得委靡不振了。所以第三句要念得稍微低点但是要快，是势必如此的。这种道理这种方法，谁能探究到这个程度？但如果不这样，就只能排演平常应付的戏，而不是出类拔萃的优秀戏曲了。把宾白说得高低抑扬的道理，不外乎就这些了。

【原文】

优师既明此理，则授徒之际，又有一简便可行之法，索性取而予之：但于点脚本时，将宜高宜长之字用朱笔圈之，凡类衬字者不圈。至于衬中之衬，与当急急赶下、断断不宜沾滞者，亦用朱笔抹以细纹，如流水状，使一皆能识认。则于念剧之初，便有高低抑扬，不俟登场摹拟[①]。如此教曲，有不妙绝天下，而使百千万亿之人赞美者，吾不信也。

【注释】

①俟(sì)：等待，等到。摹拟：模仿。

【译文】

教戏的人明白了这个道理之后，在教授学生的时候，还有一种简单可行的方法，我索性也说出来供大家参考。在读戏曲脚本的时候，把该念得高、念得长的字用红笔圈点出来，只要是属于衬字都不圈。至于衬字中的衬字，和那些应当迅速带过去、万万不可念得拖泥带水的字，也要用红笔画上细波纹线，就像流水的样子，好让学生能一一辨认清楚。那么，学生在开始学念宾白的时候，心中就有高低抑扬的意识，不用等到登场表演了再去模仿。这样教曲，如果达不到绝妙境地，让千百万人众声赞美，我是不会相信的。

缓急顿挫

【原文】

缓急顿挫之法，较之高低抑扬，其理愈精，非数言可了。然了之必须数言，辩者愈繁，则听者愈惑，终身不能解矣。优师点

【注释】

①刺谬：相悖，违异。

脚本授歌童，不过一句一点，求其点不刺谬[1]，一句还一句，不致断者联而联者断，亦云幸矣，尚能询及其他？即以脚本授文人，倩其画文断句，亦不过每句一点，无他法也。而不知场上说白，尽有当断处不断，反至不当断处而忽断；当联处不联，忽至不当联处而反联者。

【译文】

宾白的语气缓急顿挫的方法，与声音的高低抑扬的方法相比，其中的道理更加精深，不是几句话就能说清楚的，但是又只能用几句话把它说明白，解释的人说得越多，听的人就会越糊涂，以致一辈子也弄不明白。教唱曲的老师用圈点脚本的方法来教授歌童，只不过是一句一句地圈点，只求圈点得没有错误，一句还是一句，不会在该断开的地方连着，该连的地方却断开了，这也可以说是万幸了，还能向他问别的东西吗？即使把剧本交给懂戏曲的文人，请他给剧本圈点断句，他也是一句一句地圈点，没有其他的办法。人们还不知道在台上说的宾白，有很多地方是该断开的却没有断开，不该断开的地方反而会突然断开；应该连起来的地方却不连，在不该连的地方反而连起来了。

【原文】

此之谓缓急顿挫。此中微渺[1]，但可意会，不可言传；但能口授，不能以笔舌喻者。不能言而强之使言，只有一法：大约两句三句而止言一事者，当一气赶下，中间断句处勿太迟缓；或一句止言一事，而下句又言别事，或同一事而另分一意者，则当稍断，不可竟连下句。是亦简便可行之法也。此言其粗，非论其精；此言其略，未及其详。精详之理，则终不可言也。

当断当联之处，亦照前法，分别于脚本之中，当断处用朱笔一画，使至此稍顿，余俱连读，则无缓急相左之患矣。

【注释】

①微渺：奥妙。

【译文】

这就是宾白中的缓急顿挫。这其中的奥妙，只可意会，不可言传；只能用口头传授，不能用文字说明。要将本来不能用语言表达出来的问题，勉强用语言表达出来，只有一种方法：大约两三句话只说一件事情的，应该一口气读完，中间断句的地方不要读得太缓慢；或者是一句话只说一件事，下一句话说的是别的事；或者虽然是同一件事而另外又有一层意思的，就应该稍稍断一下，不能直接和下一句连着读。这也是一个简单可行的方法。这里说的只是其中的大概，没有涉及其中的细节；只是简略说说，没有详细说明。至于精微详细的原理，终究是不能用语言表达清楚的。

该断开和该连的地方，也要照着前面的方法，在脚本中分别标出来，将应当断开的地方用红笔画一下，让人们知道在这个地方要稍稍停顿，其他的地方就都是要连读，这样就不会担心读得快慢不当了。

【原文】

妇人之态，不可明言，宾白中之缓急顿挫，亦不可明言，是二事一致。轻盈袅娜，妇人身上之态也；缓急顿挫，优人口中之态也。予欲使优人之口，变为美人之身，故为讲究至此。欲为戏场尤物者①，请从事予言，不则仍其故步。

【注释】

①尤物：特指人物，多指美女。

【译文】

女人的姿态，不能用语言来表达；宾白中的缓急顿挫，也不能用语言来表达。这两件事的道理是一样的。轻盈袅娜，是女人身体的姿态；缓急顿挫，是演员口中的姿态。我想让演员口中的姿态变得像美人的体态那样优美，所以把宾白探究到这么深的程度。想成为戏场中的尤物，就请按我的话去做，不然，就仍然按自己原来的方法做。

脱套第五

【原文】

戏场恶套，情事多端，不能枚纪。以极鄙极欲之关目，一人作之，千万人效之，以致一定不移，守为成格，殊为怪也。西子捧心，尚不可效，况效东施之颦乎？且戏场关目，全在出奇变相，令人不能悬拟①。若人人如是，事事皆然，则彼未演出而我先知之，忧者不觉其可忧，苦者不觉其为苦，即能令人发笑，亦笑其雷同他剧，不出范围，非有新奇莫测之可喜也。扫除恶习，拔去眼钉，亦高人造福之一事耳。

【注释】

①悬拟：揣摩，想象。

【译文】

戏场中的恶套俗法，多种多样，不能一一列举出来。那些极其鄙俗的关目，一个人把它创造出来，随后便有千万个人效仿，以至于成了不可改变的规矩，实在是一种令人奇怪的现象。西施捧心皱眉的娇美姿态，尚且不可仿效，更何况是仿效东施皱眉呢？况且，戏场中的关目，全在于出奇制胜，经常变化，让观众事先不能猜测到。如果每个人都是这个样、每件事都是如此，那么戏曲还没演出来，观众就已经预先知道了这部戏要演什么。结果是本来忧伤的情节让人不觉得忧伤，本来悲苦的情节让人也不再觉得有什么悲苦可言了。即使是能让人发笑的场面，人们也是笑它与其他剧本雷同，超不出常规的范围，并不是因为有什么新鲜奇怪让人预测不到的地方。所以说，扫除因袭守旧的恶习，就如同拔去了众人眼中的钉子一样，也是一件高明的人造福他人的大好事。

衣冠恶习

【原文】

记予幼时观场，凡遇秀才赶考及谒见当涂贵人[①]，所衣之服，皆青素圆领[②]，未有着蓝衫者[③]，三十年来始见此服。近则蓝衫与青衫并用，即以之别君子小人。凡以正生、小生及外末脚色而为君子者，照旧衣青圆领，惟以净丑脚色而为小人者，则着蓝衫。此例始于何人，殊不可解。夫青衿[④]，乾廷之名器也。以贤愚而论，则为圣人之徒者始得衣之；以贵贱而论，则备缙绅之选者始得衣之。名宦大贤尽于此出，何所见而为小人之服，必使净丑衣之？此戏场恶习所当首革者也。或仍照旧例，止用青衫而不设蓝衫。若照新例，则君子小人互用，万勿独归花面，而令士子蒙羞也。

【译文】

记得我小时候看戏，戏中凡是秀才去赶考，或者去拜见当权贵人，秀才穿的都是圆领的青衫，没有穿蓝衫的，最近三十年来才看到演员穿这种衣服。近来演秀才时则是蓝衫与青衫都用，以此区分他是君子还是小人。凡是演君子的，如正生、小生和外末的角色，仍然穿的是圆领的青衫，只有在净、丑角色扮演小人时，才穿蓝衫。这个惯例是什么人开的，实在很难让人理解。“青衿”是朝廷中的贵重衣服。从贤良愚笨来说，只有圣人的徒弟才可以穿它；从身份的贵贱来说，只有具备士大夫资格的人才可以穿它。有名的官宦、大贤的人都穿过蓝衫，什么时候变成了小人的服装，一定要让净、丑角色穿呢？这种戏场演出当中的恶习应当首先革除。或者仍然按照以前的惯例，只用青衫而不用蓝衫。如果按照新规矩，那么无论是君子还是小人，都可以穿青衫和蓝衫，千万不要只让花脸穿蓝衫，使读书人蒙受耻辱。

【注释】

①当涂：正在执掌大权的人。涂，通“途”，指仕路。

②青素圆领：古时学士所穿的衣服。

③蓝衫：古代儒生所穿的服装。

④青衿：古代学子所穿的衣服。代指学士。

【注释】

①云肩：妇女披在肩上的装饰物，绣花，下围有穗。

②成宪：成规。

【原文】

近来歌舞之衣，可谓穷奢极侈。富贵娱情之物，不得不然，似难责以俭朴。但有不可解者：妇人之服，贵在轻柔，而近日舞衣，其坚硬有如盔甲。云肩大而且厚①，面夹两层之外，又以销金锦缎围之。其下体前后二幅，名曰"遮羞"者，必以硬布裱骨而为之，此战场所用之物，名为"纸甲"者是也，歌台舞榭之上，胡为乎来哉？易以轻软之衣，使得随身环绕，似不容已。至于衣上所绣之物，止宜两种，勿及其他。上体凤鸟，下体云霞，此为定制。盖"霓裳羽衣"四字，业有成宪②，非若点缀他衣，可以浑施色相者也。予非能创新，但能复古。

【译文】

近来唱戏用的服装，可以说是奢侈浪费到了极点。如果演的是富贵人家或是使人欢娱的剧本，那么就不得不这样奢侈，似乎难以要求俭朴。只是让人难以理解的地方是：女人穿的衣服贵在轻柔，而近来女人穿的戏装，却坚硬得像盔甲，披肩大而且厚，上面夹了两层还围上一层金箔锦缎。衣服的下部有前后两幅，说是"遮羞"的，一定要用硬布裱上几道棱子做成，这是战场上穿的衣服，名字叫"纸甲"，唱歌跳舞的台上怎么能用这种东西呢？应当换上轻软飘逸的衣服，让它随身环绕，宽松得体。至于衣服上所绣的图案，只适宜用两种，不要绣其他的图案，上身的衣服适宜绣凤鸟，下身的衣服适宜绣云霞，这是规定。"霓裳羽衣"四个字，已经形成了规定，不像点缀其他的衣服，可以胡乱用图案。我虽然不能创新，却能恢复古人的做法。

【注释】

①曩（nǎng）：以往，从前，过去。

【原文】

方巾与有带飘巾，同为儒者之服。飘巾儒雅风流，方巾老成持重，以之分别老少，可称得宜。近日梨园，每遇穷愁患难之士，即戴方巾，不知何所取义？至纱帽巾之有飘带者，制原不佳，戴于粗豪公子之首，果觉相称。至于软翅纱帽，极美观瞻，

曩时《张生逾墙》等剧往往用之[①]，近皆除去，亦不得其解。

【译文】

方巾和有带的飘巾，都是读书人的服饰。披飘巾显得人儒雅风流，戴方巾衬得人老成持重，用来区分老人和年轻人，可以说是非常恰当。近来戏场上，每当扮演穷苦潦倒、遭遇灾难的士人，就戴方巾，不知道这种做法的根据是什么？至于有飘带的纱帽，做工本来就不精致，戴在粗犷豪爽的公子头上，的确很相称。至于软翅纱帽，看上去非常美观，过去演《张生逾墙》等剧是经常用它，近来都废掉了，也让人无法理解是什么原因。

声音恶习

【原文】

花面口中，声音宜杂。如作各处乡语，及一切可憎可厌之声，无非为发笑计耳，然亦必须有故而然。如所演之剧，人系吴人，则作吴音，人系越人，则作越音，此从人起见者也。如演剧之地在吴则作吴音，在越则作越音，此从地起见者也。可怪近日之梨园，无论在南在北，在西在东，亦无论剧中之人生于何地，长于何方，凡系花面脚色，即作吴音，岂吴人尽属花面乎？此与净丑着蓝衫，同一覆盆之事也[①]。使范文正、韩襄毅诸公有灵[②]，闻此声，观此剧，未有不抱恨九泉，而思痛革其弊者也。今三吴缙绅之居要路者[③]，欲易此俗，不过启吻之劳；从未有计及此者，度量优容，真不可及。

【注释】

①覆盆：指蒙受不白之冤。

②韩襄毅：即明代作家韩雍，谥号襄毅。

③三吴：概指吴地。

【译文】

花脸口中的声音应当杂一些。比如模仿各个地方的方言，和发出一切让人听了厌恶憎恨的声音，这样做的目的无非是为了让观众发笑。但是这样做也必须有原因。例如，一场戏里面，角色是吴地人，就说吴地方言，是越地人，就说越地方言，这是从人物的因素来考虑的。又如，演戏曲的地方在吴地时，角色就说吴地方言；在越地时，角色就讲越地方言，这是从演出的地点考虑的。令人奇怪的是，近来的戏班子，无论演出戏曲的地点是在南还是在北，是在东还是在西，也不管戏中的人物生在什么地方，长在什么地方，只要是花脸这个角色所说的话，就说吴地方言。难道说吴地人都是花脸吗？这种情况和净、丑穿蓝衫一样，都属于颠倒是非的奇怪事。假如宋代的范文正、明代的韩襄毅等人在天有灵，听到这样的声音，看到这样的戏曲，他们在九泉之下一定会痛恨万分，因此我想彻底地革除这种弊病。目前，江浙一带一些有权势的缙绅想要改变这种习俗，他们只不过是张口说一说而已；从来没有人切实打算着手去施行，他们的肚量之大，可真是无人可比。

【原文】

且梨园尽属吴人，凡事皆能自顾，独此一着，不惟不自争气，偏欲故形其丑，岂非天下古今一绝大怪事乎？且三吴之音，止能通于三吴，出境言之，人多不解，求其发笑，而反使听者茫然，亦失计甚矣。吾请为词场易之[①]：花面声音，亦如生旦外末，悉作官音，止以话头惹笑，不必故作方言。即作方言，亦随地转。如在杭州，即学杭人之话，在徽州，即学徽人之话，使妇人小儿皆能识辨。识者多，则笑者众矣。

【注释】

①请：原作“故”。

【译文】

而且戏曲界中的演员大部分是吴地人，任何事他们都能考虑到自己，唯独在这一件事上，不但自己不争气，反而想故意使自己现丑，这难道不是古往今来的一件大怪事吗？而且，吴地的方言，只能在吴地通用，到外地去说，人们大多听不懂。演员本来想要让观众发笑，却反而让观众觉得茫然不知道他们在说什么，这真是太失策了。请让我来改变一下这种情形：花脸也和生、旦、外、末等角色一样，都说官话，只用话头惹人发笑，不一定要故意说方言；即使说方言，也要随着地点的迁移而变化。比如，在杭州演出就说杭州的方言，在徽州演戏就说徽州的方言，要让妇女儿童都能够听得懂。听得懂的人多了，发笑的人自然就会多起来。

语言恶习

【原文】

白中有“呀”字，惊骇之声也。如意中并无此事[①]，而猝然遇之，一向未见其人，而偶尔逢之，则用此字开口，以示异也[②]。近日梨园不明此义，凡见一人，凡遇一事，不论意中意外，久逢乍逢，即用此字开口，甚有差人请客而客至，亦以“呀”字为接见之声音，此等迷谬，尚可言乎？故为揭出，使知斟酌用之。

【注释】

①意中：意料之中。

②异：惊异。

【译文】

戏曲宾白中有“呀”字，这表示惊讶的意思。如果意料之中并没有这件事，却突然遇上了；或者很久没有见到某个人，却偶然与他相逢，这时就要用“呀”字作张口说话的开头语，以此表达惊异。近来的戏班子不明白这个道理，只要是见到一个人，遇到一件事，不管是意料之中还是意料之外，不管是常常见到还是久别重逢，都用“呀”字做开头语。甚至有时是主人派人去请客人，客人到了，主人也用“呀”字作为接见客人的招呼语。这种谬误，还用说出来吗？所以我将它揭示出来，好让人们能在不同场合、不同情况合理斟酌使用这个字。

【原文】

戏场惯用者，又有“且住”二字。此二字有两种用法。一则相反之事，用作过文，如正说此事，忽然想及彼事，彼事与此事势难并行，才想及而未曾出口，先以此二字截断前言，“且住”者，住此说以听彼说也。一则心上犹豫，假此以待沉吟[①]，如此说自以为善，恐未尽善，务期必妥，当于是处寻非，故以此

【注释】

①假：借。

②详：明白，懂得。

代心口相商，“且住”者，稍迟以待，不可竟行之意也。而今之梨园，不问是非好歹，开口说话，即用此二字作助语词，常有一段宾白之中，连说数十个“且住”者，此皆不详字义之故[②]。一经点破，犯此病者鲜矣。

【译文】

戏场中经常被用到的，还有“且住”这两个字。这两个字的用法有两种。一是在说完全相反的两件事情的时候，用这两个字作转折过渡的词语。比如说，正在说这件事，忽然想到了另一件事，无法把这两件事一齐说出，刚刚想到但还没讲出来时，就先用“且住”这两个字截住前一件事的话头。“且住”的意思就是暂停这件事而让观众听另一件事。二是指心里犹豫不决的时候，借这两个字来沉吟片刻，缓一下时间。比如说，自己觉得这么说很妥当，又担心不是很完善，但一定要把它说得妥妥当当，就想在正确的地方再挑出一些毛病来，所以用“且住”来表示自己的心里正在斟酌考虑。“且住”这时的意思就是稍停一停，等待一会儿，这件事不能就这么完了。然而，现在的戏园里，也不问对错好坏，只要开口说话，就用这两个字作语气助词。常常有一段宾白之中，连着说几十个“且住”的情况，这都是因为人们不太懂得这两个字的真正含义。今天，一经我点破，以后犯这种毛病的人就会少了。

【原文】

上场引子下场诗，此一出戏文之首尾。尾后不可增尾，犹头上不可加头也。可怪近时新例，下场诗念毕，仍不落台，定增几句淡话，以极紧凑之文，翻成极宽缓之局。此义何居，令人不解。曲有尾声及下场诗者，以曲音散漫，不得几句紧腔，如何截得板住？白文冗杂，不得几句约语[①]，如何结得话成？若使结过之后，又复说起，何如不收竟下之为愈乎？且首尾一理，诗后既可添话，则何不于引子之先，亦加几句

【注释】

①约语：简明的话。

②积习：积累下来的恶习。

③尽：完全。

说白，说完而后唱乎？此积习之最无理最可厌者[②]，急宜改革，然又不可尽革[③]。

【译文】

上场引子和下场诗，是一出戏文的开头和结尾。戏尾的后面不能再加一个尾巴，就像开头的前面不能再加一个开头一样。近来出现的新花招真叫人奇怪，下场诗念完了，还不落幕，一定要再加上几句平平淡淡的话，结果把极其紧凑的戏文，变得十分的松散拖拉。这么做的用意在哪里呢？真是让人不能理解。戏曲之所以要有尾声和下场诗，是因为在戏曲结尾的时候曲调散漫，不用几句紧凑的唱腔，怎么能把板式收住呢？宾白冗长繁杂，不用几句简明的话，又怎么把话尾了结呢？如果结尾的话已经说完了，却又重新说起来，这样做还不如不结尾而一直讲下去，那不是更好吗？而且戏的开头和结尾是一个道理，既然可以在下场诗的后面添加一些闲谈的话，那么为什么不在上场引子的前面也添加几句宾白，说完宾白之后再演唱呢？这种积累下来的恶习最没有道理，也最令人讨厌，应该早点革除掉。不过，也不能完全革除掉。

【原文】

如两人三人在场，二人先下，一人说话未了，必宜稍停以尽其说，此谓“吊场[①]”，原系古格。然须万不得已，少此数句，必添出后一出戏文，或少此数句，即埋没从前说话之意者，方可如此。（亦有下场不及更衣者，故借此为缓兵计。）是龙足，非蛇足也。然只可偶一为之，若出出皆然，则是是貂皆可续矣，何世间狗尾之多乎？

【注释】

①吊场：戏曲术语。意谓一出将尽或剧情转换时，多数角色已下场，留下一二角色在场上吊住场子，作承前启后的交代。

【译文】

比如，有两个人或三个人在场上，有两个人先下场了，第三个人的话还没说完，就一定要稍稍停留一下，让他把话说完，这叫“吊场”，本来就是古戏中的一种规矩。但是采用这种形式必须是在万不得已的情况下才可以这样做，比如说，如果缺少了这几句话，就必须要在后面再加上一出戏文，或者缺少这几句话，就会埋没前面所说的话的意思。（也有在演员下场来不及换戏装时，台上的人也可以借用这种方式作为缓兵之计。）这样添加上去的才是必不可少的话，而不是画蛇添足。然而，这种做法只能偶尔使用一下，如果每出戏都这样做，就会给人留下凡是狗尾都可以续貂的印象，世间的狗尾怎么会有那么多呢？

科诨恶习

【原文】

插科打诨处，陋习更多，革之将不胜革，且见过即忘，不能悉记，略举数则而已。如两人相殴，一胜一败，有人来劝，必使被殴者走脱，而误打劝解之人，《连环·掷戟》之董卓是也①。主人偷香窃玉，馆童吃醋拈酸，谓寻新不如守旧，说毕必以臀相向，如《玉簪》之进安、《西厢》之琴童是也②。戏中串戏，殊觉可厌，而优人惯增此种，其腔必效弋阳，《幽闺·旷野奇逢》之酒保是也③。

【译文】

插科打诨的地方，陈规陋习更多，想要革除都革除不尽，而且看过的也就忘了，不能全都记住，在这里仅列举几个例子吧。比如两个人打架，一胜一败，有人过来劝架，必定会让被打的人逃脱，而使劝架的那个人被误打一顿。《连环·掷戟》中的董卓就是这样。又比如，主人偷香窃玉，侍童吃醋拈酸，说什么寻求新欢不如守着旧情，说完之后一定会把屁股冲着主人，就像《玉簪记》中的侍童进安、《西厢记》中的侍童琴童那样。再比如戏中套着戏，这样做尤其让人觉得讨厌，但演戏的人已经习惯增加这种项目，加进去的唱腔一定是学弋阳腔的，《幽闺记·旷野奇逢》中的酒保就属于这类情况。

【注释】

①《连环记·掷戟》：《连环记》，全名《锦云堂美女连环计》，一作《锦云堂暗定连环计》。元代无名氏撰。

②《玉簪》：传奇剧本。明代高濂作。故事写南宋书生潘必正自幼与陈娇莲定有婚约，以玉簪及鸳鸯扇坠交换为凭。后因战乱，娇莲流落金陵，在女贞观带发修行，改名妙常。

③《幽闺·旷野奇逢》：《幽闺记》又名《拜月亭》，根据宋元旧作编写而成，作者佚名。此剧与《荆钗记》、《刘知远白兔记》、《杀狗记》被誉为"明初四大传奇"，简称"荆、刘、拜、杀"。

居室部

房舍第一

【注释】

①堂高数仞，榱（cuī）题数尺：选自《孟子·尽心章句下》。仞，古代长度单位，合周制八尺。榱题，出檐，屋檐前端。

②挟纩（kuàng）：身披丝绵。比喻受人恩惠，感到温暖。

【原文】

人之不能无屋，犹体之不能无衣。衣贵夏凉冬燠，房舍亦然。堂高数仞，榱题数尺[①]。壮则壮矣，然宜于夏而不宜于冬。登贵人之堂，令人不寒而栗，虽势使之然，亦廖廓有以致之；我有重裘，而彼难挟纩故也[②]。及肩之墙，容膝之屋，俭则俭矣，然适于主而不适于宾。造寒士之庐，使人无忧而叹，虽气感之乎，亦境地有以迫之；此耐萧疏，而彼憎岑寂故也。

【译文】

人不能没有房屋，就像人不能不穿衣服。衣服贵在夏凉冬暖，房屋也是这样。厅堂高达数丈，屋檐伸出很远，壮观是很壮观，然而它只适合于夏天住，而不适合于冬天住。走进豪门显贵的家，令人不寒而栗，虽然与主人的权势有关，可是房屋的高大空洞，也会给人带来这种感觉。主人穿的厚皮袄，也会令衣衫单薄的客人感到寒冷。齐肩的矮墙，只能住得下人的小屋，是很俭朴，然而它只适合于主人居住，不适合接待宾客。造访贫穷人士的家，让人无忧而叹，虽然有受到屋里的气氛感染的原因，可是房屋的低矮窄小，也会让人感到窘迫。即使主人能够忍耐清冷，可客人却憎恨这种孤寂凄清。

【注释】

①汤文：指上汤和周文王。

【原文】

吾愿显者之居，勿太高广。夫房舍与人，欲其相称。画山水者有诀云："丈山尺树，寸马豆人。"使一丈之山，缀以二尺三尺之树；一寸之马，跨以似米似粟之人，称乎？不称乎？使显者之躯，能如汤文之九尺十尺[①]，则高数仞为宜，不则堂愈高而人愈觉其矮，地愈宽而体愈形其瘠，何如略小其堂，而宽大其身之

为得乎？处士之庐，难免卑隘，然卑者不能耸之使高，隘者不能扩之使广，而污秽者、充塞者则能去之使净，净则卑者高而隘者广矣。

【译文】

我希望显贵之家的房屋不要建造得太高太大。房屋和人应该相称。画山水的人有一句口诀："丈山尺树，寸马豆人。"就是说如果画的是一丈高的山，用二三尺高的树来点缀，画的是一寸大小的马，马背上驮的却是米粒一样大小的人，相称还是不相称呢？假如一个显贵的躯体能像商汤、周文王那样高达九尺十尺，那么房屋要高达数丈才合适，否则房子越高就越显得人矮小，地面越宽越显得人消瘦。把房子建得小一点，而使自己的身材显得高大魁梧些不是更好吗？贫寒人家的房子，难免低矮狭窄，虽然低矮的不能再加高，狭窄的不能再扩大，但屋子里面污秽的东西可以除去，使房屋变得干净整洁，干净整洁了，低矮的房屋也会显得高大，狭窄的房屋也会显得宽阔。

【原文】

吾贫贱一生，播迁流离，不一其处，虽债而食，赁而居，总未觉稍污其座。性嗜花竹，而购之无资[①]，则必令妻孥忍饥数日[②]，或耐寒一冬，省口体之奉，以娱耳目。人则笑之，而我怡然自得也。性又不喜雷同，好为矫异，常谓人之葺居治宅，与读书作文同一致也。譬如治举业者，高则自出手眼，创为新异之篇；其极卑者，亦将读熟之文移头换尾，损益字句而后出之，从未有抄写全篇，而自名善用者也。乃至兴造一事，则必肖人之堂以堂[③]，窥人之户以立户，稍有不合，不以为得，而反以为耻。常见通侯贵戚，掷盈千累万之资以治园圃，必先谕大匠曰：亭则法某人之制，榭则遵谁氏之规，勿使稍异。而操运斤之权者，至大厦告成，必骄语居功，谓

【注释】

①无资：无钱。资，钱财。

②妻孥：妻子和儿女。

③肖：模仿。

其立户开窗，安廊置阁，事事皆仿名园，纤毫不谬。噫，陋矣！以构造园亭之胜事，上之不能自出手眼，如标新创异之文人；下之至不能换尾移头，学套腐为新之庸笔，尚嚣嚣以鸣得意，何其自处之卑哉！

【译文】

我一生都很贫苦，到处奔波流离，没有一个固定的住所，虽然是靠借钱吃饭，靠租房子居住，却从来没有让我的房子稍稍沾上一点儿污秽。我生性喜爱花竹，又无钱购买，宁可让妻子儿女饿几天肚子，或者忍受一个冬季的寒冷，也要节衣缩食省出点儿生活费用，购买花竹来满足耳目的欢娱。别人笑话我，而我却怡然自得。我又生性不喜欢雷同，喜欢标新立异，我常说人们修建房屋就与读书作文一样。比如参加科举考试的举子，水平高的人能够自己用心思写出新颖奇异的文章；水平低的人也会将读熟的文章，改头换尾，增减字句，做出一篇新文章，从来没有人会照抄全篇而自命不凡的。但是在建造房屋时，有些人就一定要模仿别人的厅堂来建厅堂，依照别人的窗户来建窗户，稍有不同，不仅不认为这样做更好，反而觉得羞耻。常常看见那些公侯贵戚，耗资成千上万来修建园圃，事先必定要吩咐工匠：亭子要仿照某某人的式样，台榭一定要遵照谁家的设计，不要有一点点不同。而那些建造房屋的人，等到建成的时候，也必定会居功自傲，说他建造的房屋的门窗、走廊、亭阁，全都是模仿名园，丝毫也不差。唉！真是太浅陋了！建造园亭这样美好的事情，好的方面不能像标新立异的文人那样独自创新，坏的方面甚至不能像那些庸俗的文人一样套用别人的陈腐样式创造出新的文章，还在那里满不在乎，洋洋自得。为什么要把自己的身份降得那么低呢？

【原文】

予尝谓人曰：生平有两绝技，自不能用，而人亦不能用之，

【注释】

①维：通“为”，是。

殊可惜也。人问：绝技维何[①]？予曰：一则辨审音乐，一则置造园亭。

【译文】

我曾经对别人说："我生平有两大绝技，自己用不上，别人也不能用，真是太可惜了！"别人问我："是什么绝技呢?"我回答说："一是辨审音乐，一是建造园亭。"

【原文】

性嗜填词，每多撰著，海内共见之矣。设处得为之地，自选优伶[①]，使歌自撰之词曲，口授而躬试之，无论新裁之曲，可使迥异时腔，即旧日传奇，一概删其腐习而益以新格，为往时作者别开生面，此一技也。

【注释】

①优伶：古时对戏曲演员的统称。优，旧时称唱戏的人。伶，旧时指戏曲演员。

【译文】

我生性喜好填词，有多种著作，这是世人都看到的事情。假使让我处在能够做主的地位，能够自己挑选演员，让他们演唱我创作的戏曲，并由我口传身教，那么，不仅我新编的戏曲，能让它与眼前流行的腔调完全不同；即使是演出旧戏，也能一洗陈腐之气而形成新的风格，为过去的作品创造出一种新的局面，这是一种绝技。

【原文】

一则创造园亭，因地制宜，不拘成见，一榱一桷[①]，必令出自己裁，使经其地、入其室者，如读湖上笠翁之书，虽乏高才，颇饶别致，岂非圣明之世，文物之邦，一点缀太平之具哉？噫，吾老矣，不足用也。请以崖略付之简篇[②]，供嗜痂者要择[③]。收其一得，如对笠翁，则斯编实为神交之助尔。

【注释】

①桷(jué)：方形的椽子。

②崖略：大概。

③嗜痂者：有怪癖的人。

【译文】

另一种绝技是建造园亭，我能够因地制宜，不拘泥于旧的模式，每一个部位都自己亲手设计，别出心裁，使路过的人和到屋里来的人，都像读我李渔的书一样，虽然不能说很有才华，但也别有一番情致。这难道不是对我们现在这个圣明之世、文明之邦的一点点缀吗？唉！我老了，不中用了。请让我把自己的一些粗浅的体会写在书里，以供爱好者来参考。如果有人能从书中得到一些收获，好像面对我一样，那么这本书就是我们神交的助手了。

【原文】

土木之事，最忌奢靡。匪特庶民之家当崇俭朴[①]，即王公大人亦当以此为尚。盖居室之制，贵精不贵丽，贵新奇大雅，不贵纤巧烂漫。凡人止好富丽者，非好富丽，因其不能创异标新，舍富丽无所见长，只得以此塞责[②]。譬如人有新衣二件，试令两人服之，一则雅素而新奇，一则辉煌而平易，观者之目，注在平易乎？在新奇乎？锦绣绮罗，谁不知贵，亦谁不见之？缟衣互裳，其制略新，则为众目所射，以其未尝睹也。凡予所言，皆属价廉工省之事，即有所费，亦不及雕镂粉藻之百一。且古语云："耕当问奴，织当访婢。"予贫士也，仅识寒酸之事。

欲示富贵，而以绮丽胜人，则有从前之旧制在，新制人所未见，即缕缕言之，亦难尽晓，势必绘图作样。然有图所能绘，有不能绘者。不能绘者十之九，能绘者不过十之一。因其有而会其无，是在解人善悟耳。

【注释】

①匪特：非特。不仅，不但。匪，通"非"。

②塞责：应付职责，敷衍。

【译文】

兴建土木，最忌讳奢侈浪费。不只是一般百姓的人家应当崇尚俭朴，就是王公大人也应该把节俭作为风尚。因为房子贵在精致而不贵在华丽，贵在高雅有新意而不贵在纤巧烂漫。凡是只喜好富丽堂皇风格的人，并不是真的只喜欢富丽堂皇，而是因为他不能标新立异，除了富丽堂皇再没有什么别的新意，只好以此来应付。比如有个人有两件新衣服，试想让两个人穿上，一个穿素雅而新颖的衣服，一个穿华丽但普通的衣服，哪件衣服会引起人们的注意呢？是普通的呢，还是新颖的呢？绫罗绸缎，谁不知道它华贵呢？又有谁没有见过呢？一件朴素的衣服，只因为它的样式稍微新颖一些，就会引起众人的注意，因为这种款式人们没见过。凡是我所说的，都是既省钱又省力的事，即使有点花费，也比不上雕镂粉饰的百分之一。并且古语说："想学耕田种庄稼问奴仆，想学纺纱织布问婢女。"我是一个贫穷的读书人，只懂得这些寒酸的事情。

想向别人炫耀自己的富贵，靠华丽来胜过别人的，那么有以前的旧样式在，新的样式人们没有见过，即使我在这里说得再详尽，也难全弄明白，势必要绘制图样。但是有的东西可以画出来，有的东西是画不出来的。十分之九的东西不能画，只有十分之一的东西可以画。凭借能画的去领会不能画的，这就要全靠自己去领悟了。

向 背

【原文】

屋以面南为正向。然不可必得，则面北者宜虚其后，以受南薰；面东者虚右，面西者虚左，亦犹是也。如东、西、北皆无余地，则开窗借天以补之。牖之大者[①]，可抵小门二扇；穴之高者[②]，可敌低窗二扇，不可不知也。

【注释】

①牖（yǒu）：窗户。

②穴：空洞。此指大的窗户。

【译文】

房屋以面向南为正向。然而不一定都能做到，所以正面朝北的房屋就要在后面留出空地，以接受南风；正面朝东的要在右边留空；正面朝西的要在左边留空，也是这个道理。如果东、西、北面都没有空地，就要开窗户借天来补救。一个大窗户，可以抵得上两扇小门；一个开得高的窗户，可以抵得上两扇开得低的窗户，这一点不能不知道。

途 径

【原文】

径莫便于捷，而又莫妙于迂。凡有故作迂途，以取别致者，必另开耳门一扇，以便家人之奔走，急则开之，缓则闭之，斯雅俗俱利，而理致兼收矣①。

【注释】

①理致：指径的便捷之理与别致之趣。

【译文】

最方便的路莫过于近道，而最妙的路莫过于迂回曲折的小道。凡是故意把道路修得迂回曲折来达到别具一格的，一定要另开一扇边门，以方便家人出入。有急事的时候就打开，没急事的时候就关上。这样的房子雅致和实用两者兼备。

高 下

【原文】

房舍忌似平原，须有高下之势，不独园圃为然，居宅亦应如是。前卑后高，理之常也。然地不如是，而强欲如是，亦病其拘。总有因地制宜之法：高者造屋，卑者建楼，一法也。卑处叠石为山，高处浚水为池，二法也。又有因其高而愈高之，竖阁磊峰于峻坡之上；因其卑而愈卑之，穿塘凿井于下湿之区。总无一定之法，神而明之，存乎其人①，此非可以遥授方略者矣。

【注释】

①"神而明之"二句：意为通于神明，因地制宜之法，全在各人的想法。

【译文】

建造房屋忌讳建造得像平原一样，必须有高低起伏的气势。不仅园圃是这样，住宅也应该这样。前面低后面高，这是一般的道理。然而如果地形并不是这样，而勉强这样做，也犯了拘泥刻板的毛病。总有因地制宜的办法：在地势高的地方造屋，在地势低的地方建楼，这是一种办法。在地势低的地方叠石头做假山，在地势高的地方疏水修建水池，这又是一种办法。还有一种方法，可以把高的地方变得更高，如在陡坡上建亭阁、垒山峰；或把低的地方变得更低，如在低洼潮湿处挖塘凿井。总之，没有固定的法则，全靠个人心领神会，这不是可以靠别人来传授的。

窗栏第二

【原文】

吾观今世之人，能变古法为今制者，其惟窗栏二事乎！窗栏之制，日新月异，皆从成法中变出。“腐草为萤”，实具至理，如此则造物生人，不枉付心胸一片。但造房建宅与置立窗轩，同是一理，明于此而暗于彼，何其有聪明而不善扩乎？予往往自制窗栏之格，口授工匠使为之，以为极新极异矣，而偶至一处，见其已设者，先得我心之同然，因自笑为辽东白豕①。独房舍之制不然，求为同心甚少。门窗二物，新制既多，予不复赘，恐其又蹈白豕辙也。惟约略言之，以补时人之偶缺。

【注释】

①辽东白豕：语出《后汉书·朱浮传》：“往时辽东有豕，生子白头，异而献之。行至河东，见群豕皆白，怀惭而还。”比喻少见多怪。豕，猪。

【译文】

我看当今的人，能够做到将古法今用的，只在窗和栏这两样东西了！窗和栏的格式日新月异，都是从古法中演变出来的。“腐草可以生出萤火虫”，这话很有道理。这样，才不至于枉费造物主创造人的一片苦心。建造房屋与开窗造栏是一样的道理。可是人们往往明白这一道理，却不明白那一道理，为什么不将自己的聪明用于更多的地方呢？我常常自己设计窗栏的格式，口授给工匠让他们做，自以为非常新颖非常独特。但是我偶然到一个地方，看到了这种样式，才知道早已经有人和我有同样的想法了，于是嘲笑自己是“辽东白豕”。在房屋的设计方面很少能找到与我有相同构想的人。门窗这两件东西，新的设计已经很多，我就不再多说了，不然恐怕又出现像“辽东白豕”这样的事了。只简略说一下，以弥补人们今天偶尔的缺漏。

制体宜坚

【原文】

窗棂以明透为先，栏杆以玲珑为主，然此皆属第二义；具首重者，止在一字之坚，坚而后论工拙。尝有穷工极巧以求尽善，乃不逾时而失头堕趾，反类画虎未成者，计其新而不计其旧也。总其大纲，则有二语：宜简不宜繁，宜自然不宜雕斫。

【译文】

窗棂以明亮通风为主，栏杆以玲珑精巧为主。然而这都是属于第二位的，最重要的是一定要坚固，坚固了以后才可以谈做工的好坏。经常有人费尽心机去追求精巧美观，但是过不了多长时间不是掉了头就是断了腿，画虎不成反类犬，原因就在于设计者只想到了新的时候好看，没有考虑旧了以后会是什么样子。总括要点来讲，就是两条：宜简洁不宜繁杂；宜自然不宜雕琢。

【原文】

凡事物之理，简斯可继，繁则难久，顺其性者必坚，戕其体者易坏。木之为器，凡合笋使就者①，皆顺其性以为之者也；雕刻使成者，皆戕其体而为之者也；一涉雕镂，则腐朽可立待矣。故窗棂栏杆之制，务使头头有笋，眼眼着撒②。然头眼过密，笋撒太多，又与雕镂无异，仍是戕其体也，故又宜简不宜繁。根数愈少愈佳，少则可怪；眼数愈密最贵，密则纸不易碎。然既少矣，又安能密？曰：此在制度之善，非可以笔舌争也。窗栏之体，不出纵横、欹斜、屈曲三项，请以萧斋制就者③，各图一则以例之。

【注释】

①笋：通“榫”。榫头。

②撒：用以塞紧器物的竹片、木片。即楔子。

③萧斋：萧条冷落的书房。自谦词。

【译文】

所以事物都有一个规律，简单的就可以保持很长时间，而繁复的就很难长久；顺应事物属性的必然坚牢，破坏事物本体的就容易毁坏它。木头制成的器具，凡是合榫接头的，都是顺应了木材的本性，而雕刻成的东西都是破坏了它的本性。物品一旦经过雕刻，就快要腐朽了。所以制作窗棂栏杆，一定要做到每个头都有榫，每个眼都嵌到辙中。但是榫头太密，榫眼太多，又跟雕刻没什么两样，同样是在破坏它的本体，所以要简单不要繁杂。根数越少越好，少就可以保持坚固；眼数越密越好，密了窗纸就不容易碎。但是根数少了，眼又怎么能密呢？我的回答是：这就要看设计是否完善了，不需要用语言来争辩。窗户和栏杆的式样，不外乎“纵横格”、“欹斜格”、“屈曲格”这三种，请让我把书斋现成的式样，各绘一图为例。

取景在借

【原文】

开窗莫妙于借景，而借景之法，予能得其三昧[①]。向犹私之，乃今嗜痂者众，将来必多依样葫芦，不若公之海内，使物物尽效其灵，人人均有其乐。但期于得意酣歌之顷，高叫笠翁数声，使梦魂得以相傍，是人乐而我亦与焉，为愿足矣。

【注释】

①三昧：借指事物的要领、真谛。

【译文】

开的最妙的窗户在于能够借景，而借景的方法，我深得其中的奥妙。过去我一直保密，但如今喜欢模仿的人很多，将来一定会有很多依葫芦画瓢的人，还不如把它公之于众，使物尽其用，人人都能享受其中的乐趣。只是希望人们在得意酣歌之余，高声叫唤我李笠翁几声，在梦魂中能够和我相伴，这样别人快乐时而我也跟着快乐，我的心愿也算得到满足了。

【原文】

向居西子湖滨，欲购湖舫一只[①]，事事犹人，不求稍异，止以窗格异之。人询其法，予曰：四面皆实，独虚其中，而为“便

【注释】

①湖舫：行驶于湖中的游船。

面”之形。实者用板，蒙以灰布，勿露一隙之光；虚者用木作框，上下皆曲而直其两旁，所谓便面是也[2]。纯露空明，勿使有纤毫障翳。是船之左右，止有二便面，便面之外，无他物矣。

②便面：用以遮面的扇状物。

【译文】

过去我住在西子湖畔的时候，想购买一条小船，这船处处和别人的一样，不要求有任何不同，只是窗格要特殊些。别人问我窗格的样子，我说：“窗格四面都是实的，只有中间是虚的，做成‘扇面’的形状。实的地方用木板，蒙上灰布，不要露一丝光亮；虚的地方用木做框架，上下两根木用弯的，左右两旁的用直的，这就是所谓的‘扇面’。窗户要全是空的，不能有任何遮挡。这样，船的左右只有两个扇面窗，除此之外别无他物了。”

【原文】

坐于其中，则两岸之湖光山色、寺观浮屠、云烟竹树[1]，以及往来之樵人牧竖、醉翁游女[2]，连人带马尽入便面之中，作我天然图画。且又时时变幻，不为一定之形。非特舟行之际，摇一橹，变一像，撑一篙，换一景，即系缆时，风摇水动，亦刻刻异形。是一日之内，现出百千万幅佳山佳水，总以便面收之。而便面之制，又绝无多费，不过曲木两条、直木两条而已。世有掷尽金钱，求为新异者，其能新异若此乎？

【注释】

①浮屠：佛塔。

②牧竖：牧童。

【译文】

坐在船中，两岸的湖光山色、寺园宝塔、云烟竹树以及往来的樵夫牧童、醉翁游女，连人带马，全进入扇面窗中，成为我的天然图画，而且不是固定的画面，时时变幻。不但船行时摇一下橹变化一个形状，撑一下篙变换一个景色，就是在系缆时，风摇水动，也时刻在变化画面。这样，一天之内，成千上万幅的山水佳画，都收进我的扇面窗了。而制作扇面窗，花费也不需要很多，不过是弯木两条、直木两条罢了。世上有的人一掷千金，寻求新异，求得的新异能够像这样吗？

【注释】

①分韵拈毫：指文人雅士各按不同韵脚吟诗，并用笔写下来。

【原文】

此窗不但娱已，兼可娱人。不特以舟外无穷无景色摄入舟中，兼可以舟中所有之人物，并一切几席杯盘射出窗外，以备来往游人之玩赏。何也？以内视外，固是一幅便面山水；而以外视内，亦是一幅扇头人物。譬如拉妓邀僧，呼朋聚友，与之弹棋观画，分韵拈毫①，或饮或歌，任眠任起，自外观之，无一不同绘事。同一物也，同一事也，此窗未设以前，仅作事物观；一有此窗，则不烦指点，人人俱作画图观矣。夫扇面非异物也，肖扇面为窗，又非难事也。

【译文】

这种窗户不但可以愉悦自己，还可以愉悦别人。它不仅能够把船外千变万化的景色摄入船中，还可以把船中的所有的人以及桌席杯盘映出窗外，供来往游人观赏。为什么呢？因为从里往外看，固然能看到一幅扇面山水画，而从外往里看，也会看到一幅扇面人物画。比如拉妓邀僧，呼朋聚友，弹琴观画，吟诗挥毫，时饮时歌，任眠任起，从外面看进去，没有一样不像图画。同一件东西，同一件事物，在没有开这扇窗以前，仅仅只能作为一般的事物来看待，一旦有了这扇窗，不用别人指点，人人都会把它当成图画来观赏。扇面不是什么特殊的东西，把窗户做得像扇面，也不是难事。

【注释】

①白门：南朝宋代都城建康（今南京）城西门。后遂称南京为白门。

②西子湖：即杭州西湖。薄幸人：薄情之人。

【原文】

世人取像乎物，而为门为窗者，不知凡几，独留此眼前共见之物，弃而弗取，以待笠翁，讵非咄咄怪事乎？所恨有心无力，不能办此一舟，竟成欠事。兹且移居白门①，为西子湖之薄幸人矣②。此愿茫茫，其何能遂？不得已而小用其机，置机窗于楼头，以窥钟山气色，然非创始之心，仅存其制而已。

【译文】

世人模仿事物形状做成的门窗不知有多少，唯独留下眼前人人都能见到的扇面，弃而不用，而要等我李笠翁来发现，这不是怪事吗？遗憾的是我心有余而力不足，置办不起这样的一条船，终成憾事。现在我已经移居白门，与西子湖无缘了。这个愿望也渺茫了，怎样才能如愿以偿呢？不得已，只好把这种设想大材小用，在楼头做了一扇这样的窗子，用来欣赏钟山的景色。然而这不是我设计扇面窗的本意，只是保存了扇面这种形式而已。

【原文】

予又尝作观山虚牖，名“尺幅窗”，又名“无心画”，姑妄言之。浮白轩中，后有小山一座，高不逾丈，宽止及寻[①]，而其中则有丹崖碧水，茂林修竹，鸣禽响瀑，茅屋板桥，凡山居所有之物，无一不备。盖因善塑者肖予一像，神气宛然，又因予号笠翁，顾名思义，而为把钓之形。予思既执纶竿，必当坐之矶上，有石不可无水，有水不可无山，有山有水，不可无笠翁息钓归休之地，遂营此窟以居之。是此山原为像设，初无意于为窗也。

【注释】

①寻：古代长度单位。八尺叫一寻。

【译文】

我还制作过一种观赏山景的虚窗，名叫“尺幅窗”，又叫“无心画”，姑且随便说说。浮白轩的后面有一座小山，高不过一丈，宽只有八尺，其中却有丹崖碧水，茂林修竹，鸣禽响瀑，茅屋板桥，只要是山居所需要的东西，没有一样不齐备的。一位善于雕塑的人为我塑了一座雕像，神气活现，又因为我自号“笠翁”，顾名思义，所以把我雕塑成垂钓的样子。我考虑到既然手执钓竿，就应该坐在石头上，有石头就不能没有水，有水就不能没有山，有山有水，又不能没有我李笠翁钓鱼回来休息的地方，于是营造了这个地方来安置它。此山原本是为安置雕像而建的，起初无意开窗。

【注释】

①须弥芥子：佛教用语。比喻不可思议。

②杖头钱：卖酒钱。

【原文】

后见其物小而蕴大，有“须弥芥子”之义[1]，尽日坐观，不忍阖牖，乃瞿然曰：“是山也，而可以作画；是画也，而可以为窗；不过损予一日杖头钱[2]，为装潢之具耳。”遂命童子裁纸数幅，以为画之头尾，乃左右镶边。头尾贴于窗之上下，镶边贴于两旁，俨然堂画一幅，而但虚其中。非虚其中，欲以屋后之山代之也。坐而观之，则窗非窗也，画也；山非屋后之山，即画上之山也。不觉狂笑失声，妻孥群至，又复笑予所笑，而“无心画”、“尺幅窗”之制，从此始矣。

【译文】

后来看见东西虽小，却小中蕴大，有“须弥山藏于芥子之中”的意义，于是，我整天坐在那里观看景色，不愿关窗，有一天突然明白过来：“这座山，可以当画；这幅画，也可以当窗。不过花费我一天的酒钱，就可以装潢了。”于是叫童子裁了几幅纸，作为画的头尾及左右的镶边。头尾贴在窗户的上下，镶边贴在窗户的两旁，俨然一幅堂画，只是把中间空起来。并不是真的让中间空起来，而是想用屋后的山来代替堂画。再坐下来观赏，窗户就不只是窗户，而是画了；山也不只是屋后的山，而是画中的山了。不觉狂笑起来，妻子儿女们闻声纷纷跑来，又笑我所笑，而“无心画”、“尺幅窗”的式样从此就出现了。

【注释】

①己酉：清康熙八年（1669）。

【原文】

予又尝取枯木数茎，置作天然之牖，名曰“梅窗”。生平制作之佳，当以此为第一。己酉之夏[1]，骤涨滔天，久而不涸，斋头淹死榴、橙各一株，伐而为薪，因其坚也，刀斧难入，卧于阶除者累日。予见其枝柯盘曲，有似古梅，而老干又具盘错之势，似可取而为器者，因筹所以用之。是时栖云谷中幽而不明，正思辟牖，乃幡然曰：“道在是矣！”遂语工师，取老干之近直者，顺其本来，不加斧凿，为窗之上下两旁，是窗之外廓具矣。再取枝

柯之一面盘曲、一面稍站者，分作梅树两株，一从上生而倒垂，一从下生而仰接，其稍平之一面则略施斧斤，去其皮节而向外，以便糊纸；其盘曲之一面，则匪特尽全其天，不稍戕斫，并疏枝细梗而留之。既成之后，剪彩作花，分红梅、绿萼二种，缀于疏枝细梗之上，俨然活梅之初着花者。同人见之，无不叫绝。予之心思，讫于此矣。后有所作，当亦不过是矣。

【译文】

我又曾经用几根枯木，制成天然的窗户，起名“梅窗”。“梅窗”是我生平制作得最好的窗户。己酉年的夏天，大雨倾盆，地面很长时间不干，淹死了我书房前的一棵石榴树和一棵橙树。于是想砍掉它们当柴，然而它们很坚硬，柴刀和斧头都劈不动它们，所以就在台阶上放了好些天。我见树枝弯弯曲曲，好像古梅，而老树枝干又盘桓交错，也许可以拿来做什么东西，所以我就考虑在什么地方可以用得着它。这时乌云密布，昏暗不明，正想开一扇窗户，我突然醒悟道：“办法有了！”于是吩咐工匠，将最直的老树干，按它们本来的形状，不做加工，做成窗户的上下两边，窗户的外框就做成了。再拿一面盘曲一面比较平直的树枝，分别做成两棵梅树，一棵从上面倒垂下来，一棵从下面向上仰接。比较平直的一面用斧头稍微加工，去掉皮和节疤，朝外安放，以便糊纸；盘曲的一面，则不仅完全保留天然的形状，不做任何加工，连稀疏的枝丫和细小的树梗都留下来。窗户做成之后，剪彩纸做花，分红梅、绿萼两种，点缀在枝丫和树梗上，俨然是活梅初开。朋友见了，无不叫绝。我的灵感用到这里就没有了。后来再有其他的制作，也很难超过它了。

【原文】

便面不得于舟，而用于房舍，是屈事矣。然有移天换日之法在，亦可变昨为今，化板成活[1]，俾耳目之前[2]，刻刻似有生机飞舞，是亦未尝不妙，止费我一番筹度耳。予性最癖，不喜盆内

【注释】

①板：呆板。活：灵活。

②俾(bǐ)：使。

③寓目：看一下，过目。

之花，笼中之鸟，缸内之鱼，及案上有座之石，以其局促不舒，令人作囚鸾絷凤之想。故盆花自幽兰、水仙而外，未尝寓目[3]。鸟中之画眉，性酷嗜之，然必另出己意而为笼，不同旧制，务使不见拘囚之迹而后已。自设便面以后，则生平所弃之物，尽在所取。

【译文】

扇面窗不能用在船上，而用在房舍里，真是委屈。然而有移天换日的方法，可以把昨天变成今天，把呆板化为灵活，使耳目之前，时时充满生机，这样也未尝不妙，只是得多花费一番心思罢了。我的性情很怪癖，不喜欢盆内的花、笼中的鸟、缸里的鱼，以及桌上有底座的石头，因为它们受拘束而不能自然舒展，让人有一种鸾凤被囚的感觉。所以盆花除了幽兰、水仙之外，别的我一概不看。鸟中的画眉，我生性酷爱它，然而也必须按我自己的设计做成鸟笼，与旧式鸟笼不同，非得让它看不出有拘囚的痕迹才可以。自从设计出扇面窗以后，平常丢弃的东西，全都利用起来了。

【原文】

从来作便面者[1]，凡山水人物、竹石花鸟以及昆虫，无一不在所绘之内，故设此窗于屋内，必先于墙外置板，以备承物之用。一切盆花笼鸟、蟠松怪石，皆可更换置之。如盆兰吐花，移之窗外，即是一幅便面幽兰；盎菊舒英，纳之牖中，即是一幅扇头佳菊。或数日一更[2]，或一日一更；即一日数更，亦未尝不可。但须遮蔽下段，勿露盆盎之形[3]。而遮蔽之物，则莫妙于零星碎石，是此窗家家可用，人人可办，讵非耳目之前第一乐事？得意酣歌之顷，可忘作始之李笠翁乎？

【注释】

①从来：历来。

②更：换。

③盆盎：盆和盎。泛指较大的盛器。此指花盆。

【译文】

历来画扇面的，凡是山水人物、竹石花鸟以及昆虫，没有一样不在描绘的范围之内，所以在屋内设置扇面窗，必须先在墙外放一块木板，准备用来摆放东西。所有的盆花笼鸟、蟠松怪石，都可以交替着摆放。比如把开了花的盆兰，移到窗外，就是一幅扇面幽兰图；菊花开了，把它放在窗中，就是一幅扇面佳菊图。或几天换一次，或一天换一次，就是一天换几次，也不是不可以。只是必须遮蔽住盆景的下端，不要露出花盆的形状。而遮蔽的东西，最妙的莫过于零星的碎石。这样的窗户家家都可以用，人人都可以做，这难道不是一件使人赏心悦目的乐事吗？人们在得意纵情歌唱之余，难道能够忘记发明者李笠翁吗？

【原文】

此湖舫式也。不独西湖[①]，凡居名胜之地，皆可用之。但便面止可观山临水，不能障雨蔽风，是又宜筹退兵，以补前说之不逮。退步云何？外设推板，可开可阖，此易为之事也。但纯用推板，则幽而不明；纯用明窗，又与扇面之制不合[②]，须以板内嵌窗之法处之。其法维何？曰：即仿梅窗之制，以制窗棂。亦备其式于右。

【注释】

①不独：不只，不但。

②制：样式，格式。

【译文】

此图就是湖船扇面窗的式样。不只在西湖，只要住在名胜之地，都可以采用。只是扇面窗只能观赏山水景色，不能遮蔽风雨，这就应该筹划一个弥补的方法，来补充前面说法的不足。如何弥补呢？在窗外设置推板，可开可关，这是容易办的事。可是如果完全用推板，就会幽暗不明，如果完全用明窗，又与扇面的式样不合，应该用板内嵌窗的方法来处理。这种办法是什么呢？我说：“就是模仿梅窗的格式做窗棂。”这里也将式样介绍如下。

山水图窗

【原文】

凡置此窗之屋，进步宜深[①]，使座客观山之地去窗稍远，则窗之外廓为画，画之内廓为山，山与画连，无分彼此，见者不问

【注释】

①进步：指房屋的内径，俗称“入深”。

而知为天然之画矣。浅促之屋，坐在窗边，势必倚窗为栏，身之大半出于窗外，但见山而不见画，则作者深心有时埋没，非尽善之制也。

【译文】

凡是安装了这种窗户的房子，进深应当比较深，让客人观山的地方离窗稍稍远一点。那么窗的外廓就成了画，画的内廓就成了山，山与画相连，分不出彼此，看见的人不用问就知道这是一幅天然的图画了。较浅而局促的房子，坐在窗边，一定会靠着窗子当做栏杆，身体大半部分都会探出在窗外，这就是只见山而不见画，那么作者的良苦用心就这样被埋没了，就不是完美的设计了。

梅　窗

【原文】

制此之法，总论已备之矣，其略而不详者，止有取老干作外廓一事。外廓者，窗之四面，即上下两旁是也。若以整木为之，则向内者古朴可爱，而向外一面屈曲不平①，以之着墙，势难贴伏。必取整木一段，分中锯开，以有锯路者着墙，天然未斫者向内②，则天巧人工，俱有所用之矣。

【注释】

①屈曲：弯曲。

②斫（zhuó）：用刀斧砍，砍凿。

【译文】

制作这种窗子的方法，总论中说得已经很详细了。其中说得简略的，只有用老树干做外廓一事。外廓指的是窗户的四面，即上下和两边。如果用整块木头来做，向里的一面固然古朴可爱，而向外的一面却弯曲不平，用它靠墙，必定很难伏贴。必须把一段整木从中间锯开，把有锯路的一面朝墙，天然没有砍凿的一面的则朝内，这样，天巧与人工，都各尽所用了。

墙壁第三

【原文】

“峻宇雕墙”，“家徒壁立[①]”，昔人贫富，皆于墙壁间辨之。故富人润屋，贫士结庐，皆自墙壁始。墙壁者，内外攸分而人我相半者也。俗云：“一家筑墙，两家好看”。居室器物之有公道者，惟墙壁一种，其余一切皆为我之学也。然国之宜固者城池，城池固而国始固；家之宜坚者墙壁，墙壁坚而家始坚。其实为人即是为己，人能以治墙壁之一念治其身心，则无往而不利矣。人笑予止务闲情，不喜谈禅讲学，故偶为是说以解嘲，未审有当于理学名贤及善知识否也[②]。

【注释】

①家徒壁立：家中空无一物。

②善知识：佛教语。谓了解一切知识，高明出众之人。

【译文】

“峻宇雕墙”、“家徒壁立”这两个词就可以从墙壁上分出古人的贫富之别。所以富人修饰房屋，穷人建造居所，首先考虑的就是墙壁。墙壁是分内外的，一半是给自己看的，一半则是给别人看的。俗话说的“一家筑墙，两家好看”就是这个意思。居家的器物中为公众考虑的只有墙壁，其余都是只为自己设想的。国家应该坚固的是城墙，城墙坚固了国家才能稳固。家应该坚实的也是墙壁，墙壁坚实了家才坚固。其实为人就是为己，人们能够用修治墙壁的观念来修治身心，就没有什么做起来会不顺利了。有人笑我只喜欢追求闲情，不喜欢谈禅讲学，所以做这样的论说来解嘲，不知在理学名贤或是善知者看来，是对还是不对呢？

界墙

【原文】

界墙者，人我公私之畛域[①]，家之外廓是也。莫妙于乱石垒成，不限大小方圆之定格，垒之者人工，而石则造物生成之本质

【注释】

①畛（zhěn）域：范围，界限。

也。其次则为石子。石子亦系生成，而次于乱石者，以其有圆无方，似执一见，虽属天工，而近于人力故耳。然论二物之坚固，亦复有差；若云美观入画，则彼此兼擅其长矣。此惟傍山邻水之处得以有之，陆地平原，知其美而不能致也。

【译文】

界墙，是划分人与我、公与私的界限，是家宅的外廓。界墙最好用乱石头堆砌，不受大小方圆的约束。虽然是人工堆砌成的，但却保持着天然的本色。其次是用石子。石子也是自然生成的，但比乱石差，因为石子只有圆的，没有方的，形状相似，虽然是天然生成的，却像人工雕琢而成。从乱石与石子的坚固程度来看，也有差异。如果说到美观，两者就各有所长了。这两种东西只在依山傍水的地方才有，在陆地平原上，尽管知道它们很美，却也没有办法得到。

【原文】

予见一老僧建寺，就石工斧凿之余，收取零星碎石几及千担，垒成一壁，高广皆过十仞，嶙峋崭绝，光怪陆离，大有峭壁悬崖之致。此僧诚韵人也。迄今三十余年，此壁犹时时入梦，其系人思念可知。砖砌之墙，乃八方公器，其理其法，是人皆知，可以置而弗道。至于泥墙土壁，贫富皆宜，极有萧疏雅淡之致，惟怪其跟脚过肥，收顶太窄，有似尖山，又且或进或出，不能如砖墙一截而齐，此皆主人监督之不善也。若以砌砖墙挂线之法，先定高低出入之痕，以他物建标于外，然后以筑板因之，则有旃墙粉堵之风[①]，而无败壁颓垣之象矣。

【注释】

①旃（zhān）：赤色曲柄的旗。此指赤色。

【译文】

我见过一位老僧人建寺庙，把石匠凿下的碎石块收集起来，差不多有上千担，砌成了一道石壁，高和宽都超过十丈，嶙峋凹凸，光怪陆离，大有悬崖峭壁的感觉。这位僧人真是个雅人。如今都三十多年了，这道石壁还常常闯入我的梦中，由此可知那是多么令人思念的一道石壁。砖砌的界墙，天下通用，它的原理和方法人人皆知，可以置之不谈。至于泥墙土壁，贫富都适合，也能显示清高雅淡的情致，只是墙脚太厚，收顶太窄，就像一座尖山，而且凹进凸出，不能像砖墙一样砌得整整齐齐，这些都是因为主人没有好好监督。如果用砌砖墙吊线的方法，先画下建筑时的界限，用东西标出来，再用筑板根据标记来筑墙，筑出来的墙就美观大方多了，不会有残败的景象。

女　墙

【原文】

《古今注》云[①]：“女墙者，城上小墙。一名睥睨，言于城上窥人也。”予以私意释之，此名甚美，似不必定指城垣，凡户以内之及肩小墙，皆可以此名之。盖女者，妇人未嫁之称，不过言其纤小，若定指城上小墙，则登城御敌，岂妇人女子之事哉？

【注释】

①《古今注》：笔记著作。西晋崔豹著，三卷。分舆夫、都邑、音乐、鸟兽、鱼虫、草木、杂注、问答释义共八门。

【译文】

《古今注》上说：“女墙，是指城上的矮墙，又叫做‘睥睨’，就是从城上窥视人的意思。”根据我个人的理解，这个名字很美，似乎不一定要专指城墙，凡是大门以内的及肩高的矮墙，都可以叫这个名字。因为“女”是对没有出嫁的女子的称呼，不过是说她们身体纤细，如果专门指城上的矮墙，那么登城作战，岂不成了妇人女子的事了吗？

【原文】

至于墙上嵌花或露孔，使内外得以相视，如近时园圃所筑者，益可名为女墙，盖仿睥睨之制而成者也。其法穷奇极巧，如《园冶》所载诸式[①]，殆无遗义矣。但须择其至稳极固者为之，

【注释】

①《园冶》：古代造园名著。明末造园家苏州吴江人计成著，三卷。

不则一砖偶动，则全壁皆倾，往来负荷者，保无一时误触之患乎？坏墙不足惜，伤人实可虑也。予谓自顶及脚皆砌花纹，不惟极险，亦且大费人工。其所以洞彻内外者，不过使代琉璃屏，欲人窥见室家之好耳。止于人眼所瞩之处，空二三尺，使作奇巧花纹，其高乎此及卑乎此者，仍照常实砌，则为费不多，而又永无误触致崩之患。此丰俭得宜，有利无害之法也。

【译文】

至于是在墙上嵌花还是打孔，使内外可以互相看到，就像近来建造园圃的式样，就更可以称为“女墙”了，这其实是模仿“睥睨”而建的。它的方法极尽巧妙，《园冶》记载的式样，已经没有遗漏了。但是必须选其中最稳最坚固的来做，不然松动一块砖，整堵墙都会塌掉了。墙外行走挑担的人，能保证没有偶然碰触的危险吗？墙坏了不怕，怕的是伤到人。我认为从墙顶到墙根，都砌上花纹，不只极危险，而且太费人力。之所以留孔以通内外，不过是用来替代琉璃屏风，使人得以看到他家园的美好而已。只在人眼睛最容易停留的地方，空出两三尺，雕一些奇巧的花纹，比这高或比这低的，就照常砌实就可以了，又不多花费，又可以永无误触塌倒的隐患。这是丰俭得宜、有利无害的方法。

厅　壁

【原文】

厅壁不宜太素，亦忌太华。名人尺幅自不可少，但须浓淡得宜，错综有致。予谓裱轴不如实贴。轴虑风起动摇，损伤名迹，实贴则无是患，且觉大小咸宜也。实贴又不如实画，“何年顾虎头[①]，满壁画沧州。”自是高人韵事。予斋头偶仿此制，而又变幻其形，良朋至止，无不耳目一新，低回留之不能去者。

【注释】

①顾虎头：顾恺之，字长康，小字虎头。晋代晋陵无锡人，画家。

【译文】

厅堂的墙壁不适宜太朴素，也不适宜太奢华。名人的字画，自然是不能少的，但也应当浓淡得宜，错落有致。我觉得裱成图轴不如直接贴在墙上。考虑到画轴被风吹动会损坏了名人的手迹，直接贴在墙上就不必担心这个了，而且大大小小的字画都适合这样做。直接贴在墙上又不如直接画在墙上，顾恺之曾经在沧州满壁作画，这自然是高人的风雅韵事。我书房里面曾经仿照过这个方法，而又加一些变化，朋友见了，无不感觉耳目一新，流连不忍离去。

【原文】

因予性嗜禽鸟，而又最恶樊笼，二事难全，终年搜索枯肠，一悟遂成良法。乃于厅旁四壁，倩四名手[①]，尽写着色花树，而绕以云烟，即以所爱禽鸟，蓄于虬枝老干之上。画止空迹，鸟有实形，如何可蓄[②]？曰：不难，蓄之须自鹦鹉始。

【注释】

①倩：请。

②蓄：喂养。

【译文】

我生性喜欢养鸟，却又讨厌用鸟笼，这事很难两全其美。于是终年思索，终于悟出了一个好办法。我请来四位名家高手，在厅屋的四面墙上画满了各种颜色的花树，又加上缭绕的云烟，再把我喜爱的鸟养在盘曲的老树干上。画是假的，鸟却是真的，怎么能喂养呢？我说这不难，要养就先养鹦鹉。

【原文】

从来蓄鹦鹉者必用铜架，即以铜架去其三面，止存立脚之一条，并饮水啄粟之二管。先于所画松枝之上，穴一小小壁孔，后以架鹦鹉者插入其中，务使极固，庶往来跳跃，不致动摇。松为着色之松，鸟亦有色之鸟，互相映发，有如一笔写成。良朋至止，仰观壁画，忽见枝头鸟动，叶底翎张，无不色变神飞，诧为仙笔；乃惊疑未定，又复载飞载鸣，似欲翱翔而

下矣。谛观熟视，方知个里情形，有不抵掌叫绝，而称巧夺天工者乎？

【译文】

从来养鹦鹉的，一定用铜架，我把铜架去掉三面，只留下立脚的一条，和喝水啄食的两条管子。先在所画的松枝上，钻一个小孔，再把铜架插进去，一定要插牢固了，使鹦鹉在跳动时，铜管不至于摇动。松树是着色的松树，鸟是有色的鸟，互相映衬，有如同一时间画成的。好朋友来我家里做客，抬头看壁画，突然看到枝头有小鸟在跳跃，叶子底下有翅膀在扇动，无不神飞色变，赞叹为神笔，没等他们回过神来，鸟又开始飞翔鸣叫，仿佛就要从墙上飞下来。再仔细地观察，才看明白其中的奥妙，无不拍掌叫绝，赞称巧夺天工。

【原文】

若四壁尽蓄鹦鹉，又忌雷同，势必间以他鸟。鸟之善鸣者，推画眉第一。然鹦鹉之笼可去，画眉之笼不可去也，将奈之何？予又有一法：取树枝之拳曲似龙者，截取一段，密者听其自如，疏者网以铁线，不使太疏，亦不使太密，总以不致飞脱为主。蓄画眉于中，插之亦如前法。此声方歇，彼喙复开；翠羽初收，丹睛复转。因禽鸟之善鸣善啄，觉花树之亦动亦摇；流水不鸣而似鸣，高山是寂而非寂。座客别去者，皆作殷浩书空[①]，谓咄咄怪事，无有过此者矣。

【注释】

①殷浩书空：《世说新语》中说晋代殷浩被桓温废免，终日用手在空中写“咄咄怪事”四字。此用以形容出乎意料、惊讶不已的事。

【译文】

如果四面墙上养的都是鹦鹉，为了避免雷同，又应该兼养一些其他的鸟。画眉鸟叫得最为动听。可是养鹦鹉的笼子可以除去，养画眉的笼子却不能除去，这可怎么办呢？我又想了一个办法：找一根像蜷曲的龙的树枝，截取一段，枝叶密集的地方不去管它，听其自然，稀疏的地方用铁丝编成网，不要太稀也不要太密，总之鸟飞不出去就可以了。像前面所说的把它插在墙上，把画眉鸟养在里面。这只鸟的叫声刚停下来，那只鸟又叫了；这里小鸟刚刚收起翅膀，那儿小鸟又探出头来。由于小鸟喜欢叫喜欢啄，让人觉得花树似乎也在摇摆不定，流水好像也在流动，高山好像也不那么安静。离去的客人，无不惊叹不已，都说：真是怪事，没有什么比这更奇妙的了。

书房壁

【原文】

书房之壁，最宜潇洒。欲其潇洒，切忌油漆。油漆二物，俗物也，前人不得已而用之，非好为是沾沾者。门户窗棂之必须油漆，蔽风雨也；厅柱榱楹之必须油漆，防点污也。若夫书房之内，人迹罕至，阴雨弗浸，无此二患而亦蹈此辙，是无刻不在桐腥漆气之中，何不并漆其身而为厉乎？石灰垩壁[①]，磨使极光，上着也；其次则用纸糊。纸糊可使屋柱窗楹共为一色，即壁用灰垩，柱上亦须纸糊，纸色与灰，相去不远耳。壁间书画自不可少，然粘贴太繁，不留余地，亦是文人俗志。

【注释】

①垩(è)：用白垩涂饰。

【译文】

书房的墙壁最应该自然大方，想要它自然大方，一定不要用油和漆。油与漆这两种东西都是俗物，前人不得已才使用，并不是喜欢这样做。门和窗棂之所以要用油漆，是为了遮蔽风雨；厅柱屋檐之所以要用油漆，是为了防止沾上污物。如果书房之中，很少有人来往，也不会遭受风雨侵蚀，没有上面说的两种麻烦，却也刷上油漆，使人无时无刻不处在油漆的刺鼻的气味之中，那还不如直接把油漆刷在身上呢？用石灰粉刷墙壁，并磨到很光，是上等的做法；其次用纸糊。纸糊可以使柱子和窗棂都是同一颜色，即使墙壁用灰粉刷，柱子上也须用纸糊，这是因为纸的颜色和灰相去不远。墙壁上自然不能少了字画，但是贴得太多，不留一点儿空地，那是文人俗气的做法。

【注释】

①廛（chán）：古代指一户平民所住的房屋和宅院，泛指城邑居民。

②旅肆：旅店。

【原文】

天下万物，以少为贵。步幛非不佳，所贵在偶尔一见，若王恺之四十里，石崇之五十里，则是一日中哄市，锦绣罗列之肆廛而已矣[①]。看到繁缛处，有不生厌倦者哉？昔僧玄览往荆州陟屺寺，张璪画古松于斋壁，符载赞之，卫象诗之，亦一时三绝，览悉加垩焉。人问其故，览曰："无事疥吾壁也。"诚高僧之言，然未免太甚。若近时斋壁，长笺短幅尽贴无遗，似冲繁道上之旅肆[②]，往来过客无不留题，所少者只有一笔。一笔维何？"某年月日某人同某在此一乐"是也。此真疥壁，吾请以玄览之药药之。

【译文】

天下万物，以少为贵。满墙的壁画并不是不好，但是贵在偶尔看到，像王恺陈列四十里，石崇陈列五十里，那就像是一个午间的闹市、锦绣罗列的交易市场了。看到繁杂的地方，能不让人厌倦吗？古时僧人玄览，在荆州陟屺寺做住持，张璪在斋壁上画了古松，符载为它写了赞词，卫象为它题了一首诗，他们三人也称得上当时的三绝了。玄览却用粉把他们画的写的东西都给刷掉了。有人问玄览为什么要这样做呀？玄览说："没事让我的墙壁像长了疥一样。"虽然是高僧的话，但未免有点太过火了。像近来的寺墙，长篇短幅，写得满满的，就像大道上繁忙的旅店，来来往往的过客，都在上面题字，其中少的只有一句话。一句什么话？"某年某月某日某人同某人在此一乐。"这才真的是让墙壁生疥，我希望能用玄览的方法来对付它。

【注释】

①薄蹄：此指用纸裱糊一层。

【原文】

糊壁用纸，到处皆然，不过满房一色白而已矣。予怪其物而不化，窃欲新之。新之不已，又双薄蹄变为陶冶[①]，幽

斋化为窑器，虽居室内，如在壶中[2]，又一新人观听之事也。先以酱色纸一层，糊壁作底，后用豆绿云母笺，随手裂作零星小块，或方或扁，或短或长，或三角或四五角，但勿使圆，随手贴于酱色纸上，每缝一条，必露出酱色纸一线，务令大小错杂，斜正参差，则贴成之后，满房皆冰裂碎纹，有如哥窑美器。其块之大者，亦可题诗作画，置于零星小块之间，有如铭钟勒卣[3]，盘上作铭[4]，无一不成韵事。问予所费几何，不过于寻常纸价之外，多一二剪合之工而已。同一费钱，而有庸腐新奇之别，止在稍用其心。“心之官则思[5]。”如其不思，则焉用此心为哉？

②壶中：此指自由自在的境地。

③卣（yǒu）：古代酒器。

④盘上作铭：在盘上刻铭文。

⑤心之官则思：心的功能是思考。

【译文】

用纸糊墙壁，到处都是这样，不过满房白色罢了。我嫌它呆滞没有变化，私下里想改进一下，经过再三的革新，变来变去把书房变成陶冶性情的地方了。虽然身处书房，却神飞仙境，这又是一件令人耳目一新的事。先把一层酱色纸糊在壁上作底子，然后把豆绿色的云母笺随手撕裂成零星小块，或方或扁，或短或长，或三角或四五角，只是不要圆形，随手把这些碎片贴在酱色纸上，在每一块相接的地方，一定要露出一线酱色纸，要让它们大小错杂，斜正参差。这样贴成之后，满房都是冰裂碎纹，就像哥窑的精美瓷器。其中大块的，也可以题诗作画，置于零星小块之间，就像钟鼎酒器镌刻的铭文，处处都显得有韵味。要问我花费了多少，不过在平常的纸价之外，多花一点儿剪贴的工夫而已。同样的造价，却有庸腐和新奇的差别，就在于稍用心思而已。“人心就是用来思考的”，如果不思考，还要这个心干什么？

【原文】

糊纸之壁，切忌用板。板干则裂，板裂而纸碎矣。用木条纵横作槅，如围屏之骨子然。前人制物备用，皆经屡试而后得之，

屏不用板而用木槅，即是故也。即如糊刷用棕，不用他物，其法亦经屡试，舍此而另换一物，则纸与糊两不相能，非厚薄之不均，即刚柔之太过，是天生此物以备此用，非人不能取而予之。人知巧莫巧于古人，孰知古人于此亦大费辛勤，皆学而知之，非生而知之者也。

【译文】

糊纸的墙壁，不要使用木板，木板干了就会开裂，木板开裂了纸也就碎了。要用木条横竖交错制成木格，就像围屏的骨架一样很疏。前人制作和使用某种东西，都是经过反复试验后才成功的。屏风不用木板而用木格，就是这个原因。就像糊墙的刷子用棕丝而不用其他一样，这也是经过多次试用的。若是不用棕丝而用其他的东西，纸和糨糊就不好黏合，不是厚薄不均匀，就是太硬或太软。这真是天生的一物配一物，不是人们可以用什么东西随便取而代之的。人们只知道自己的巧思比不过古人，却不知古人对于这些事情也付出了辛勤的劳动。人们都是通过学习才懂的，不是一生下来就什么都懂的。

【原文】

壁间留隙地，可以代橱。此仿伏生藏书于壁之义①，大有古风，但所用有不合于古者。此地可置他物，独不可藏书，以砖土性湿，容易发潮，潮则生蠹，且防朽烂故也。然则古人藏书于壁，殆虚语乎？曰：不然。东南西北，地气不同，此法止宜于西北，不宜于东南。西北地高而风烈，有穴地数丈而始得泉者，湿从水出，水既不得，湿从何来？即使有极潮之地，而加以极烈之风，未有不返湿为燥者。故壁间藏书，惟燕赵秦晋则可，此外皆应避之。即藏他物，亦宜时开时阖，使受风吹；久闭不开，亦有霾湿生虫之患。莫妙于空洞其中，止设托板，不立门扇，仿佛书架之形，有其用而不侵吾地，且有磐石之固，莫能摇动。此妙制善算，居家必不可无者。

【注释】

①伏生：名胜，字子贱，秦朝博士。秦始皇焚书，他把《尚书》藏在墙壁中保存下来，后来在汉文帝时教授晁错。

【译文】

墙壁之间留下空隙，可以做橱柜。这是模仿伏生在墙壁里藏书的方法，很有古人的味道，不过用途就跟古人不同了。橱柜可以放些别的东西，却独不可以藏书。因为砖土容易潮湿，会生蠹虫，而且还要防止腐朽烂掉。那么古人在墙壁里藏书是假话吗？不是的。东南西北的气候不同。这种方法只适合于西北，在东南就不合适了。西北地势高，风也猛烈，往往要挖地好几丈深才能挖出水来。湿气是因为有水，地下既然没有水，怎么会有湿气呢？即使有很潮的地方，遇到那么烈的风，也就变得干燥了。所以能在墙壁里藏书，燕赵秦晋都可以，除此以外的地方都不能那么做。就是藏别的东西，也应该不时的打开关上以通风，长期关着，也有可能潮湿发霉生虫子。若把其中放空，只设托板，不置门扇，就像书架一样，既能发挥功用又不占地方，而且还坚固不可摇动，那真是太妙了，这样巧妙的设计居家过日子是不能少的。

【原文】

予又有壁内藏灯之法，可以养目，可以省膏，可以一物而备两室之用，取以公世，亦贫士利人之一端也。我辈长夜读书，灯光射目，最耗元神。有用瓦灯贮火，留一隙之光，仅照书本，余皆闭藏于内而不用者。予怪以有用之光置无用之地，犹之暴殄天物，因效匡衡凿壁不义[①]，于墙上穴一小孔，置灯彼屋而光射此房，彼行彼事，我读我书，是一灯也，而备全家之用，又使目力不竭于焚膏[②]，较之瓦灯，其利奚止十倍？以赠贫士，可当分财。使予得拥厚资，其不吝亦如是也。

【注释】

①匡衡凿壁：《汉书·匡衡传》记载，匡衡幼时家贫，为人佣作，“勤学而无烛，邻舍有烛而不逮，衡乃穿壁引其光，以书烛光而读之”。这就是“凿壁借光”的故事。

②焚膏：点燃的油灯。膏，油脂，此指油灯。

【译文】

我还有一个壁内藏灯的好办法，可以保养眼睛，也可以节省灯油，还可以一盏灯的光供两间房使用。把这种方法告诉世人，也是贫寒人士为人谋利的一种办法吧。我们这些读书人彻夜读书，灯光刺激着眼睛，最损耗人的精神。有人用瓦灯，只留一线光亮照着书本，其余的光线全都被遮在瓦灯之内而不利用。我奇怪人们为什么要把有用的光亮放在没有用的地方，这简直就是浪费。所以我仿效匡衡凿壁借光的方法，在墙上挖一个小孔，把灯放在那间屋子，灯光也可射到这间屋子来，别人做别人的事，我读我的书。这样，一盏灯可以供全家使用，又使视力不受灯光的损害。比起瓦灯来，这种办法何止好上十倍？把这个方法告诉贫寒的读书人，抵得上把财产分给他们。即使将来我发了财，一点儿也不吝啬，还是会这样做。

联匾第四

【原文】

堂联斋匾，非有成规。不过前人赠人以言，多则书于卷轴，少则挥诸扇头；若止一二字、三四字，以及偶语一联，因其太少也，便面难书，方策不满，不得已而大书于木。彼受之者，因其坚巨难藏，不便纳之笥中，欲举以示人，又不便出诸怀袖，亦不得已而悬之中堂，使人共见。此当日作始者偶然为之，非有成格定制，画一而不可移也。讵料一人为之，千人万人效之，自昔徂今，莫知稍变。夫礼乐制自圣人，后世莫敢窜易，而殷因夏礼[①]，周因殷礼，尚有损益于其间，矧器玩竹木之微乎？予亦不必大肆更张，但效前人之损益可耳。锢习繁多，不能尽革，姑取斋头已设者，略陈数则，以例其余。非欲举世则而效之，但望同调者各出新裁，其聪明什佰于我。投砖引玉，正不知导出几许神奇耳。

【注释】

①因：沿袭，继承。

【译文】

厅堂书房的对联或匾额，开始没有固定的规矩。前人为别人题写赠言时，字数多的就写在卷轴上，字数少的就直接写在扇面上。如果只有一两个字、三四个字，或是偶尔写成一副对联，因为字数太少，要写在扇面上或是书页上都不合适，不得已才用大字写到木匾上。接受赠言的人，因为木匾又大又硬，不方便放在箱子里，要拿给人看，又不能从衣袖里拿出来，于是就把它挂在厅堂里，使大家都能看见。这是创始的人当时的方法，并不是有什么固定的规矩，一定要如此做不可。没想到一个人这么做了，千万个人都来仿效，而且从古到今都没有变动。礼乐是圣人定的，后代没有人敢窜改，而殷朝仿照夏朝的礼制，周朝又仿照殷朝的礼制，尚且要做些变动，何况这些器具玩物呢？我看也不用做大的改革，只像前人那样做些增减就好了。旧的陋习太多了，很难一下子都改变过来，就拿我书房里已经有的，略举几个例子，来作为推行的范本。我不是想要天下人都来学我，只是希望和我有同样爱好的人能够别出心裁，比我聪明的人，能因我的抛砖引玉，而想出更多更好的办法来。

【原文】

有诘予者曰：观子联匾之制，佳则佳矣，其如挂一漏万何？由子所为者而类推之，则《博古图》中，如樽罍、琴瑟、几杖、盘盂之属，无一不可肖像而为之，胡仅以寥寥数则为也？予曰：不然。凡予所为者，不徒取异标新，要皆有所取义。凡人操觚握管，必先择地而后书之，如古人种蕉代纸[①]，刻竹留题，册上挥毫，卷头染翰，剪桐作诏[②]，选石题诗，是之数者，皆书家固有之物，不过取而予之，非有蛇足于其间也。若不计可否而混用之，则将来牛鬼蛇神无一不备，予其作俑之人乎？图中所载诸名笔，系绘图者勉强肖之，非出其人之手。缩巨为细，自失原神，观者但会其意可也。

【译文】

有人反问我："看你设计的联匾，好是很好，却是挂一漏万啊！从你所谈的这些推演开去，《博古图》里像酒具、琴瑟、几杖、盘盂等等，没有一样不可以拿来模仿，你怎么就举了这么几个例子呢？"我说："不是的。我所设计的，不仅是为了标新立异，重要的是要取它的意义。人们写作文章，一定要想好思路然后才下手。像古人拿蕉叶做纸，在竹板上刻字挥毫，在纸上染墨，剪桐叶作诏书，选石头题诗，这些东西，都是书法家本来已经选用过的了，我选取来用，并不是画蛇添足。要是不管合不合适都随便拿来用，那么以后牛鬼蛇神，岂不都会被人拿出来用，我不就成了首开恶劣风气的人了吗？图中所记载

【注释】

①种蕉代纸：唐代书法家怀素和尚种植了芭蕉万余株，以蕉叶代纸练习书法，为千古佳话。

②剪桐作诏：相传周成王幼时与其弟叔虞玩耍，乃剪桐叶为圭形，对其弟说："用此封你。"结果，因天子无戏言，叔虞被封在唐地，成为晋国的始祖。圭，古代作为瑞信的玉。

的名人手迹，是画图的人勉强模仿的，并不是出自我的手。把大的东西缩小，自然会失去原有的神韵，看的人只要领会其中的意思就可以了。”

蕉叶联

【原文】

蕉叶题诗，韵事也；状蕉叶为联[1]，其事更韵。但可置于平坦贴服之处，壁间门上皆可用之，以之悬柱则不宜，阔大难掩故也。其法先画蕉叶一张于纸上，授木工以板为之，一样二扇，一正一反，即不雷同。后付漆工，令其满灰密布，以防碎裂。漆成后，始书联句，并画筋纹。蕉色宜绿，筋色宜黑，字则宜填石黄，始觉陆离可爱[2]，他色皆不称也。用石黄乳金更妙，全用金字则太俗矣。此匾悬之粉壁，其色更显，可称“雪里芭蕉”。

【注释】

①状：模仿。

②始：才。

【译文】

在蕉叶上题诗，是很风雅的事情；模仿蕉叶的形状做成对联，就更风雅了。这种联只可以挂在平坦的地方，像墙壁上或是门上，挂在柱子上就不适合，因为这种联又宽又大，把柱子都遮住了。制作这种联的方法是先在纸上画一张蕉叶，叫木工用木板做出来，一样两扇，一正一反，这样就不会雷同。然后交给漆工，让他在上面刮满底灰，以防碎裂。漆完以后，再开始写对联，并且画上蕉叶的纹路筋络。蕉的颜色适宜用绿色，筋的颜色适宜用黑色，字就最好填上石黄，才觉得可爱，其他颜色都不合适。用石黄乳金更好，但全用金色又太俗。把这种匾挂在粉墙上，颜色会更明显，可称为“雪里芭蕉”。

此君联[1]

【注释】

①此君：即竹。《世说新语》中说王徽之曾指着竹子说："何可一日无此君！"以后便以此君称呼竹。

②不宁：不仅。

③天机凑泊：指造化奥妙聚集在一起。

【原文】

"宁可食无肉，不可居无竹。"竹可须臾离乎？竹之可为器也，自楼阁几榻之大，以至筲食杯箸之微，无一不经采取，独至为联为匾诸韵事弃而弗录，岂此君之幸乎？用之请自予始。

截竹一筒，剖而为二，外去其青，内铲其节，磨之极光，务使如镜，然后书以联句，令名手镌之，掺以石青或石绿，即墨字亦可。以云乎雅，则未有雅于此者；以云乎俭，亦未有俭于此者。不宁惟是[2]，从来柱上加联，非板不可，柱圆板方，柱窄板阔，彼此抵牾，势难贴服，何如以圆合圆，纤毫不谬，有天机凑泊之妙乎[3]？此联不用铜钩挂柱，用则多此一物，是为赘瘤。止用铜钉上下二枚，穿眼实钉，勿使动移。其穿眼处，反择有字处穿之，钉钉后，仍用掺字之色补于钉上，混然一色，不见钉形尤妙。钉蕉叶联亦然。

【译文】

"宁可吃饭的时候没有肉，也不可以在居住的地方没有竹子。"这就是说人们一刻都不可以远离竹子。用竹子做的器物很多，大到楼阁桌床，小到箱盒杯筷，都有用竹子做的，唯独到了作联作匾这些雅事的时候，反而放弃不用了，这难道能说是竹子的幸运吗？那么就从我这里来开始用吧！

截一段竹子，剖成两半，削掉外面的青皮，铲掉中间的节疤，磨得像镜子一样的光亮，然后在上面书写联句，再请名匠篆刻，填上石青或是石绿，直接用墨字也可以。要说到雅致，没有比这更雅致的了。要说到简朴，又没有比这更简朴的了。不只如此，在柱子上挂对联，非得用木板不行，柱子是圆的而木板是方的，柱子是窄的而木板是宽的，彼此互相抵触，肯定难以帖服。哪里比得上用竹子，圆的对合圆的，一点儿缝隙都没有，就像天然合成的呢？这种联不用钢钩来挂，如果用了就是多此一举，又是一个累赘。只要用两枚铜钉，在联上穿眼钉牢使它不能移动就可以了。穿眼的地方，要特意选有字的地方。钉上钉子之后，仍然用字的颜色，涂在钉子上，使它们浑然一色，看不出有钉子。蕉叶联就是这样。

册页匾

【原文】

用方板四块，尺寸相同，其后以木绾之。断而使续，势取乎曲，然勿太曲。边画锦纹，亦像装潢之色。止用笔画，勿用刀镌，镌者粗略，反不似笔墨精工；且和油入漆，着色为难，不若画色之可深可浅，随取随得也。字则必用剞劂①。各有所宜，混施不可。

【注释】

①剞劂（jījué）：雕刻用的弯刀，刀刻。

【译文】

尺寸相同的四块方板，后面用木条连接在一起，似断实连，使它弯曲，但不要太弯。边上画上跟装潢同一颜色的锦纹，只用笔画，不用刀刻，刀刻的太粗疏了，反而不如用笔画的精细。而且漆里掺了油，要着色也很困难，不如用笔画的颜色，可深可浅，随时可以取得。字就一定要用刀刻，该怎么做就怎么做，不能胡乱做。

虚白匾

【原文】

“虚室生白①”，古语也。且无事不妙于虚，实则板矣。用薄板之坚者，贴字于上，镂而空之，若制糖食果馅之木印。务使二面相通，纤毫无障。其无字处，坚以灰布，漆以退光。俟既成后，贴洁白绵纸一层于字后。木则黑而无泽，字则白而有光，既取玲珑，又类墨刻，有匾之名，去其迹矣。但此匾不宜混用，择房舍之内暗外明者置之。若屋后有光，则先穴通其屋，以之向

【注释】

①虚室生白：语出《庄子·人世间》。意谓心能空虚，则纯白独生。后常用以形容澄澈明净的意境。白，日光所照；室，喻指心。

外，不则置于入门之处，使正面向内。从来屋高门矮，必增横板一块于门之上。以此代板，谁曰不佳？

【译文】

“虚室生白”是一句老话了。凡事都是以虚为佳，若是实的就太呆板了。在坚硬的木板上贴上字，镂空，就像做糖果或者水果馅的木印一样。一定要使两面相通，不能有一点儿障碍。在没有字的地方，抹上灰使它坚固，漆上黑漆使它退去光泽。做好后，在字后面贴上一层洁白的棉纸，木板就黑而没有光泽，字就白而有光。既显得玲珑可爱，又像是墨刻一样，虽然名称叫做匾，却已经把它的形式去掉了。但这种匾不能随便挂在什么地方，要选择内暗外亮的房间安放。如若屋后面有光，就先凿通墙壁，把匾向外，或者就放在进门的地方，使正面向内。从来都是屋高门矮，总要在门上挂一块横板，拿这个匾代替这种横板，谁会说不好呢？

山石第五

【原文】

幽斋磊石，原非得已。不能致身岩下，与木石居，故以一卷代山，一勺代水，所谓无聊之极思也。然能变城市为山林，招飞来峰使居平地，自是神仙妙术，假手于人以示奇者也，不得以小技目之。且磊石成山，另是一种学问，别是一番智巧。尽有丘壑填胸、烟云绕笔之韵士[①]，命之画水题山，顷刻千岩万壑，及倩磊斋头片石，其技立穷，似向盲人问道者。故从来叠山名手，俱非能诗善绘之人。见其随举一石，颠倒置之，无不苍古成文，纡回入画，此正造物之巧于示奇也。譬之扶乩召仙[②]，所题之诗与所判之字，随手便成法帖，落笔尽是佳词，询之召仙术士，尚有不明其义者。若出自工书善咏之手，焉知不自人心捏造？妙在不善咏者使咏，不工书者命书，然后知运动机关，全由神力。

【注释】

①丘壑填胸：愿意是说画家的布局构思，后常用以比喻深远的意境。

②扶乩：一种迷信手段。扶乩之时，将木制丁字架置于沙盘之上，依法请神，木架的下垂部即在沙上画出文字，便视为神的启示。扶，即扶架子；乩，即占卜。

【译文】

在幽静的居所用石头垒一座假山，原本就是不得已的做法。因为不能置身于自然山水之中，所以只好用假山假水来代替。然而能把城市变成山林，把飞来峰移到平地，自然只有神仙的妙术。巧借人的手来显示它的奇异，不能把它看成雕虫小技。而且垒石成山，也是一种学问，别有一番智慧与技巧。不少雅士满胸丘壑，烟云绕笔，让他们画山水，顷刻之间千岩万壑就画成了。可是要他们在房屋旁边垒一座假山，他们就一点儿办法都没有了，就好像向盲人问路。所以历来那些做假山的名家，都不是能诗善画的人。他们顺手拿起一块石头，随便一放，无不显得苍凉古朴、纡回入画，这正是造物主显示自己奇特的地方。就像术士占卜召仙时所题的诗、所写的字，顺手写来便成了法帖，落笔都是佳词。询问他们那些字句的含义，连他自己也说不明白。如果这些字句出自一个擅长书法、善于作诗的人，怎么知道不是他自己捏造出来的呢？妙就妙在让不善于作诗的人去作诗，不擅长书法的人去写字，然后才会知道机巧全由神力控制。

【原文】

其叠山磊石，不用文人韵士，而偏令此辈擅长者，其理亦若是也。然造物鬼神之技，亦有工拙雅俗之分，以主人之去取为去取[①]。主人雅而喜工，则工且雅者至矣；主人俗而容拙，则拙而俗者来矣。有费累万金钱，而使山不成山、石不成石者，亦是造物鬼神作祟，为之摹神写像，以肖其为人也[②]。一花一石，位置得宜，主人神情已见乎此矣，奚俟察言观貌，而后识别其人哉？

【注释】

①去取：取舍。

②肖：显示，显现。

【译文】

叠山垒石，文人雅士不能擅长，而偏偏是这些人擅长，就是这个道理。造物的鬼斧神工也有工巧和笨拙、高雅和低俗的分别。这种分别是以主人的取舍为标准的。主人的趣味高雅并追求精巧，那么造出来的山石就是高雅精巧的；主人的趣味低俗而且能够容忍笨拙，那么造出来的山石就也是低俗笨拙的。有的人花费上万的金钱造山造石，而造出来的山却不像山，石也不像石，这也是造物的鬼神在作祟，在为主人摹神写像，以显示主人的为人。一盆花一块石头，只要放置的位置合适恰当，就能显现出主人的神情，哪里还需要见到人以后察言观色，才能够识别他的为人呢？

大　山

【原文】

山之小者易工，大者难好。予遨游一生，遍览名园，从未见有盈亩累丈之山，能无补缀穿凿之痕，遥望与真山无异者。犹之文章一道，结构全体难，敷陈零段易。唐宋八大家之文，全以气魄胜人，不必句栉字篦[①]，一望而知为名作。以其先有成局，而后修饰词华，故粗览细观同一致也。若夫间架未立，才自笔生，

【注释】

①句栉(zhì)字篦(bì)：犹如“字斟句酌”。栉，梳子的总称。篦，齿密的梳子。在此栉、篦皆用作动词。

由前幅而生中幅，由中幅而生后幅，是谓以文作文，亦是水到渠成之妙境；然但可近视，不耐远观，远观则襞缝纫之痕出矣。

【译文】

小山容易造得精巧，大山难以造好。我一生遨游了许多有名的园林，还没有见过一亩以上、几丈之高的假山能够没有缝缝补补、拼拼凑凑的痕迹，远远看去与真山没有差别的。这就和文人做文章一样，构思全篇困难，零碎写来容易。唐宋八大家的文章，全是以气魄胜人，不用逐字逐句地考察，一看就知道是大手笔。因为它先从整体布局，然后才去修饰词藻，所以无论是粗看还是细看，都一样。如果文章的骨架还没有打好，就顺着文思信笔写下去，从开头写到中间，再从中间写到结尾，这叫以文作文，也有一种水到渠成的奇妙境界。然而这种文章，只可细观，不耐粗看。粗看就会看出拼拼凑凑的痕迹。

【原文】

书画之理亦然。名流墨迹，悬在中堂，隔寻丈而观之，不知何者为山，何者为水，何处是亭台树木，即字之笔画杳不能辨[①]，而只览全幅规模，便足令人称许。何也？气魄胜人，而全体章法之不谬也。

【注释】

①杳：也。

【译文】

书画的道理也是一样。名人的字画，挂在大厅里，隔了一丈多远来看，不能看清楚哪里是山，哪里是水，哪里是亭台树木，可能连字的笔画也看不清楚，而如果只看全幅的规模气势，就会令人十分赞许。为什么呢？因为气魄过人，整体的章法好啊！

【原文】

至于累石成山之法，大半皆无成局，犹之以文作文，逐段滋生者耳。名手亦然，矧庸匠乎？然则欲累巨石者，将如何而可？

【注释】

①八斗才人：喻才气甚高。

②运斤：在此比喻具体操作。运，挥动。斤，斧头。

必俟唐宋诸大家复出，以八斗才人[1]，变为五丁力士，而后可使运斤乎[2]？抑分一座大山为数十座小山，穷年俯视，以藏其拙乎？曰：不难。用以土代石之法，既减人工，又省物力，且有天然委曲之妙。混假山于真山之中，使人不能辨者，其法莫妙于此。

【译文】

至于垒石成山，大半都没有固定的规则，就像以文作文，是一段一段写出来的。名家也是这样，何况平庸的工匠呢？那么，要垒一座巨石大山，要如何做呢？难道一定要等唐宋八大家再生，把才高八斗的文士变成大力士，然后让他们操斧造山吗？或者把一座大山，分成几十座小山，终年低头琢磨，这样来掩饰它的拙劣吗？其实这并不难。用一种以土代石的方法，既减少人工，又节省物力，而且还有天然起伏的巧妙。就是把假山混在真山的中间，使人分辨不出，这是最妙的方法了。

【注释】

①童山：不毛之山。

【原文】

累高广之山，全用碎石，则如百衲僧衣，求一无缝处而不得，此其所以不耐观也。以土间之，则可泯然无迹，且便于种树。树根盘固，与石比坚，且树大叶繁，混然一色，不辨其为谁石谁土。立于真山左右，有能辨为积累而成者乎？此法不论石多石少，亦不必定求土石相半，土多则是土山带石，石多则是石山带土。土石二物原不相离，石山离土，则草木不生，是童山矣[1]。

【译文】

要垒高大的山，如果全部用碎石，就如同百衲的僧衣，想找个没缝的地方都难，这是它不耐看的原因。把土混杂在中间，就可以丝毫看不出拼凑的痕迹了，这样还便于种树。树根盘曲稳固，可以跟石头一样坚固，而且树大叶繁，浑然一色，分辨不出哪是土哪是石。站在真山的旁边，有谁能分辨出它是人工堆积而成的呢？用这种方法不要求石头的多少，也不要求土和石各占一半，土多就是土山带石，石多就是石山带土。土和石这两种东西，原本就是不可分离的，石山上没有土，就会不长草木，成为“童山”了。

小　山

【原文】

小山亦不可无土，但以石作主，而土附之。土之不可胜石者，以石可壁立，而土则易崩，必仗石为藩篱故也。外石内土，此从来不易之法。

【译文】

小山主要是以石头为主，以土为辅，但也不能没有土。土之所以没有石头好，是因为石头可以竖立起来，而土很容易崩塌，必须依靠石头作保护。外面用石，里面填土，这是自古以来不可改变的法则。

【原文】

言山石之美者，俱在透、漏、瘦三字[①]。此通于彼，彼通于此，若有道路可行，所谓透也；石上有眼，四面玲珑，所谓漏也；壁立当空，孤峙无倚，所谓瘦也。然透、瘦二字在在宜然，漏则不应太甚。若处处有眼，则似窑内烧成之瓦器，有尺寸限在其中，一隙不容偶闭者矣。塞极而通，偶然一见，始与石性相符。

【译文】

说到山的美，全在“透、漏、瘦”三个字上。彼此相通，好像有道路可走一样，叫做“透”。石头上有眼，四面玲珑，叫做“漏”。当空直立，独立无依，叫做“瘦”。但是“透”和“瘦”这两个字，山的每个地方都应该如此，“漏”就不能太过分。如果处处有眼，就像窑里烧成的瓦器，有尺寸的限制，一个小洞都不能堵塞。堵塞应该有一定的限度，偶然见到一个眼，这才跟石头的本性相符。

【注释】

①透、漏、瘦：此处形容山石之美的标准。

【原文】

瘦小之山，全要顶宽麓窄，根脚一大，虽有美状，不足观矣。

石眼忌圆，即有生成之圆者，亦粘碎石于旁，使有棱角，以避混全之体。

石纹石色取其相同，如粗纹与粗纹当并一处，细纹与细纹宜在一方，紫碧青红，各以类聚是也。然分别太甚，至其相悬接壤处，反觉异同，不若随取随得，变化从心之为便。至于石性，则不可不依；拂其性而用之[①]，非止不耐观，且难持久。石性维何？斜正纵横之理路是也。

【注释】

①拂：违背。

【译文】

瘦小的山，全都应该顶宽底窄。山脚一大，即使形状很美，也不值得看了。

石眼要避免太圆，就算天生是圆的，也要在旁边粘上碎石，使它显得有棱有角，以避免过于圆滑。

石头的纹理和颜色要选取相同的。例如粗纹的和粗纹的归在一起，细纹的和细纹的归在一起，各种颜色的石头也各自归在一起。然而如果分得过于细致，在不同颜色相接的地方，也会觉得颜色过度的太生硬，反不如随取随放，随心所欲的好。至于石性，就不能不顺从；如果违背石性而去用它，不但不耐看，而且难以持久。石性是什么？就是它的斜正纵横的纹理。

石　壁

【原文】

假山之好，人有同心；独不知为峭壁，是可谓叶公之好龙矣[①]。山之为地，非宽不可；壁则挺然直上，有如劲竹孤桐，斋头但有隙地，皆可为之。且山形曲折，取势为难，手笔稍庸，便贻大方之诮[②]。壁则无他奇巧，其势有若累墙，但稍稍纡回出入之，其体嶙峋，仰观如削，便与穷崖绝壑无异。且山之与壁，其势相因，又可并行而不悖者。

【注释】

①叶（shè）公好龙：比喻表面上喜好某物，实际并非如此。

②贻：遗留。大方：指见多识广或某方面有特长的专家。

【译文】

人人都喜好假山，但在造假山的时候，唯独不知道垒峭壁，这真可以说是“叶公好龙”了。造假山的地方，一定要宽才可以；而峭壁却挺拔直立，就像劲竹孤桐，房屋旁只要有一点空地，就可以造。而且假山的造型曲折，很难造出气势，手艺稍稍平庸一点，便会贻笑大方。石壁却没有那么多的奇巧，就像垒墙，只要造得稍稍迂回曲折一些，山体嶙峋，仰看像刀削斧劈一般，就与悬崖绝壁没有什么不同了。而且山与石壁的势态是相辅相成的，可以并行不悖。

【原文】

凡累石之家，正面为山，背面皆可作壁。匪特前斜后直，物理皆然，如椅榻舟车之类；即山之本性亦复如是，透迤其前者，未有不崭绝其后，故峭壁之设，诚不可已。但壁后忌作平原，令人一览而尽。须有一物焉蔽之，使座客仰观不能穷其颠末，斯有万丈悬岩之势，而绝壁之名为不虚矣。蔽之者维何？曰：非亭即屋。或面壁而居，或负墙而立，但使目与檐齐，不见石丈人之脱巾露顶①**，则尽致矣。**

【注释】

①石丈人：宋朝米芾好石。曾任无为州知军，衙门内有立石，米芾向之礼拜，呼为石丈。

【译文】

凡是垒了石山的人家，石山的背面就可以做成峭壁。事物本来的规律都是前部倾斜后部直立，比如椅子、床、车、船之类，就是山的本性，也是这样，前面蜿蜒曲折，后面挺然壁立。所以峭壁是必不可少的。只是峭壁后面要避免留下空地，使人一览无余。必须用一个东西遮蔽起来，使坐客仰视时不能把顶部全都看得清清楚楚，这才有万丈悬崖的气势，绝壁也就不是徒有虚名了。用什么来遮蔽呢？亭子或者屋子。无论面朝石壁而坐，还是背靠石壁而立，只要让视线与屋檐平齐，看不见石壁的顶端，这样的峭壁就十分完善了。

【原文】

石壁不定在山后，或左或右，无一不可，但取其地势相宜。或原有亭屋，而以此壁代照墙，亦甚便也。

【译文】

石壁不一定要造在山后，造在山的左边，造在山的右边，都可以，只要与地势相宜就行。或者原来就有亭有屋，而用石壁来代替照墙，也很方便。

石 洞

【原文】

假山无论大小，其中皆可作洞。洞亦不必求宽，宽则藉以坐人。如其太小，不能容膝[①]，则以他屋联之，屋中亦置小石数块，与此洞若断若连，是使屋与洞混而为一，虽居屋中，与坐洞中无异矣。洞中宜空少许，贮水其中而故作漏隙，使涓滴之声从上而下，旦夕皆然。置身其中者，有不六月寒生，而谓真居幽谷者，吾不信也。

【注释】

①容膝：立足之地。此指立足。

【译文】

假山不管大小，中间都可以做洞，洞不要求太宽，宽到可以坐人就行。也不要太小了，如果太小了，连人都站不下，就把别的房子和它连接起来。房子里面也放些小石块，看起来跟这石洞似断似连，这样屋子就和洞浑然一体，虽然坐在房子里，也跟坐在洞里差不多了。洞中空出一块小地方，贮存少许水在里面，并且故意作出漏隙，让涓涓的滴水之声从上而下，日夜连绵不绝。置身于山洞之中，有不感到六月生寒，而说自己身处幽谷的人，我才不相信有这样的人呢。

器玩部

制度第一

【注释】

①子舆氏：一说指孔子的弟子曾参，一说孟轲，字子舆。在此子舆指孟子。

②磨砻（lǒng）：打磨。

【原文】

人无贵贱，家无贫富，饮食器皿，皆所必需。“一人之身，百工之所为备。”子舆氏尝言之矣[①]。至于玩好之物，惟富贵者需之，贫贱之家，其制可以不问。然而粗用之物，制度果精，入于王侯之家，亦可同乎玩好；宝玉之器，磨砻不善[②]，传于子孙之手，货之不值一钱。如精粗一理，即知富贵贫贱同一致也。

【译文】

人不论贵贱，家无论贫富，饮食器具都是必需有的。孟子曾经说过：“一个人身上所有的东西，是上百个工匠为他准备的。”至于玩物之类的东西，只有富贵人家需要，贫贱的人家，可以不去管它的样式。然而那些日常用具，如果样式和制作的确都很精美，到了王侯的家里，也就像玩物一样；即使是宝石玉器，制作粗糙，传到子孙手中，卖掉它也值不了几个钱。了解了精致粗糙的道理，就会知道富贵贫贱和它一样。

【注释】

①荣膴（wǔ）之堂：富贵人家的堂屋。膴，美，厚。

②具山林经济者：指居于山林而具有治国安邦之才的人。

【原文】

予生也贱，又罹奇穷，珍物宝玩虽云未尝入手，然经寓目者颇多。每登荣膴之堂[①]，见其辉煌错落者星布棋列，此心未尝不动，亦未尝随见随动，因其材美，而取材以制用者未尽善也。至入寒俭之家，睹彼以柴为扉，以瓮作牖，大有黄虞三代之风，而又怪其纯用自然，不加区画。如瓮可为牖也，取瓮之碎裂者联之，使大小相错，则同一瓮也，而有哥窑冰裂之纹矣。柴可为扉也，而有农户儒门之别矣。人谓变俗为雅，犹之点铁成金，惟具山林经济者能此[②]，乌可责之一切？予曰：垒雪成狮，伐竹为马，三尺童子皆优为之，岂童子亦抱经济乎？有耳目即有聪明，有心

思即有智巧，但苦自画为愚，未尝竭思穷虑以试之耳。

【译文】

我生在贫贱之家，又穷困潦倒，珍贵的玩物，虽说不曾拥有，但亲眼见过的却也很多。我每每到了富贵人家中，看到那珍奇玩物高低错落，琳琅满目，不是不动心，但也不是每次看见都动心，因为有些即使材料很好而制作却不够精致。而到了贫寒人家，看他用木柴做门，拿坛子做窗，大有上古的风范，却又怪他只懂得用自然的东西，而不懂得加以修饰。瓮可以做窗户，就把碎裂的瓮片接起来，让它们大小互相错落，那么同样是瓮，却有哥窑烧制出来的冰裂的纹路了。柴可以做门，就用造型美观的柴来做，并使它疏密间杂，那么同样是门，却能区别出农户和儒门。有人认为要变俗为雅，就好像点铁成金，只有具备雄才大略的人才能做到，怎么能要求人人都做到呢？我说："垒雪堆狮子，砍竹当马骑，就算是小孩子都能做得很好，难道他们也具有雄才大略吗？人只要有耳目，就聪明，用心做事，就会有智慧，只怕自己认为自己愚昧，便不去竭尽脑汁想办法来尝试了。"

几　案

【原文】

予初观《燕几图》，服其人之聪明什佰于我，因自置无力，遍求置此者，讯其果能适用与否，卒之未得其人。无我竭此大段心思，不可不谓经营惨淡，而人莫之则效者，其故何居？以其太涉繁琐，而且无此极大之屋，尽列其间，以观全势故也。凡人制物，务使人人可备，家家可用，始为布帛菽粟之才[①]，不则售冕旒而沽玉食[②]，难乎其为购者矣。故予所言，务舍高远而求卑近。

【注释】

①布帛菽粟之才：为百姓衣食而谋划经济的人才。

②售冕旒而沽玉食：指为皇家服务之才。冕旒，代指皇帝。

【译文】

我刚开始看《燕几图》，佩服作者的聪明才智比我要强十倍百倍。因为我自己没有能力去置办，所以我到处去寻找置办了这种几案的人家，想了解它们是否真的很适用，却始终没有找到。我这样竭尽心思，不能不说是惨淡经营，却没有人仿效，这是为什么呢？因为那种几案太繁琐，没有那么大的房屋可以把它们全部放进去以观全貌。人们卖东西，总是选择人人都需要，家家都用得上，像布匹粮食之类的平常东西；要是卖皇家的衣食，买的人就很少了。所以我的意思就是一定要舍弃高远而追求通俗。

【注释】

①庀(pǐ)才：置备建材。

②抽替：抽屉。

③觿(xī)：指锥形的用具，象骨制成，也用为佩饰。

④去丧无所不佩：语出《论语·乡党》。意为丧期已满，佩戴东西便无忌讳了。

【原文】

几案之设，予以庀材无资[1]，尚未经营及此。但思欲置几案，其中有三小物必不可少。

一曰抽替[2]。此世所原有者也，然多忽略其事，而有设有不设。不知此一物也，有之斯逸，无此则劳，且可藉为容懒藏拙之地。文人所需，如简牍刀锥、丹铅胶糊之属，无一可少，虽曰司之有人，藏之别有其处，究意不能随取随得，役之如左右手也。予性卞急，往往呼童不至，即自任其劳。书室之地，无论远迂捷，总以举足为烦，若抽替一设，则凡卒急所需之物尽纳其中，非特取之如寄，且若有神物俟乎其中，以听主人之命者。至于废稿残牍，有如落叶飞尘，随扫随有，除之不尽，颇为明窗净几之累，亦可暂时藏纳，以俟祝融，所谓容懒藏拙之地是也。知此则不独书案为然，即抚琴观画、供佛延宾之座，俱应有此。一事有一事之需，一物备一物之用。《诗》云："童子佩觿[3]"，《鲁论》云："去丧无所不佩[4]"。人身且然，况为器乎？

【译文】

我因为没有钱购买材料，所以还没有来得及做几案。但我考虑过如果要做几案，有三样东西必不可少：

一是抽屉。这是世上原来就有的，然而人们大多忽略了它，有些设了抽屉，有些没有。却不知道抽屉这个东西，有了它就很方便，没有它就很麻烦，而且它还可以成为偷懒藏拙的地方。文人所需要的东西，如信笺、剪刀、锥子、笔墨、糨糊之类，没有一样可以少了，虽说专门有人管理，但是藏在别的地方，不能随需随取，就像使用左右手一样。我性子急，往往喊书童，他还没有到，我就自己去拿了。在书房里不管是绕远路还是走近道，总是不喜欢走。要是有了抽屉，把紧急时需要的东西都放在里面，不仅取用方便，而且就像有神物等在那里，听候主人。至于那些废纸和残稿，就像是落叶和飞尘一样，随扫随时再有，是书房里面很碍眼的东西，也可以暂时收在里面，等将来一起烧掉，这就是所说的可以偷懒藏拙的意思。知道这一点，就知道不只是书桌应该这样，就是弹琴赏画、烧香供佛像或是给客人用的座位，都应该有抽屉。一件事有一件事的需要，一种东西有一种东西的用处。《诗经》说“童子佩觿”，《鲁论》说“丧服满了之后什么都可以佩戴”。人身上佩戴的饰物尚且如此，何况是器具呢？

【原文】

一曰隔板，此予所独置也。冬月围炉，不能不设几席。火气上炎，每致桌面台心为之碎裂，不可不预为计也。当于未寒之先，另设活板一块，可用可去，衬于桌面之下，或以绳悬，或以钩挂，或于造桌之时，先作机彀以待之[①]，使之待受火气，焦则另换，为费不多。此珍惜器具之婆心，虑其暴殄天物[②]，以惜福也。

【注释】

①机彀（gòu）：机关。

②暴殄天物：指任意糟蹋物品。

【译文】

一是隔板。这是我独创的。冬天围着火炉，不能不准备几案。火气上升，时间长了，总会把桌面台心烤得碎裂，不可不提前想一个办法来解决这个问题。应当在天冷之前，另外做一块活动的板子，可装可拆，把它衬在桌面下。用绳子或是用钩子把它悬挂起来，或者在做桌子的时候，先做一个机关来放置木板，让它受了热气变焦之后，另外再换一块，这样花费不多。这是我珍惜器具的一片苦心，担心人们浪费财物，而不知珍惜自己的福祉。

【注释】

①桌撒:用为垫桌脚,以使桌面平衡之物。

【原文】

一曰桌撒[①]。此物不用钱买,但于匠作挥斤之际,主人费启口之劳,僮仆用举手之力,即可取之无穷,用之不竭。从来几案与地不能两平,挪移之时必相高低长短,而为桌撒,非特寻砖觅瓦时费辛勤,而且相称为难,非损高以就低,即截长而补短,此虽极微极琐之事,然亦同于临渴凿井,天下古今之通病也,请为世人药之。凡人兴造之际,竹头木屑,何地无之?但取其长不逾寸,宽不过指,而一头极薄,一头稍厚者,拾而存之,多多益善,以备挪台撒脚之用。如台脚所虚者少,则止入薄者,而留其有余者于脚处,不则尽数入之。是止一寸之木,而备高低长短数则之用,又未尝费我一钱,岂非极便于人之事乎?但须加以油漆,勿露竹头木屑之本形。何也?一则使之与桌同色,虽有若无;一则恐童子扫地之时,不能记忆,仍谬认为竹头木屑而去之,势必朝朝更换,将亦不胜其烦;加以油漆,则知为有用之器而存之矣。只此极细一着,而有两意存焉,况大者乎?劳一人以逸天下,予非无功于世者也。

【译文】

一是桌撒。这东西不需要用钱买,只要在工匠制作的时候,主人动一下口,仆人动一下手,就可以取之不尽、用之不竭。几案和地面总是不能两平,搬动的时候,必定和地面高低不平,而要找一件东西来做垫脚,寻找砖头瓦块不仅费时费力,而且找来后也很难合适,不是要去掉高的来将就低的,就是要截掉长的来弥补短的。这虽然是极为细微琐碎的事情,但跟临渴挖井一样,是天下人古今的通病。我希望能帮世人把这个病治好。人们在制作家具的时候,竹片木屑到处都是。只要拣那些长不过寸,宽不超过一个指头,一头很薄,而另一头稍微厚点儿的,保存起来,多多益善,以备挪桌子时踮脚用。如果桌脚留空少,就只把薄的一边塞进去,而把剩下的一边留在外面,不然就全部塞进去。这样一寸的木头,就可以备高低长短多种情况之用,又不需要花一文钱，这难道不是很方便人的事吗？但是要把它刷上油漆，不要露出竹片木屑的本来面目。为什么呢？一来可以使它和桌子同色，放在那里就像没有一样；一是担心童子扫地的时候忘记了，仍然把它当竹头木屑而扫掉，那样就势必要天天更换，也会让人烦不胜烦。如果把它涂上油漆，童子就会知道这是有用的东西而应该保留它。就是这样极细的事情，也有两层含义，更何况大的方面呢？我一个人费点脑筋而方便天下人，我难道不是对世界有贡献的人吗？

橱柜

【原文】

造橱立柜，无他智巧[①]，总以多容善纳为贵。尝有制体极大而所容甚少，反不若渺小其形而宽大其腹，有事半功倍之势者。制有善不善也[②]。善制无他，止在多设搁板。橱之大者，不过两层、三层，至四层而止矣。若一层止备一层之用，则物之高者大者容此数件，而低者小者亦止容此数件矣。实其下而虚其上，岂非以上段有用之隙，置之无用之地哉？

【注释】

①智巧：技巧。

②制：设计。善：完善。

【译文】

制造橱柜没有其他的技巧，最重要的是能多容纳东西。有的柜子做得很大，而所能容纳的东西却很少，反而不如做得外形小一些，里面大一些，就有事半功倍的作用了。橱柜的设计有完善的也有不完善的，完善的设计没有别的，就是多做一些搁板，能够多放一些东西。大的橱柜，也不过两三层，最多四层而已。如果一层只作一层的用处，那么长的大的物件只能放几件，而短的小的也只能放几件了。下半部分放满了东西而上半部分却是空的，岂不是闲置了有用的上半部分空间吗？

【原文】

当于每层之两旁，别钉细木二条，以备架板之用。板勿太

【注释】

①裨：好处。

宽，或及进身之半，或三分之一，用则活置其上，不则撤而去之。如此层所贮之物，其形低小，则上半截皆为余地，即以此板架之，是一层变为二层。总而计之，则一橱变为两橱，两柜合成一柜矣，所裨不亦多乎[①]？或所贮之物，其形高大，则去而容之，未尝为板所困也。此是一法。至于抽替之设，非但必不可少，且自多多益善。而一替之内，又必分为大小数格，以便分门别类，随所有而藏之，譬如生药铺中，有所谓“百眼橱”者。

【译文】

应该在每层的两旁，钉上两根细木，以备架板之用。板不要太宽，是柜子深度的二分之一，或是三分之一就可以了，用的时候架上去，不用的时候就撤掉。如果这层放的东西都比较低小，上半截是空着了，就把板架上去，一层就变成两层了。总的来说，一个橱就变成两个了，好处不是很多吗？如果要存放的东西很大，就把板抽掉，也不会受这个板的限制。这是一个办法，至于设置抽屉，不但很必要，而且越多越好。而抽屉一定要分成几格，以便分门别类，有什么放什么，就像生药铺里的“百眼橱”一样。

【原文】

此非取法于物，乃朝廷设官之遗制，所谓五府六部群僚百执事，各有所居之地与所掌之簿书钱谷是也。医者若无此橱，药石之名盈千累百，用一物寻一物，则卢医扁鹊无暇疗病[①]，止能为刻舟求剑之人矣[②]。此橱不但宜于医者，凡大家富室，皆当则而效之，至学士文人，更宜取法。能以一层分作数层，一格画为数格，是省取物之劳，以备作文著书之用。则思之思之，鬼神通之；心无他役，而鬼神得效其灵矣。

【注释】

①卢医扁鹊：即扁鹊，战国时名医。因家在卢国，又称卢医。泛指良医。

②刻舟求剑之人：比喻拘泥固执之人。

【译文】

这不是从什么东西上受的启发，而是仿效朝廷设官的办法，五府六部的文武百官各有各的居所和各自所管理的文书财物。医生如果没有“百眼橱”，成千上万的药物，用一样找一样，那么就是像扁鹊一样的神医也没有时间给人治病了，只能像刻舟求剑的那个人一样胡乱找药了。这种橱柜不仅适合医生，凡大户人家，都应当仿效它做一个。至于文人学士更应该学习这种方法，把一层分作几层，一格划作几格，就可把找东西费的辛苦省下来作文章。那么想着想着鬼神就来了，心无旁骛，鬼神就能够显灵。

古 董

【原文】

是编于古董一项，缺而不备，盖有说焉。崇尚古器之风，自汉魏晋唐以来，至今日而极矣。百金贸一卮，数百金购一鼎，犹有病其价廉工俭而不足用者[①]。常有为一渺小之物，而费盈千累万之金钱，或弃整陌连阡之美产，皆不惜也。夫今人之重古物，非重其物，重其年久不坏；见古人所制与古人所用者，如对古人之足乐也。若是，则人与物之相去，又有间矣。

【注释】

①病：嫌弃。

【译文】

此书对古董一项没有介绍是有原因的。崇尚古器的风气，从汉魏晋唐起，到现在已经达到了极点。一百两银子买一个酒杯，几百两银子买一只鼎，还有人嫌它价格低廉工艺简陋而不满足。常常有人为了一个小小的古董，花费成千上万的金钱，或者赔上大片的良田地产，一点都不吝惜。今人看重古物，并不是看重古董这件东西，而是看重它年代久远而没有损坏。看见古人制造和使用的东西，就像面对着古人一样感到满足快乐。像这样，古人和古物之间是有距离的。

【原文】

设使制用此物之古人至今犹在，肯以盈千累万之金钱与整陌连阡之美产，易之而归，与之坐谈往事乎？吾知其必不为也。予

【注释】

①三代：尧、舜、禹三代。

②黄虞：黄帝及虞舜。

尝谓人曰：物之最古者莫过于书，以其合古人之心思面貌而传者也。其书出自三代[①]，读之如见三代之人；其书本乎黄虞[②]，对之如生黄虞之世；舍此则皆物矣。物不能代古人言，况能揭出心思而现其面貌乎？

【译文】

假使当年制作这件器物的人今天还活着，他会愿意用成千上万的金钱和大片的田产，来把它换回去，跟它座谈往事吗？我肯定他是不会的。我曾经对人说："最古老的东西，莫过于书，这是因为它符合了古人的心思面貌而流传。"读上古三代的书就像对着上古三代的人一样，读黄帝和虞舜时代的书就像对着黄帝、虞舜时代的人一样。除此之外就都只是物品而已。物品不能代替古人说话，更别说揭示古人的心思而再现出他们的面貌了。

【原文】

古物原有可嗜，但宜崇尚于富贵之家，以其金银太多，藏之无具，不得不为长房缩地之法，敛丈为尺，敛尺为寸，如"藏银不如藏金，藏金不如藏珠"之说，愈轻愈小，而愈便收藏故也。矧金银太多，则慢藏诲盗，贸为古董，非特穿窬不取[①]，即误攫入手，犹将掷而去之。迹是而观，则古董、金银为价之低昂，宜其倍蓰而无算也[②]。乃近世贫贱之家，往往效颦于富贵，见富贵者偶尚绮罗，则耻布帛为贱，必觅绮罗以肖之；见富贵者单崇珠翠，则鄙金玉为常，而假珠翠以代之。事事皆然，习以成性，故因其崇旧而黜新，亦不觉生今而反古。有八口晨炊不继，犹舍旦夕而问商周；一身活计茫然，宁遣妻孥而不卖古董者。人心矫异[③]，讵非世道之忧乎？

【注释】

①窬(yú)：从墙上爬过去，本文指盗贼。

②倍蓰：五倍。此指价钱高出许多。

③矫异：矫情而怪异。指民风不古。

【译文】

古物原本就有让人嗜好的地方，但它只适合富贵人家收藏。这是因为富贵人家金银太多，无法收藏，不得不采用费长房的缩地法，缩丈为尺，缩尺为寸。正如“藏银不如藏金，藏金不如藏珠”的说法，东西越轻越小，就越便于收藏。况且金银太多，就会招来盗贼，把它换成了古董，穿墙打洞的贼不只不会要，即使误拿到手，也会丢掉。从这点来看，古董、金银价值的高低，应该加倍来计算。而近来贫贱的人家，也效仿富贵的人家，见富贵的人崇尚穿绫罗绸缎，就觉得穿布做的衣服低贱，感觉羞耻，也一定要找绫罗绸缎来学得跟人家一样；见富贵的人只喜欢珠翠首饰，就鄙视金玉的首饰普通，而用假的珠翠来代替。事事都这样，所以又因为富贵人家喜欢古物而贬低当代器具，于是生在现代却喜欢返回古代而不知不觉。有时一家人饭都吃不上了，还不关心眼前而忙着玩弄古董，自己生计都没有保障了，宁可舍弃妻子儿女也不肯卖古董。人心这样的变态，难道不是世道的危机吗？

【原文】

予辑是编，事事皆崇俭朴，不敢侈谈珍玩，以为末俗扬波。且予窭人也①**，所置物价，自百文以及千文而止，购新犹患无力，况买旧乎？《诗》云：“惟其有之，是以似之。”生平不识古董，亦借口维风**②**，以藏其拙。**

【注释】

①窭(jù)：贫穷。

②维风：维护风尚。

【译文】

我编此书，事事都崇尚俭朴，不敢侈谈珍玩来为不良习俗推波助澜。况且我是一个穷人，所买东西的价钱，从一百文到一千文钱，买新东西还担心无能为力，何况买旧东西呢？《诗经》中说：“因为他有，所以才继承。”我生平不识古董，也只能借口维护风尚，来掩藏我的朴拙。

炉　瓶

【原文】

炉瓶之制，其法备于古人，后世无容蛇足。但护持衬贴之

【注释】

①易明：简单明了。

②讵料：没想到。

具，不妨意为增减。如香炉既设，则锹箸随之，锹以拨灰，箸以举火，二物均不可少。箸之长短，视炉之高卑，欲其相称，此理易明[1]，人尽知之；若锹之方圆，须视炉之曲直，使勿相左，此理亦易明，而为世人所忽。入炭之后，炉灰高下不齐，故用锹作准以平之，锹方则灰方，锹圆则灰圆，若使近边之地炉直而锹曲，或炉曲而锹直，则两不相能，止平其中而不能平其外矣，须用相体裁衣之法，配而用之。然以铜锹压灰，究难齐截，且非一锹二锹可了。此非僮仆之事，皆必主人自为之者。

予性最懒，故每事必筹躲懒之法，尝制一木印印灰，一印可代数十锹之用。初不过为省繁惜劳计耳，讵料制成之后[2]，非止省力，且极美观，同志相传，遂以为一定不移之法。

【译文】

香炉和花瓶的式样，古人已经设计得很完备了，后人没有必要再画蛇添足。只是一些保护和衬托它们的东西，不妨随意增减。比如有了香炉，就要有铲子和筷子，铲子用来拨灰，筷子用来夹炭，这两种东西都不可缺少。筷子的长短要看香炉的高低，要与香炉相称，这个道理简单，人人都明白。而铲子用方的还是圆的得看炉子是圆的还是方的，不要使它们相差太远，这个道理也容易明白，然而人们却常常忽略。装了炭以后，香炉里的灰高下不齐，所以拿铲子做准来压平。铲子是方的灰就成方形，铲子是圆的灰就成圆形。如果是靠近边缘的地方，炉子是方的而铲子是圆的，或是炉子是圆的而铲子是方的，那就不能吻合，只能压平中间部分，而不能压平外缘了。必须用量体裁衣的方法，配合来用。然而用铜铲压灰，终究难以压得平整，并且不是一铲两铲就可完事的。这不是童仆做的事，应该主人亲自去做。

我性情很懒，所以每件事都想找一个偷懒的办法。我曾经做了一个木印来印灰，一个印能代数十把铲子，一开始不过是为了省些麻烦，没想到做好之后，不仅省力而且很美观，在朋友中流传，就成了固定的方法。

【原文】

譬如炉体属圆，则仿其尺寸，镟一圆板为印[1]，与炉相若，不爽纤毫，上置一柄，以便手持。但宜稍虚其中，以作内昂外低之势，若食物之馒首然。方者亦如是法。加炭之后，先以箸平其灰，后用此板一压，则居中与四面皆平，非止同于刀削，且能与镜比光，共油争滑，是自有香灰以来，未尝现此娇面者也。既光且滑，可谓极精，予顾而思之，犹曰尽美矣，未尽善也，乃命梓人镂之。凡于着灰一面，或作老梅数茎，或为菊花一朵，或刻五言一绝，或雕八卦全形，只须举手一按，现出无数离奇，使人巧天工，两擅其绝，是自有香炉以来，未尝开此生面者也。湖上笠翁实有裨于风雅，非僭词也[2]。请名此物为"笠翁香印"。方之眉公诸制，物以人名者，孰高孰下，谁实谁虚，海内自有定评，非予所敢饶舌。用此物者，最宜神速，随按随起，勿迟瞬息，稍一逗留，则气闭火息矣。雕成之后，必加油漆，始不沾灰。

【注释】

①镟(xuàn)：用车床或刀子转着圈地削。

②僭(jiàn)词：狂妄之词。僭，超越身份。

【译文】

比如炉体是圆的，就依照它的尺寸，镟一块圆板做印，与香炉相合，丝毫不差。上面做一个柄，以便手拿。只是圆板的中间要稍微凹进去一点，中间高四周低，像馒头的样子。方的也是这样做。加了炭之后，先用筷子把灰弄平，然后用这种板子一压，中间和四周都平整了，不仅像刀削一样，而且还像镜子和油一样光滑。自从有香灰以来，没有见过这么漂亮的灰面。又光又滑，可称得上极其精巧。我看了又想，说它尽美可以，但并不尽善。就让木工加以镂刻，凡着灰的一面，或刻几根老梅，或刻一朵菊花，或刻一首五言绝句，或刻完整的八卦图。只要举起此板往灰上一按，就现出无数离奇的图案，自然天成，巧妙绝伦。自从有香炉以来，没有见过这样别开生面的。我湖上笠翁，实在是有益于风雅，这并不是过头话。请让我给它取名为"笠翁香印"。和眉公设计出来的那些以人名命名的东西比较起来，谁高谁低，谁实谁虚，天下自有定论，不是我敢随便乱说的。使用这种灰印，最要神速，随按随起，不能迟缓一点，稍一逗留，就会气闭火熄了。灰印雕好以后，必须加上油漆，才不会沾灰。

【原文】

焚香必需之物，香锹香箸之外，复有贮香之盒，与插锹箸之瓶之数物者，皆香与炉之股肱手足，不可或无者也。然此外更有一物，势在必需，人或知之而多不设，当为补入清供。夫以箸拨灰，不能免于狼藉，炉肩鼎耳之上，往往蒙尘，必得一物扫除之。此物不须特制，竟用蓬头小笔一枝，但精其管，使与濡墨者有别，与锹箸二物同插一瓶，以便次第取用，名曰“香帚”。

【译文】

焚香所必需的东西，除了铲子和筷子之外，还有存香的盒子和插铲子与筷子的瓶子这几件东西，都是香炉必须有的。但此外还有一样东西，是必不可少的，人们或许知道，但大多不去置备，我给它补充进来吧。用筷子拨灰，免不了弄得一片狼藉，炉子的肩上和鼎的耳上，经常会蒙上灰尘，一定得有一样东西来扫。这不需要另外制作，只要用一支毛散开的小毛笔，笔管要硬一些，使得和用来写字的笔不同。和铲子与筷子一起放在瓶子里，需要的时候取出来用，名字叫做香帚。

【原文】

至于炉有底盖，旧制皆然，其所以用此者，亦非无故。盖以覆灰，使风起不致飞扬；底即座也，用以隔手，使移动之时，执此为柄，以防手汗沾炉，使之有迹，皆有为而设者也。然用底时多，用盖时少。何也？香炉闭之一室，刻刻焚香，无时可闭；无风则灰不自扬，即使有风，亦有窗帘所隔，未有闭熄有用之火，而防未心果至之风者也。是炉盖实为赘瘤，尽可不设。而予则又有说焉：炉盖有时而需，但前人制法未善，遂觉有用为无用耳。盖以御风[1]，固也。独不思炉不贮火，则非特盖可不用，并炉亦

【注释】

①御：抵挡。

可不设；如其必欲置火，则盖之火熄，用盖何为？

【译文】

至于香炉有底有盖，过去的都是这样。之所以用底和盖，也不是没有原因。炉盖是用来覆盖香灰的，有风时香灰才不至于四处飞扬；炉底就是底座，用来隔手，移动香炉时，拿着它当手柄，以防止手上的汗渍沾到香炉上，使炉上有痕迹。这些东西都是有用的。然而用底座时多，用盖时少。为什么呢？香炉放在房里，时刻在焚香，没有什么时候需要用盖，没有风的时候，灰不会自己飞扬起来，即使有风，也会被窗帘挡住，没有熄灭有用的香火来防止未必能刮进来的风的道理。这样炉盖实在是累赘，完全可以不要。然而我有我的看法：炉盖有时也需要，只是前人制作得不完善，让人觉得有用的东西没有用了。炉盖本来是用来挡风的，单单没有想到如果香炉没有火，就不只是炉盖可以不用，连香炉也可以不要了。如果香炉一定要有火，盖上火就熄了，用盖干什么？

【原文】

予尝于花晨月夕及暑夜纳凉，或登最高之台，或居极敞之地，往往携炉自随，风起灰扬，御之无策，始觉前人呆笨，制物而不善区画之[①]，遂使贻患及今也。同是一盖，何不于顶上穴一大孔，使之通气，无风置之高阁，一见风起，则取而覆之，风不得入，灰不致扬，而香气自下而升，未尝少阻，其制不亦善乎？止将原有之物，加以举手之劳，即可变无益为有裨。昔人点铁成金[②]，所点者不必是铁，所成者亦未必皆金，但能使不值钱者变而值钱，即是神仙妙术矣。此炉制也。

【注释】

①区画：规划。

②昔人：古人。

【译文】

我曾经在早晨看花傍晚看月亮和夏夜乘凉的时候，或是登上最高的楼台，或是住在极开阔的地方，往往自己随身带个炉子。

风起的时候灰也飞起来，让人束手无策，才觉得前人呆笨，设计东西不懂得规划周到，以至于麻烦还留到了今天。同样是一个盖子，干吗不在顶上钻一个大孔，没风的时候收起来，有风的时候盖上，风吹不进去，灰也扬不起来，而香气从下升上来，又不会受阻挡，这办法不是很好吗？只需要把原本就有的东西，稍加变化，就可以使无益变为有用。古人点铁成金，所点的不一定是铁，所成的不一定是金，只要能把不值钱的变成值钱的，那就是神仙的妙术了。这里说的是香炉。

【原文】

瓶以磁者为佳，养花之水清而难浊，且无铜腥气也。然铜者有时而贵，以冬月生冰，磁者易裂，偶尔失防，遂成弃物，故当以铜者代之。然磁瓶置胆，即可保无是患。胆用锡，切忌用铜，铜一沾水即发铜青，有铜青而再贮以水，较之未有铜青时，其腥十倍，故宜用锡。且锡柔易制，铜劲难为，价亦稍有低昂，其便不一而足也。

【译文】

花瓶以瓷的最好。这样养花的水不容易变浊，而且没有铜腥气。但铜的有时候也有它的可贵之处。冬天结冰，瓷瓶容易破裂，一不小心就成了废物，所以应该用铜的来代替。但瓷瓶如果装上胆，那就不用担心这种事了。胆要用锡做，切忌用铜做，铜一沾水就会有铜青，有了铜青再装水，腥气就会比没有铜青的时候厉害十倍，所以应该用锡。而且锡柔软容易成型，价格也比较低，铜很硬又难以加工。用锡的好处不止一样。

【原文】

磁瓶用胆，人皆知之，胆中着撒，人则未之行也。插花于瓶，必令中窾[①]，其枝梗之有画意者随手插入，自然合宜，不则挪移布置之力不可少矣。有一种倔强花枝，不肯听人指使，我欲

【注释】

①窾（kuǎn）：空。

置左，彼偏向右，我欲使仰，彼偏好垂，须用一物制之。所谓撒也，以坚木为之，大小其形，勿拘一格，其中则或扁或方，或为三角，但须圆形其外，以便合瓶。此物多备数十，以俟相机取用。总之不费一钱，与桌撒一同拾取，弃于彼者，复收于此。斯编一出，世间宁复有弃物乎？

【译文】

瓷瓶用胆人人都知道，但是在瓶胆中安撒，这样做的人却不多。把花插在瓶子里，一定要插在空处，那些富有诗情画意的枝梗，随手插入就自然得宜，否则挪动布置的工夫就少不了。有一种花枝很倔强，不肯听人指挥，我想把它放在左边，它偏要朝右；我想要让它向上，它偏偏向下垂，必须用一个东西来制服它。这东西就是所谓的“撒”，它是用坚硬的木头做成，形状大小不拘一格，中间可扁可方，也可以是三角形，但外面必须是圆形，以便和花瓶相吻合。这种东西可以准备几十个，以备各种情况取用。总之不花一钱，和桌撒一起拾取就可以了，其他地方丢掉的东西，在这里再收起来。这本书一出，世界上难道还会有废物吗？

屏轴

【原文】

十年之前，凡作围屏及书画卷轴者，止有巾条、斗方及横批三式①。近年幻为合锦，使大小长短以至零星小幅，皆可配合用之，亦可谓善变者矣。然此制一出，天下争趋，所见皆然，转盼又觉陈腐，反不若巾条、斗方诸式，以多时不见为新矣，故体制更宜稍变。

【注释】

①巾条、斗方及横批：中国书画装裱的三种样式。

【译文】

十年以前，制作围屏和书画卷轴，只有巾条、斗方和横批三种形式。近年来变化为合锦，使大小长短以至零星小幅，都可以配合使用，也可称得上善于变化的了。然而这种式样一出来，天下人争相仿效，到处都一样，转眼又让人觉得陈腐，反而不如巾条、斗方等式样，因为很久没有见到而觉得新鲜了，所以式样还需要变化。

【原文】

变用何法？曰：莫妙于冰裂碎纹，如前云所载糊房之式，最与屏轴相宜[①]，施之墙壁犹觉精材粗用，未免亵视牛刀耳。法于未书未画之先，画冰裂碎纹于全幅纸上，照纹裂开，各自成幅，征诗索画既毕，然后合而成之。须于画成未裂之先，暗书小号于纸背，使知某属第一，某居第二，某横某直，某角与某角相连，其后照号配成，始无攒凑不来之患。其相间之零星细块必不可少，若憎其琐屑而不画，则有宽无窄，不成其为冰裂纹矣。但最小者，勿用书画，止以素描间之，若尽有书画，则纹理模糊不清，反为全幅之累。此为先画纸绢，后征诗画者而言，盖立法之初，不得不为其简且易者。迨裱之既熟[②]，随取现成书画，皆可裂作冰纹，亦犹裱合锦之法，不过变四方平正之角，为曲直纵横之角耳。此裱匠之事，我授意而使彼为之者耳。

【注释】

①相宜：相匹配。

②迨：等。

【译文】

变化成什么式样呢？我说最妙的是冰裂碎纹，像前面所提到的糊房子的式样，跟屏轴最相配，把它糊在墙壁上不免觉得有些大材小用了。制作方法是在题字绘画之前，在全幅纸上画冰裂碎纹，按照纹路裁剪开，各自成为一幅，题诗作画之后，再把它们合起来。必须在纹路画完之后、分开之前，在纸的背面做个小记号，以便知道哪一块是第一块，哪一块是第二块，哪一块横着排，哪一块竖着排，哪个角跟哪个角相连。然后按照号码连接在一起，才不会有拼凑不全的麻烦。中间的一些零星小块，必不可少，如果嫌它们的太零碎而不画，那么最后整幅画就会只有宽的没有窄小的，而不像一幅冰裂纹了。但是最小的那些碎片，不宜题字作画，只用白纸间隔，要是每一片上都有了字和画，就会纹理不清，反而破坏了整体的效果。这是针对先画底纹，然后再题诗作画而说的。因为在实行一种新方法时，不能不先从简单的做起。等将来装裱技术做得熟练了，随便用现成的字画，都可以把它裁剪成冰裂纹，只是把四四方方的角变成纵横交错的角而已，跟裱合锦的方法一样，这是裱匠的工作，是我授意他们这么做的。

【原文】

更有书画合一之法，则其权在我，授意于作书作画之人，裱匠则行其无事者也。“诗中有画，画中有诗[1]”，此古来成语；作画者取诗意命题，题诗者就画意作诗，此亦从来成格。然究意诗自诗而画自画，未见有混而一之者也。混而一之，请自今始。法于画大幅山水时，每于笔墨可停之际，即留余地以待诗，如峭壁悬崖之下，长松古木之旁，亭阁之中，墙垣之隙，皆可留题作字者也。凡遇名流，即索新句，视其地之宽窄，以为字之大小，或为鹅帖行书[2]，或作蝇头小楷。即以题画之诗，饰其所题之画，谓当日之原迹可，谓后来之题咏亦可，是“诗中有画，画中有诗”二语，昔作虚文，今成实事，亦游戏笔墨之小神通也。请质高明，定其可否。

【译文】

还有一种书画合一的办法，就是由我做主，授意给题字作画的人，就没有裱匠的事了。“诗中有画，画中有诗”，是自古以来的说法。作画的人根据诗的意境作画，题诗的人根据画的意境作诗，这也是向来的规矩。但毕竟诗还是诗，画还是画，没有把它们混在一起的。把它们混在一起请从现在开始。办法是在画大幅山水时，每当可以不画的时候，就留下余地来作诗。如在悬崖峭壁下，长松古木旁，亭阁之中，墙垣之隙，都可以留下来题字。遇到名人，就向他们索求新诗，根据所留之地的宽窄来定字

【注释】

①“诗中”二句：语出苏轼《书摩诘蓝田烟雨图》：“味摩诘之诗，诗中有画；观摩诘之画，画中有诗。”摩诘，指王维。

②鹅帖：即《鹅群帖》，传说为晋代王献之书。

的大小，或者是鹅帖行书，或者是蝇头小楷。就是用题画的诗来装饰所题的画，说是当初的原迹可以，说是后来的题咏也可以。那么“诗中有画，画中有诗”这句话，以前不过是空话，现在成了实事，也可算是游戏于笔墨之中的一种小神通。请向高明的人请教，看它是不是可行。

茶　具

【原文】

茗注莫妙于砂壶，砂壶之精者，又莫过于阳羡，是人而知之矣。然宝之过情，使与金银比值，无乃仲尼不为之已甚乎[①]？置物但取其适用，何必幽渺其说，必至理穷义尽而后止哉！凡制茗壶，其嘴务直，购者亦然，一曲便可忧，再曲则称弃物矣。盖贮茶之物与贮酒不同，酒无渣滓，一斟即出，其嘴之曲直可以不论；茶则有体之物也，星星之叶，入水即成大片，斟泻之时，纤毫入嘴，则塞而不流。啜茗快事，斟之不出，大觉闷人。直则保无是患矣，即有时闭塞，亦可疏通，不似武夷九曲之难力导也[②]。

【注释】

①仲尼不为之已甚：语出《孟子·离娄下》。

②武夷九曲：指福建九曲溪，回环往复，为著名风景名胜。

【译文】

泡茶最好的器具是砂壶，而宜兴制作的砂壶最好，这是人人都知道的。但是像金银一样太过珍视它，那就违反了圣人的教诲。制作器皿重在适用，为什么一定要费尽心血钻研，弄得那么玄妙呢？凡是定做茶壶，嘴一定要直，买的也是一样。有一点儿弯曲就不太好，再弯曲些就成了废物了。因为装茶的东西和装酒的不同。酒没有渣滓，壶嘴是弯是直没有关系，一倒就出来。茶里面是有东西的，小小一片叶子，一入水就变成很大一片，倒茶的时候堵一点儿在壶嘴，水就流不出来了。喝茶是件愉快的事情，茶水倒不出来可就会大煞风景了，如果壶嘴是直的，就绝对不会有这个问题。即使有时候堵住了，也容易疏通，不像弯曲的嘴就跟武夷山九曲溪似的不好疏导。

【原文】

贮茗之瓶，止宜用锡。无论磁铜等器，性不相能，即以金银作供，宝之适以祟之耳。但以锡作瓶者，取其气味不泄；而制之不善，其无用更甚于磁瓶。询其所以然之故，则有二焉。一则以制成未试，漏孔繁多。凡锡工制酒壶等注等物，于其既成，必以水试，稍有渗漏，即加补苴[①]，以其为贮茶贮酒而设，漏即无所用之矣；一到收藏干物之器，即忽视之，犹木工造盆造桶则防漏，置斗置斛则不防漏，其情一也。

【注释】

①补苴(jū)：缝补，修补。

【译文】

存放茶叶的瓶子，只适合用锡的。不仅是瓷、铜制品和茶叶习性不同，就是金银制品也和茶叶习性不同，用这些材料制作的器皿存放茶叶，本来是想保护它，其实会害了它。但是用锡来做茶叶瓶，只是因为它不泄露气味，但如果制作不好，反而比用瓷瓶更糟糕。为什么这样说呢？有两个原因：一个是做好后如果没有检查，就可能会有很多漏孔。一般锡匠制作酒壶茶壶等器皿，做好后一定会用水试，稍有渗漏就马上补好，因为用来装酒和茶的，一漏水就不能用了。可锡匠制作装干货的器皿时，往往就忽视了这一点，就像木匠造盆和桶的时候会知道要注意防漏，做斗和斛的时候就不注意防漏，道理是一样的。

【原文】

乌知锡瓶有眼，其发潮泄气反倍于磁瓶，故制成之后，必加亲试[①]，大者贮之以水，小者吹之以气，有纤毫漏隙[②]，立督补成。试之又必须二次，一在将成未镟之时，一在已成既镟之后。何也？常有初时不漏，迨镟去锡时，打磨光滑之后，忽然露出细孔，此非屡验谛视者不知。此为浅人道也。

【注释】

①试：检验。

②纤毫：丝毫，一点点。

【译文】

如果锡瓶有洞眼，就会比瓷瓶更容易发潮漏气。所以锡瓶做好后，一定要亲自检验一下，大件的装上水，小件的用口吹吹气，只要有一点点漏隙，也要立刻督促工匠补好。检验必须做两次，一次是在做好还没打磨的时候，一次是在打磨好以后。为什么呢？因为经常会有这种情况：开始的时候不漏，等去掉锡皮，打磨光滑以后，忽然露出小洞。没有仔细观察和试过很多次的人是不会知道这一点的，这是说给粗心的人的。

【原文】

一则以封盖不固，气味难藏。凡收藏香美之物，其加严处全在封口，封口不密，与露处同。吾笑世上茶瓶之盖必用双层，此制始于何人？可谓七窍俱蒙者矣。单层之盖，可于盖内塞纸，使刚柔互效其力，一用夹层，则止靠刚者为力，无所用其柔矣。塞满细缝，使之一线无遗，岂刚而不善屈曲者所能为乎？即靠外面糊纸，而受纸之处又在崎岖凹凸之场，势必剪碎纸条，作蓑衣样式，始能贴服。试问以蓑衣覆物，能使内外不通风乎？故锡瓶之盖，止宜厚不宜双。藏茗之家[①]，凡收藏不即开者，开瓶口向上处，先用绵纸二三层，实褙封固，俟其既干，然后覆之以盖，则刚柔并用，永无泄气之时矣。其时开时闭者，则于盖内塞纸一二层，使香气闭而不泄。此贮茗之善策也。若盖用夹层，则向外者宜作两截，用纸束腰，其法稍便。然封外不如封内，究竟以前说为长。

【注释】

①茗：茶叶。

【译文】

还有一个原因是封盖不严，茶叶的气味难以保存。凡是贮藏有香气的东西，封口的地方就要特别注意，封口不严，就跟露在外面一样。我觉得世上的茶瓶盖子一定要用两层很可笑。这种方法是从什么人开始的？可以说这个人对存放茶叶是一窍不通。单层的盖子，可以在盖子里面塞纸，使刚柔相济，一用双层，就只能依靠硬的盖子用力，没办法发挥软物的功用了。塞满细缝，做到一线缝隙也没有，硬而不能弯曲的东西还能做到吗？就算在外面再糊上纸，而贴纸的地方，要是在凹凸不平的地方，就一定得剪碎纸条，做成蓑衣一样的，才能贴紧。请问用蓑衣盖东西，能做到内外不通风吗？所以锡瓶的盖子只适宜加厚而不适宜做成双层。收藏茶叶的人家，如果收藏后长时间不打开瓶子的话，就在瓶口向上的地方用两三层棉纸把它糊好，干了以后再盖上盖子，那就刚柔并用，永远不会有漏气的时候了。如果经常开闭的话就在盖子里面塞上一两层纸，使香气闭住不会泄露，这是贮存茶叶的好方法。如果盖子是双层的，那外面的盖子应该做成两截，中间缠上纸，也会好一点，这种方法也比较方便。但是封外面不如封里面，还是前一种方法比较好。

酒　具

【原文】

酒具用金银，犹妆奁之用珠翠，皆不得已而为之，非宴集时所应有也。富贵之家，犀则不妨常设，以其在珍宝之列，而无炫耀之形，犹仕宦之不饰观瞻者。象与犀同类，则有光芒太露之嫌矣。且美酒入犀杯，另是一种香气。唐句云："玉碗盛来琥珀光[1]。"玉能显色，犀能助香，二物之于酒，皆功臣也。至尚雅素之风，则磁杯当首重已。旧磁可爱，人尽知之，无如价值之昂，日甚一日，尽为大力者所有，吾侪贫士，欲见为难。然即有此物，但可作古董收藏，难充饮器。何也？酒后擎杯，不能保无坠落，十损其一，则如雁行中断，不复成群。备而不用，与不备同。贫家得以自慰者，幸有此耳。

【注释】

①玉碗盛来琥珀光：出自李白《客中作》："兰陵美酒郁金香，玉碗盛来琥珀光。但使主人能醉客，不知何处是他乡。"

【译文】

用金银做酒具，就好像用珍珠翡翠做梳妆盒一样，都是不得已才做的，不是宴会就不必有。富贵的人家，可以经常准备一些犀角酒具，因为犀角虽然属于珍宝，但外形朴素，就像官员不讲究排场一样。象牙跟犀角是一个等级的，但是象牙太过耀眼了。而且美酒倒在犀角的杯子里，会另有一种香气。唐诗中说："玉碗盛来琥珀光。”玉器能增进酒的颜色美观，犀角能增进香气，都是酒的功臣。如果重视朴素典雅，那么最应该推崇的是瓷杯。旧的瓷器很可爱，人人都知道，但是价格一天比一天贵，只有有钱人才买得起，我们这些穷人，想见见都难。然而即使有这种东西，也只能当做古董收藏，而不能拿来喝酒，为什么呢？酒后拿着杯子，难保不会掉在地上，十个里面损坏了一个，就像大雁行列中断，不再成为完整的一群。买了不用，就跟没有买一样。穷人也只能这样来自我安慰。

【原文】

然近日冶人，工巧百出，所制新磁，不出成、宣二窑下[①]，至于体式之精异，又复过之。其不得与旧窑争值者，多寡之分耳。吾怪近时陶冶，何不自爱其力，使日作一杯，月制一盏，世人需之不得，必待善价而沽[②]，其利与多制滥售等也，何计不出此？曰：不然。我高其技，人贱其能，徒让垄断于捷足之人耳。

【注释】

①成、宣二窑：明朝成化、宣德年间江西景德镇设置的烧制瓷器的官窑。

②待善价而沽：等待高价出售。沽，卖。

【译文】

然而现在的工匠，技术很高，生产新的瓷器，质量一点儿也不比成、宣两个窑差，而体式的精细特别，又要超过它们。之所以价格没有旧窑生产的贵，只是因为数量的多少不一样而已。我很奇怪现在生产陶瓷的人，为什么不爱惜自己的力气，如果每天只做一个杯子，每个月只做一个酒杯，让世人需要的时候买不到，自然就提高价格了，获利跟大量制造出售是一样的。为什么不这么做呢？然而不是这么简单的，我提高了技艺，而人们却不看重，只能让给捷足先登的人垄断了市场。

碗　碟

【原文】

碗莫精于建窑，而苦于太厚。江右所制者，虽窃建窑之名，

而美观实出其上，可谓青出于蓝者矣。其次则论花纹，然花纹太繁，亦近鄙俗，取其笔法生动，颜色鲜艳而已。

【译文】

建窑出产的碗碟是最好的，只是太厚了。江西生产的碗碟，虽然是盗用建窑的名义，实际上比建窑做的要美观，可以说是青出于蓝而胜于蓝。其次谈谈花纹，花纹太繁复，就显得俗气，只要做到笔法生动、颜色鲜艳就可以了。

【原文】

碗碟中最忌用者，是有字一种，如写《前赤壁赋》、《后赤壁赋》之类。此陶人造孽之事，购而用之者，获罪于天地神明不浅。请述其故。“惜字一千，延寿一纪。”此文昌垂训之词①。虽云未必果验，然字画出于圣贤，仓颉造字而鬼夜哭，其关乎气数，为天地神明所宝惜可知也。用有字之器，不为损福，但用之不久而损坏，势必倾委作践，有不与造孽陶人中分其咎者乎？陶人但司其成，未见其败，似彼罪犹可原耳。字纸委地，遇惜福之人，则收付祝融②，因其可焚而焚之也。至于有字之废碗，坚不可焚，一似入火不烬入水不濡之神物。因其坏而不坏，遂至倾而又倾，道旁见者，虽有惜福之念，亦无所施，有时抛入街衢，遭千万人之践踏，有时倾入溷厕，受千百载之欺凌，文字之罹祸，未有甚于此者。

【注释】

①文昌：即文昌帝君，又名“梓潼帝君”。民间有《文昌帝君阴骘文》流行，教人积德行善。

②祝融：火神。在此代指火。

【译文】

碗碟中最不该用的，就是有字的一种。比如写《前赤壁赋》、《后赤壁赋》，这是陶匠造的孽，买来用的人也大大得罪了天地神明。让我来讲讲原因。“珍惜一千个字可以延寿十二年。”这是文昌帝君的告诫，虽说不一定真的灵验，但字画出于圣贤，仓颉造字时夜里有鬼在哭泣，可见文字与气数有关，因而被天地神明看中珍惜。使用有字的器皿不会损福，但是如果用得不久碗碟坏了，一定会丢掉它，而使它遭受作践，这不是跟制作这陶器的人一起犯了过错吗？陶匠只是把它做出来，没看到它坏掉，似乎罪责还可以原谅。字纸扔在地上，遇见珍惜福分的人，把它捡起来可以烧的烧掉。而有字的碗，坚硬不能焚烧，就像入水不湿，入火不燃的神物一样。以至于它虽然坏了却销毁不了，被人扔了又扔，路旁见到的人，就是有心要行善惜福，也没办法。它们有时候被扔进街道，遭千万人践踏，有时候被倒进厕所，受千百年的污秽的凌辱。文字遭遇的灾祸，没有比这更深重的了。

【原文】

吾愿天下之人，尽以惜福为念，凡见有字之碗，即生造孽之虑。买者相戒不取，则卖者计穷；卖者计穷，则陶人视为畏途而弗造矣。文字之祸，其日消乎？此犹救弊之末着。倘有惜福缙绅，当路于江右者，出严檄一纸，遍谕陶人，使不得于碗上作字，无论赤壁等赋不许书磁，即成化、宣德年造，及某斋某居等字，尽皆削去。试问有此数字，果得与成窑、宣窑比值乎？无此数字，较之常值增减半文乎？有此无此，其利相同，多此数笔，徒造千百年无穷之孽耳。制抚藩臬[1]，以及守令诸公，尽是斯文宗主[2]，宦豫章者[3]，急行是令，此千百年未造之福，留之以待一人。时哉时哉，乘之勿失！

【注释】

①制抚藩臬：清代地区高官。制：指省以上大区军政长官的总督、制台、制军。抚，巡抚，省级军政长官。藩，藩台，明清时代布政使的别称，即省的行政长官。臬，臬司，即按察使，省司法、监察长官。

②斯文：文人或儒者。

③宦：做官，任职。

【译文】

我希望天下的人，都要以行善惜福为念，看见有字的碗，就觉得这是在造孽。买碗碟的人互相告诫不要买带字的，那么卖的人就没有办法卖出去，卖的人卖不出去，造瓷器的人就不会再制造了。文字所遭受的灾祸，不就慢慢减少了吗？这还只是做补救的下策。如果有行善惜福的大人在江西做官，就出一个严厉的布告，告诉所有的陶瓷匠人，不得在碗上写字，不管是《赤壁》还是什么，都不许写在瓷器上，就是成化、宣德年间制作的，和某斋某居的落款，也都去掉。请问有这些字就能跟成窑、宣窑的瓷器比价钱了吗？没了这些字比平常的价格又会少掉半文吗？有这几个字和没有这几个字，获得的利润都是一样的。多了这几个字，只是白白地造千百年的孽而已。巡抚、布政使、按察使以及太守、县令等官员都是文化教育的管理者。在江西做官的，早点儿发布这道命令吧，这是千百年来没有人去修的福分啊，就等你一个人来完成。这是个机遇，你要赶紧抓住啊！

灯 烛

【原文】

灯烛辉煌，宾筵之首事也[1]。然每见衣冠盛集，列山珍海错，倾玉醴琼浆，几部鼓吹[2]，频歌叠奏，事事皆称绝畅，而独于歌台色相，稍近模糊。令人快耳快心，而不能不快其目者，非主人吝惜兰膏，不肯多设，只以灯煤作祟，非剔之不得其法，即司之不得其人耳。吾为六字诀以授人，曰："多点不如勤剪。"勤剪之五，明于不剪之十。原其不剪之故，或以观场念切，主仆相同，均注目于梨园，置晦明于不同；或以奔走太劳，职无专委，因顾彼以失此，致有炬而无光，所谓司之不得其人也。

【注释】

①筵：筵席，此为宴请。

②几部：旁边。

【译文】

灯烛辉煌是宴请宾客很重要的一件事。但我经常看见宴会上宾客众多，个个是有身份的人，陈列着山珍海味、美酒佳酿，旁边吹拉弹唱，每件事都称得上很完美，只是歌台上的表演，比较模糊，只能让宾客们赏心悦目，却不能大饱眼福。这不是因为主人吝惜灯油，不肯多点灯烛，而是因为灯芯在捣鬼，不是剪灯芯的方法不对，就是没有人专门负责这件事。我有六字口诀可以告诉人们："多点不如勤剪。"五盏灯勤剪灯芯，比十盏灯不剪灯芯还要亮。寻求不剪灯芯的原因，或者是因为仆人和主人一样都光注意看戏了，没有注意到灯亮不亮；或者是太繁忙，没有委派专人剪灯芯，所以有灯也不明亮，这是所谓的管理的人不到位。

【原文】

欲正其弊，不过专责一人，择其谨朴老成、不耽游戏者[1]，则二患庶几可免。然司之得人，剔之不得其法，终为难事。大约场上之灯，高悬者多，卑立者少。剔卑灯易，剔高灯难。非以人就灯而升之使高，即以灯就人而降之使卑，剔一次必须升降一次，是人与灯皆不胜其劳，而座客观之亦觉代为烦苦，常有畏难不剪而听其昏黑者。

【注释】

①耽：沉迷。

【译文】

想要避免这个问题，只要找个人专门负责就可以了，选择一个谨慎老成、不贪玩的人，那么这两个麻烦就都可以避免了。但是有了适当的人专管，而剪灯的方法不对，也还是个难事。宴会场所的灯，大多挂在高处的多，放在低处的少，要剪低处的灯容易，要剪高处的灯就难了。不是人爬到高处去靠近灯，就是把灯放下来来方便人。剪一次就这么爬上爬下一次，不但累人，而且灯也要频繁地移动，让在座的客人看了，也都替他感到辛苦。所以经常有人怕难而不去剪，任它昏黑暗淡。

【原文】

予创二法以节其劳[1]，一则已试而可自信者，一则未敢遽信而待试于人者。已试维何？长三四尺之烛剪是已。以铁为之，务为极细，粗则重而难举；然举之有法，说在后幅。有此长剪，则人不必升，灯升不必降，举手即是，与剔卑灯无异矣。未试维何？暗提线索，用傀儡登场之法是已。法于梁上暗作长缝一条，通于屋后，纳挂灯之绳索于中，而以小小轮盘仰承其下，然后悬灯。灯之内柱外幕，分而为二，外幕系定于梁

【注释】

①节：此指减少。

间，不使上下，内柱之索上跨轮盘。欲剪灯煤，则放内柱之索，使之卑以就人，剪毕复上，自投外幕之中，是外幕高悬不移，俨然以静待动。

【译文】

我想了两个方法来减少这种辛苦，一个是已经试验过可以相信没问题的，一个是没有试过还需要别人来试验的。已经试验过的方法是怎么样的呢？就是一把三四尺长的烛剪。用铁制作，一定要很细，太粗了就会重得难以举起来。但是举这剪子也有方法，写在后面。有了这种长的剪刀，就不必人爬高或把灯放低，只需要举手就可以，跟剪低处的灯一样了。还没试过的方法又是怎样的呢？就是暗提绳索，用木偶演戏的方法。在梁上刻一条长长的暗缝，通到房子后面，把挂灯的绳索勒在里面，用小小的轮盘承在下面，然后把灯挂上去。灯的内柱和外罩，分成两个部分，外罩固定在梁上，不要让它活动，内柱的绳子挂在轮盘上。想要剪灯芯时，就把内柱的绳子放下来，低到人够得到的地方，剪完再放上去，合到外罩里面。这样外罩高悬不动，以静待动。

【原文】

同一灯也，而有劳逸之分，劳所当劳，逸所当逸，较之内外俱下，而且有碍手碍脚之繁者，先踞一筹之胜矣。其不明抽以索，而必暗投梁缝之中，且贯通于屋后者，其故何居？欲埋伏抽索之人于屋后，使不露形，但见轮盘一转，其灯自下，剪毕复上，总无抽拽之形[①]**，若有神物厕于梁间者。**

【译文】

同是一盏灯，就有麻烦和轻松之分。比起外罩和内柱一起放下来碍手又碍脚，已经先胜过一筹了。不要用明线而要用暗线，而且一定要勒在梁上的缝隙里，再通到房子后面是什么原因呢？

【注释】

①抽拽：拉扯。形：痕迹。

这是为了让拉绳子的人藏在房子后面，不让人看见，只看见轮盘一转，灯就自动降下来了，剪完又自动上去了，没有拉扯的痕迹，就像有神力相助一样。

【原文】

予创为是法，非有心炫巧，不过善藏其拙。盖场上多立一人，多生一人之障蔽。使以一人剪灯，一人抽索，了此及彼，数数往来，则座客止见人行，无复洗耳听歌之暇矣。故藏人屋后，撤去一半藩篱，耳目之前，何等清静。藏人屋后者，亦不必定在墙垣之外，厅堂必有退步，屏障以后，即其处也。或隔绛纱，或悬翠箔，但使内见外，而外不见内，则人工不露而天巧可施矣。每灯一盏，用索一条，以蜡磨光，欲其不涩。梁间一缝，可容数索，但须预编字号，系以小牌，使抽者便于识认。剪灯者将及某号，即预放某索以待之，此号方升，彼号即降，观其术者，如入山阴道中[①]，明知是人非鬼，亦须诧异惊神，鼓掌而观，又是一番乐事。惜予囊悭无力，未及指使匠工，悬美法以待人，即谓自留余地亦可。

【注释】

①如入山阴道中：在此比喻戏剧创作时，枝节太多，显得杂乱，使人难以把握中心情节。

【译文】

我发明这种方法，不是有心要炫耀，而是为了把剪灯芯的笨重之处掩藏起来。因为场上多站一个人，就多了一个人遮挡，如果一个拉绳子一个剪灯，这边做完又到那边，来来回回的，客人只看见人在走来走去，都没空闲去清净地听歌了。所以把人藏在房子后面，减了一半的遮挡，耳目之前，是多么清净啊！把人藏在房子后面也不一定是在墙外面，厅堂中有空地的，屏风后面就可以了，或是隔上绛色的纱或是挂上珠帘，做到里面看得见外面，外面看不见里面，那么就可以不露人工的痕迹而巧施天工了。每一盏灯用一条绳子，用蜡烛磨得很光，使它抽动时不会涩。梁上的一条缝隙就可以勒上数条绳子，但是要预先编上字号，挂上小牌子，使拉绳子的人便于识认。剪灯的人快要剪到某一号，就预先放某条绳索等着，这一号灯刚升上去，那一号灯又放下来，看到的人就像走在山阴道中一样，明知道是人不是鬼，也定会诧异惊讶，鼓掌欣赏，也是一件乐事。可惜我囊中羞涩，没有能力去雇人做到，只好把这个方法介绍给别人，说是自留余地也可以。

【原文】

梁上凿缝，势有不能，为悬灯细事而损伤巨料[1]，无此理也。如置此法于造屋之先，则于梁成之后，另镶薄板二条，空洞其中而蒙蔽其下，然后升梁于柱，以俟灯索，此一法也。已成之屋，亦如此法，但先置绳索于中，而后周遭以板。此法之设，不止定为观场，即于元夕张灯，寻常宴客，皆可用之，但比长剪之法为稍费耳。

【注释】

①巨料：此指屋梁。

【译文】

梁上凿缝，是不太合适，为了吊灯这种小事，而损伤屋梁，没有这样的道理。如果在盖房子之前就准备这种方法，在梁做好后，另镶两块薄板，中间挖空，遮住下面，然后把房梁架好，等将来挂灯索。这是一个方法。已经建成的房子，也可以用这种方法。只是要先放绳子，再把板围上去。这种方法，不只是适用于看戏的场合，就是元宵看灯，平常宴客，也可以用，只是比用长剪的方法，花费要多一些。

【原文】

制长剪之法，礼屋之高卑以为长短[1]，短者三尺，长者四五尺，直其身而曲其上，如鸟喙然，总以细巧坚劲为主。然用之有法，得其法则可行，不得其法则虽设而不适于用，犹弃物也。盖以铁为剪，又长数尺，是其体不能不重，只手高擎，势必摇动于上，剪动则灯亦动；灯剪俱动，则他东我西，虽欲剪之，不可得矣。法以右手持剪，左手托之，所托之处，高右手尺许[2]。剪体虽重，不

【注释】

①礼：按照。

②尺许：一尺左右。

过一二斤，只手孤擎则不足，双手效力则有余；擎而剪之者一手，按之使不动摇者又有一手，其势虽高，如何虑乎？“孤掌难鸣，众擎易举。”天下事，类如是也。

【译文】

制作长剪的方法，应该按照房子的高矮来定长短。短的三尺，长的四五尺。剪刀的柄要直而上面要弯，像鸟嘴一样，以细巧坚劲为原则。但是使用它的时候有一定的方法，掌握了方法就可行，掌握不了方法，那么虽然有了剪刀也不能用，等于废物。因为剪刀是用铁做的，长达数尺，不能不重。一只手高举它，在高处肯定会摇晃，剪刀摇晃，灯也跟着摇晃，灯和剪刀都晃动，那么灯在东而剪刀在西，想剪也剪不到了。方法是用右手拿剪刀，用左手托住它，托的地方要比右手高出一尺左右。剪刀虽然重，但也不过一两斤重，一只手举着重，两只手一起举就觉得没那么重了。一只手举剪刀去剪，另一只手按住使剪刀不摇晃，灯虽然高，又有什么可担心的呢？“孤掌难鸣，合力就容易。”天下事都是这样的。

【原文】

长剪虽佳，予终恶其体重，倘能以坚木为身，止于近灯煤处用铁，则尽美而又尽善矣。思而未制，存其说以俟解人。

长剪难于概用，惟有烛无衣，与四围有衣而空洞其下者可以用之。若明角灯、珠灯，皆无隙可入，虽有长剪，何所用之？至于梁间放索，则是灯皆可。二事亦可并行，行之之法，又与前说相反：灯柱居中不动，而提起外幕以俟剪，剪毕复下。又合居重驭轻之法[①]，听人所好而为之。

【注释】

①居重驭轻：犹“避重就轻”。

【译文】

长剪虽然好，我总是讨厌它太重。如果柄用木头，只在接触灯芯的地方用铁，那就尽善尽美了。方法想好了，却还没去做，我把想法写在这里，等着有心人去做。

长剪不是都能用，只有没有灯罩或者四围有灯罩而下面放空的灯才可以用。像明角灯、珠灯，都没办法把长剪伸进去，又怎么用呢？至于在梁上放绳索，则所有灯都可以用，两种方法也可以一起用，使用的方法，又和前面介绍的相反：灯柱在中间不动，而提起灯罩来等候剪刀，剪完再把灯罩放下来。这也是避重就轻，可以根据个人喜好去做。

笺简

【原文】

笺简之制，由古及今，不知几千万变。自人物器玩，以迄花鸟昆虫，无一不肖其形，无日不新其式；人心之巧，技艺之工，至此极矣。予谓巧则诚巧，工则至工，但其构思落笔之初，未免驰高骛远，舍最近者不思，而遍索于九天之上、八极之内[①]，遂使光灿陆离者总成赘物，与书牍之本事无干。予所谓至近者非他，即其手中所制之笺简是也。既名笺简，则笺简二字中便有无穷本义。

【注释】

①八极：八方极远的地方。

【译文】

笺简的设计，从古到今，不知道变化了多少次。无论是人物器具还是花鸟昆虫，没有一样不被模仿的，没有一天不在变换花样的。人心的巧妙、技艺的精细到这里达到了极点。我认为巧是极巧，精是极精，但是在开始构思的时候，就有些好高骛远了，放着近处的东西不想，而一定要把想象发挥到天地四周，把这些漂亮的信笺做得光怪陆离，最后反而成了多余的东西，和书信简牍毫不相干。我所说的近处的东西不是别的，就是我手中要制作的笺简。既然叫做“笺简”，那么笺简两字之中就有无穷的本义。

【原文】

鱼书雁帛而外，不有竹刺之式可为乎？书本之形可肖乎？卷册便面，锦屏绣轴之上，非染翰挥毫之地乎？石壁可以留题，蕉叶曾经代纸，岂意未之前闻，而为予之臆说乎？至于苏蕙娘所织之锦[①]，又后人思之慕之，欲书一字于其上而不可复得者也。

【注释】

①苏蕙娘：十六国女诗人苏蕙，字若兰。其夫以罪流放，她织《回文璇玑图诗》相赠，后世称回文诗，后成为一种诗体和文字游戏。

【译文】

除了鱼腹中的信、大雁脚上的绢书，不是还有竹刺的式样和书本的形状可以模仿吗？卷册扇面、锦绣的屏风和卷轴上不也是挥毫泼墨的地方吗？石壁可以题字，蕉叶可以代替纸，难道以前的人从来没有听说过，而是我编造的吗？至于苏蕙娘的回文锦，又是让后人思慕不已，而想要在上面写一个字却不可能做到。

【原文】

我能肖诸物之形似以笺，则笺上所列，皆题诗作字之衬也。还其固有，绝其本无，悉是眼前韵事，何用他求？已命奚奴逐款制就，售之坊间，得钱付梓人，仍备剞劂之用，是此后生生不已，其新人见闻，愉人挥洒之事，正未有艾。即呼予为薛涛幻身[①]，予亦未尝不受，盖须眉男子之不传，有愧于知名女子者正不少也。

【注释】

①薛涛：唐代乐妓，工于诗词，有才名。居成都百花潭时，制松花小笺，时称“薛涛笺”。

【译文】

我能够模仿事物的形状做成笺，那么笺上的物品就都是题诗写字的材料。还原来本来就有的东西，而放弃本来没有的东西，都是眼前的雅事，还用得着到处寻找吗？我已经让仆人一样样做好，在书坊上卖，赚得的钱交给工匠，再继续印制，就可以辗转流传下去。这种让人耳目一新、快意挥洒的事，正在不断出现，就是把我说成薛涛转世，我也不会否认。本来男子因为名声不得传播而在知名女子面前惭愧的就不少。

【原文】

已经制就者，有韵事笺八种，织锦笺十种。韵事者何？题石、题轴、便面、书卷、剖竹、雪蕉、卷子、册子是也。锦纹十种，则尽仿回文织锦之义，满幅皆锦，止留縠纹缺处代人作书[①]，书成之后，与织就之回文无异。十种锦纹各别，作书之地亦不雷同。惨淡经营，事难缕述，海内名贤欲得者，倩人向金陵购之。是集内种种新式，未能悉走寰中，借此一端，以陈大概。售笺之地即售书之地，凡予生平著作，皆萃于此。有嗜痂之癖者[②]，贸此以去，如偕笠翁而归。千里神交，全赖乎此。只今知己遍天下，岂尽谋面之人哉？（金陵承恩寺中有“芥子园名笺”五字署名者，即其处也。）

【注释】

①縠纹：丝绸的皱纹。

②嗜痂之癖：指有怪异之癖。

【译文】

已经做好的笺简，有韵事笺八种、织锦笺十种。韵事笺有哪些？题石、题轴、扇面、书卷、剖竹、雪蕉、卷子、册子。十种织锦笺都是模仿回文织锦，整幅都是锦帛，只留縠纹上的缺处给人写字，写好后就跟回文锦一样。十种织锦纹各不相同，写字的地方也不相同。我惨淡经营，难以一一说清楚。有哪位想要的，可以托人到金陵来买。这本书里的各种新式样，还没有流传到全国，就借这个机会，说个大概。卖笺的地方就是卖书的地方，我生平的著作，都汇集在这里。有喜欢的可以买回家去，就像把我李笠翁带回了家一样。千里神交，就全靠它们了。今天我的朋友遍布天下，难道都是见过面的人吗？（金陵承恩寺中有“芥子园名笺”五字的署名，就是所在之处。）

【原文】

是集中所载诸新式，听人效而行之；惟笺帖之体裁，则令奚奴自制自售，以代笔耕，不许他人翻梓。已经传札布告，诫之于初矣。倘仍有垄断之豪，或照式刊行，或增减一二，或稍变其形，即以他人之功冒为已有，食其利而抹煞其名者，此即中山狼

【注释】

①中山狼：喻忘恩负义，恩将仇报之人。

②六合：天地四方之间，即人间。

之流亚也[①]。当随所在之官司而控告焉，伏望主持公道。至于倚富恃强，翻刻湖上笠翁之书者，六合以内[②]，不知凡几。我耕彼食，情何以堪？誓当决一死战，布告当事，即以是集为先声。总之天地生人，各赋以心，即宜各生其智，我未尝塞彼心胸，使之勿生智巧，彼焉能夺吾生计，使不得自食其力哉！

【译文】

我这本书里所记载的种种新设计，都可以任人仿效，只有这些笺的设计，让仆人自制自售，以维持生活，不准别人翻印，已经布告传播，警告在先了。要是还有人强横地照原样刊行，或是增减几种，或是稍微做些变动，就是把人家的功劳冒充为自己的，享受了利益而抹杀别人的名声，就是中山狼一般的人了。我就要向所在地的官府控告，请求主持公道。至于倚恃豪强，翻刻我书的人，天下不知有多少。我劳作而别人坐享其成，这叫我怎么能够忍受？一定要决一死战。遍告所有相关的人，就从这本书开始。总之天底下的人，各有各的心思，就应该各自发挥自己的才智。我没有塞住他们的心胸，使他们不能发挥自己的聪明才智，他们又怎么能夺取我的生计，让我不能自食其力呢？

位置第二

【原文】

器玩未得，则讲购求；及其既得，则讲位置。位置器玩与位置人才同一理也。设官授职者，期于人地相宜；安器置物者，务在纵横得当。设以刻刻需用者，而置之高阁，时时防坏者，而列于案头，是犹理繁治剧之材，处清静无为之地，黼黻皇猷之品[①]，作驱驰孔道之官。有才不善用，与空国无人等也。他如方圆曲直，齐整参差，皆有就地立局之方，因时制宜之法。能于此等处展其才略，使人入其户、登其堂，见物物皆非苟设，事事具有深情，非特泉石勋猷[②]，于此足征全豹，即论庙堂经济[③]，亦可微见一斑。未闻有颠倒其家，而能整齐其国者也。

【译文】

没有器玩的时候，说要购买它；得到了器玩，就要想想摆放在什么位置最合适。安放器玩与安置人才是同一个道理。设官授职的人，要考虑人才使用在什么地方最合适；安放器物时，器物要同周围的环境相适宜。如果把常用的东西放在不容易拿到的高处，把易碎的东西放在桌案上，那就像把善于处理繁杂事务的人才安置在清静无为的地方，把善于出谋划策的大臣当成传令官。有人才却不善于任用，与没有人才是一样的。如果器玩参差不齐，有方圆曲直的差别，就应有就地立局、因时制宜的方法。能在这些方面施展出他的才略，让那些来家做客的人，看到所有的物件都不是随随便便摆放，处处都含有主人深刻的用心。那就不仅能体现出主人园林布置的才能，治理国家的本领也可以看出来了。没听说过有把家中弄得一塌糊涂，而能把国家治理好的人。

【注释】

①黼黻（fǔfú）：泛指礼服上所绣的华美花纹。引申为辅佐朝廷。

②勋猷（yóu）：功臣的谋划。

③庙堂经济：在朝中施展经国济世之才。

忌排偶

【原文】

“胪列古玩，切忌排偶。”此陈说也。予生平耻拾唾余[①]，何必更蹈其辙。但排偶之中，亦有分别。有似排非排，非偶是偶；又有排偶其名，而不排偶其实者。皆当疏明其说，以备讲求。如天生一日，复生一月，似乎排矣，然二曜出不同时[②]，且有极明微明之别，是同中有异，不得竟以排比目之矣。所忌乎排偶者，谓其有意使然，如左置一物，右无一物以配之，必求一色相俱同者与之相并，是则非偶而是偶，所当急忌者矣。若夫天生一对，地生一双，如雌雄二剑，鸳鸯二壶，本来原在一处者，而我必欲分之，以避排偶之迹，则亦矫揉执滞，大失物理人情之正矣。即避排偶之迹，亦不必强使分开，或比肩其形，或连环其势，使二物合成一物，即排偶其名，而不排偶其实矣。

【注释】

①唾余：比喻他人的言论观点。

②二曜：指日、月二星。

【译文】

“陈列古玩，切忌排偶。”这是过去的说法。我一向认为拾别人的牙慧是最羞耻的事情，为什么要去重复呢？但在排偶当中，也有分别。有的看起来像排偶却不是排偶，有的看上去不像排偶却又恰恰是排偶；还有的虽然名字叫排偶，实际上却不是，都应当说清楚，以备有人要讲究。就像天上有一个太阳，又有一个月亮，这似乎是排偶了，但是太阳和月亮并不是同时出来的，而且有极亮与微亮的区别，这是同中有异，不能把它们看成是排偶。真正应该忌讳的排偶，是指那种有意造成的对称形式。比如左边放了一个物件，右边没有一个物件来相配，一定要去找一个颜色式样相同的与它并列摆放，这样不是排偶，而实际是排偶，这是最忌讳的。如果是天生一对、地设一双的东西，比如雌雄二剑、鸳鸯二壶，本来就是在一起的，而我一定要将它们分开，避免有排偶的痕迹，那就会显得矫揉造作、呆板，不合人情了。即使要避免排偶的痕迹，也没必要勉强将它们分开，可以将它们并排摆放，或者一个接一个地摆放，使两件东西合成一件，这就是名字叫排偶，实际上却不是。

【原文】

大约摆列之法，忌作八字形，二物并列，不分前后、不爽分寸者是也；忌作四方形，每角一物，势如小菜碟者是也；忌作梅花体，中置一大物，周遭以小物是也；余可类推。当行之法，则与时变化，就地权宜，视形体为纵横曲直，非可预设规模者也。如必欲强拈一二，若三物相俱，宜作品字格，或一前二后，或一后二前，或左一右二，或右一左二，皆谓错综；若以三者并列，则犯排矣。四物相共，宜作心字及火字格，择一或高或长者为主，余前后左右列之，但宜疏密断连，不得均匀配合，是谓参差；若左右各二，不使单行，则犯偶矣。此其大略也，若夫润泽之①，则在雅人君子。

【注释】

①润泽：指进一步的处置。犹如文章的加工润色。

【译文】

概括来说，摆放的方法，忌讳八字形，就是两件东西并列，位置不分前后，摆起来完全一样。也忌讳四方形，每个角放一件东西，就像小菜碟一样。也忌讳梅花体，就是中间放一件大的东西，周围放小物件。其他可以类推。摆放的方法应该是，根据具体的地点和时间进行变化，要看物品的形状，不能预先设定。如果一定要举些例子，比如三样东西放在一起，应该摆成品字形，或是一前二后，或是一后二前，或左一右二，或是右一左二，都叫做错综的方法。如果是三件东西并排，就犯了排的毛病了。四件东西放一起，适宜用心字形或火字形。以一个高的或长的物件为主，其他的小物件放在它的前后左右。但是应该疏密不均，不要放得很齐，这叫参差。如果是左右各两件，不放成一列，就犯了偶的毛病。这是大概的情形，如果想将它演绎得更好，就看风雅之士了。

贵活变

【注释】

①匏（páo）系：此指古董像匏瓜一样系于一处而无用。

【原文】

幽斋陈设，妙在日异月新。若使古董生根，终年匏系一处[①]，则因物多腐象，遂使人少生机，非善用古玩者也。居家所需之物，惟房舍不可动移，此外皆当活变。何也？眼界关乎心境，人欲活泼其心，先宜活泼其眼。

【译文】

幽静书房里的陈设，妙在经常变化。要是让古董像生了根一样，终年放在同一个地方，就会因为古董腐朽的样子，使人缺少生机，这样就不是善于摆弄古玩的人了。家里用到的东西，除了房子不可移动外，其他的都应该经常挪动。为什么呢？眼中看到的东西跟人的心境相关，人想让心活泼，应该先让眼中所看的东西活泼起来。

【原文】

即房舍不可动移，亦有起死回生之法。譬如造屋数进，取其高卑广隘之尺寸不甚相悬者，授意匠工，凡作窗棂门扇，皆同其宽窄而异其体裁，以便交相更替。同一房也，以彼处门窗挪入此处，便觉耳目一新，有如房舍皆迁者；再入彼屋，又换一番境界，是不特迁其一，且迁其二矣。房舍犹然，况器物乎？

【译文】

房屋虽然不能移动，但也有起死回生的方法。比如建造几间房子，选几间高低宽窄差不多的房间，让工匠把它们的窗棂门扇做得宽窄一致，但是式样不要一样，这样可以互相交换。同一处房子，把那一间屋子的门窗，挪到这一间，便会让人觉得耳目一新，就像房屋都搬迁了。再进入另一间屋子，又换了一番景象，这样，不只是改变了一间屋子，而是改变了两间屋子。房屋是这样，更何况一般的日常器具物品呢？

【原文】

或卑者使高，或远者使近，或一物别之既久，而使一旦相亲，或数物混处多时，而使忽然隔绝，是无情之物变为有情，若有悲欢离合于其间者。但须左之右之，无不宜之，则造物在手，而臻化境矣。人谓朝东夕西，往来仆仆，何许子之不惮烦乎[①]？

【译文】

或是把低的放到高处，或是将远的放到近处，或是两件东西原来隔得很远突然放在一起，或是几件东西原来放在一起，突然将它们分开，这样无情的东西也有了情致，就像其中有悲欢离合一样。只要把东西稍稍挪动一下，做到恰到好处，这样就可以随心所欲，而且变得出神入化了。有人会说，像许子那样早上放在东边傍晚放到西边，把古物搬来搬去，不嫌麻烦吗？

【注释】

①许子：战国时农家学派的创始人和杰出代表人物许行。

【原文】

予曰：陶士行之运甓[①]，视此犹烦，未有笑其多事者；况古玩之可亲，犹胜于甓，乐此者不觉其疲，但不可为饱食终日，无所用心者道。

【译文】

我说：晋人陶士行每天把坛子搬来搬去，看上去很烦，却没有人笑话他多事；何况古玩的可亲可爱远远胜过坛子呢？喜欢这样做的人自然不会觉得劳累，但是这些话不能对那些整天吃饱了饭，却什么事情也不去思考的人说。

【注释】

①陶士行：陶侃，字士行。这里讲的是他在广州军中，每天早晨把一百个小坛子搬到室外，晚上再搬进去，以此磨炼意志，激励自己勤奋。甓（pì）：砖。

【原文】

古玩中香炉一物，其体极静，其用又妙在极动，是当一日数迁其位，片刻不容胶柱者也。人问其故，予以风帆喻之。舟行所

【注释】

①爱之能勿劳乎：语出《论语·宪问》。

挂之帆，视风之斜正为斜正，风从左而帆向右，则舟不进而且退矣。位置香炉之法亦然。当视风力起见，如一室之中有南北二牖，风从南来，则宜位置于正南，风从北入，则宜位置于正北；若风从东南或从西北，则又当位置稍偏，总以不离乎风者近是。若反风所向，则风去香随，而我不沾其味矣。又须启风来路，塞风去路，如风从南来而洞开北牖，风从北至而大辟南轩，皆以风为过客，而香亦传舍视我矣。须知器玩之中，物物皆可使静，独香炉一物，势有不能。“爱之能勿劳乎[1]？”待人之法也，吾于香炉亦云。

【译文】

古玩中香炉这一件东西，本身很沉静，而用起来的妙处又在于非常有动感，应该一天换好几次地方，一刻也不能固定住。有人问其中的原因，我用风帆作比喻。行船时挂的帆，要根据风向及时调整，要是风吹向左帆却转向右，那么船就会不进反退了。放香炉的方法也是这样，要根据风向来改变位置，比如一间房子里，有南北两个窗子，风从南面吹来，香炉就适宜放在正南，风从北面吹进来，则适宜放在正北，要是风从东南或从西北吹进来，位置就应该稍偏，总是以不离开风为好。如果跟风的方向相反，那么风一吹香气也会跟着飘走，那我就沾不到香气了。就应该打开风进来的路而关上流出的路。风要是从南吹进来，就打开北窗，风要是从北来，就打开南窗，这都是把风当做过客，而香气也会把我当做旅店匆匆而过了。应该知道器玩之中，样样都可以让它静，只有香炉不能。“爱之能勿劳乎”这是待人的方法，关于香炉我也是这样说。

饮馔部

蔬食第一

【注释】

①五刑：五等刑罚。历代不尽相同。在此泛指刑罚。

【原文】

吾观人之一身，眼耳鼻舌，手足躯骸，件件都不可少。其尽可不设而必欲赋之，遂为万古生人之累者，独是口腹二物。口腹具而生计繁矣，生计繁而诈伪奸险之事出矣，诈伪奸险之事出，而五刑不得不设①。君不能施其爱育，亲不能遂其恩私，造物好生，而亦不能不逆行其志者，皆当日赋形不善，多此二物之累也。

【译文】

我看人这个身体，眼、耳、鼻、舌、手、足、躯体，每一样都是不能少的，如果说最好没有可又不得不满足它，以至于成为活人千古以来的大累赘的，只有口和腹两样。有了口腹之后而为了生计的操劳就多了。生计的操劳多了，奸险欺诈虚伪的事情就跟着出现了，奸险欺诈虚伪的事情出现，五刑就不得不设置了。君王不能施与他的仁爱，亲人不能满足恩私之愿，造物主喜欢生命而不得不违逆这一心意，都是当初造人的时候不够完善，多了这两样东西的缘故。

【注释】

①蜩螗（tiáotáng）：蝉的别名。

【原文】

草木无口腹，未尝不生；山石土壤无饮食，未闻不长养。何事独异其形，而赋以口腹？即生口腹，亦当使如鱼虾之饮水，蜩螗之吸露①，尽可滋生气力，而为潜跃飞鸣。若是，则可与世无求，而生人之患熄矣。乃既生以口腹，又复多其嗜欲，使如溪壑之不可厌；多其嗜欲，又复洞其底里，使如江海之不可填。以致人之一生，竭五官百骸之力，供一物之所耗而不足哉！

【译文】

草木没有口和腹，也没见它不能生长；山、石、土壤不用饮食，也没听说就不生长。为什么独把人类造成特别的形状，而又给予了口与腹？就算生有口和腹，也该让他可以像鱼虾饮水，知了吸露一样，就可以滋生气力，而跳跃鸣叫。如果是这样，那么人也可以与世无求了，而活人的忧患可以避免了。然而却让人类生了口和腹，又使得人类有很多嗜好和欲望，像沟壑无法填满，又让它没有止境，像江海一样不能填满。以致人的一生，竭尽全身的力气，供给一样东西的消耗都还不足。

【原文】

吾反复推详，不能不于造物是咎。亦知造物于此，未尝不自悔其非，但以制定难移，只得终遂其过。甚矣！作法慎初，不可草草定制。吾辑是编而谬及饮馔，亦是可已不已之事。其止崇俭啬，不导奢靡者，因不得已而为造物饰非，亦当虑始计终，而为庶物弭患。如逞一己之聪明，导千万人之嗜欲，则匪特禽兽昆虫无噍类①**，吾虑风气所开，日甚一日，焉知不有易牙复出**②**，烹子求荣，杀婴儿以媚权奸，如亡隋故事者哉！一误岂堪再误，吾不敢不以赋形造物视作覆车。**

【注释】

①噍（jiào）类：活人。此指禽兽昆虫等物。

②易牙：春秋时齐桓公的近臣。以善烹调得进。

【译文】

我反复推祥思考，终究不能不在这件事上归咎造物主的错，也知道造物主在这件事情上未尝不悔恨犯了错误，只是因为规矩已经定型难以改变，只能依旧纵容这种错误。唉！规则草创的时候，千万不能太草率。我写这一章谈到饮食，本来也是做一件可做可不做的事情。其出发点是为了崇尚节俭，不倡导奢靡，由此来替造物主掩盖过失，也该当考虑到全局，而为百姓消除忧患。如果为了表现个人的聪明，而引动千万人的饮食嗜欲，不只禽兽昆虫将会灭种，我担心崇尚饮食的风气一开，一天甚过一天，又怎么能知道将来不会有像易牙烹子求荣，或杀婴儿烹煮来向当权的奸人献媚，就像隋朝灭亡前后时那样的事情出现呢？一错怎能再错？我不敢不把造物主造人的过错，当做前车之鉴。

【注释】

①草衣木食：以草为衣，以木为食。

②腹中菜园，不使羊来踏破：羊，代表肉食。全句意为：不使腹中蔬菜受肉腥践踏。

③羲皇：即伏羲氏，古传说中的“三皇”之一。

④唐虞：即唐尧、虞舜，皆为古传说中的“五帝”。

【原文】

声音之道，丝不如竹，竹不如肉，为其渐近自然。吾谓饮食之道，脍不如肉，肉不如蔬，亦以其渐近自然也。草衣木食[①]，上古之风，人能疏远肥腻，食蔬蕨而甘之，腹中菜园，不使羊来踏破[②]，是犹作羲皇之民[③]，鼓唐虞之腹[④]，与崇尚古玩同一致也。所怪于世者，弃美名不居，而故异端其说，谓佛法如是，是则谬矣。吾辑《饮馔》一卷，后肉食而首蔬菜，一以崇俭，一以复古；至重宰割而惜生命，又其念兹在兹，而不忍或忘者矣。

【译文】

音乐上，弦乐不如管乐，管乐不如声乐，是因为这体现了贴近自然的原则。我觉得饮食之道，精工制作的肉不如普通肉，普通肉不如蔬菜，也是因为逐渐贴近自然。穿着草衣吃素食，是上古的民风，人们都远离肥腻的东西而喜欢吃蔬菜。常常吃了蔬菜，不再去吃鲜美的牛羊，那还可以跟上古的人民一样，保持这样的饮食习惯，就跟崇尚古玩是同一个道理。奇怪的是世人抛弃尊古的美名，一定要把这种做法当做异端的教条，说是佛法这么说的，这就大错特错了。我编这一卷饮食类，提倡蔬菜而后肉食，一是因为崇尚节俭，一是为了复古。至于视屠宰为大事而珍惜生命，也是我念念不忘的。

笋

【注释】

①甘受和，白受采：出自《礼记》，意为甘美的东西容易调味，洁白的东西容易着色。

【原文】

论蔬食之美者，曰清，曰洁，曰芳馥，曰松脆而已矣。不知其至美所在，能居肉食之上者，只在一字之鲜。《记》曰：“甘受和，白受采[①]。”鲜即甘之所从出也。此种供奉，惟山僧野老躬治园圃者，得以有之，城市之人，向卖菜佣求活者，不得与

焉。然他种蔬食，不论城市山林，凡宅旁有圃者，旋摘旋烹，亦能时有其乐。

【译文】

谈到蔬菜的美味，就是清淡、干净、芳香、松脆这几样。人们不知素食的美味是在肉食之上，勉强只用鲜这个字来表达。《礼记》上说："甘受和，白受采。"鲜是甘美的来源。此种享受，只有是山里的和尚野外的人家，亲自种植的人才能够得到的，城市里向菜贩子购买的，是享受不到的。但是别的蔬菜，不管是城市还是山林，只要自家住所旁边有菜圃的，都可以随时摘随时吃，也可以享受这种乐趣。

【原文】

至于笋之一物，则断断宜在山林，城市所产者，任尔芳鲜，终是笋之剩义。此蔬食中第一品也，肥羊嫩豕，何足比肩。但将笋肉齐烹，合盛一簋，人止食笋而遗肉，则肉为鱼而笋为熊掌可知矣。购于市者且然，况山中之旋掘者乎？

【译文】

至于笋这种东西，好的就一定只能是在山林，城市里所出产的，再怎么芳香鲜美，都只是笋的次品。这是蔬菜中最美味的，肥羊乳猪，怎能相比？只要笋和肉同锅煮，和盛在一个盆里，人们都只吃笋而留下肉，就可以知道笋比肉更可贵。在市场上买的尚且如此，何况山中刚刚挖下来的呢？

【原文】

食笋之法多端，不能悉纪，请以两言概之，曰："素宜白水，荤用肥猪。"茹斋者食笋[①]，若以他物伴之，香油和之，则陈味夺鲜，而笋之真趣没矣。白煮俟熟，略加酱油，从来至美之物，皆利于孤行，此类是也。以之伴荤，则牛羊鸡鸭等物，皆非所

【注释】

①茹斋者：吃斋饭素食的人。茹，吃。

宜，独宜于豕，又独宜于肥。肥非欲其腻也，肉之肥者能甘，甘味入笋，则不见其甘，但觉其鲜之至也。烹之既熟，肥肉尽当去之，即汁亦不宜多存，存其半而益以清汤。调和之物，惟醋与酒。此制荤笋之大凡也。笋之为物，不止孤行并用，各见其美，凡食物中无论荤素，皆当用作调和。

【译文】

吃笋的方法有很多种，不能全部记录周全，可以用两句话概括，说：“素宜白水，荤用肥猪。”吃斋的人如果在吃笋的时候拌上别的东西一起煮，再调上香油，那些东西的陈味把笋的鲜味夺走，笋的真正美味就失去了。用白水煮熟，略加点酱油。从来最美好的东西要保持其单独，笋就是如此。用来和肉食一起煮时，牛羊鸡鸭等都不合适，唯独猪肉合适，还特别适宜和肥肉一起煮。肥肉不是要它的肥腻，肥的肉甘，甘味被笋吸入，而后感觉不到这种甘，只觉得鲜到了极点。快煮熟时，肥肉都要去掉，汤也不要多留，只留下一半，再加上清汤。调味的作料，只有醋和酒。这是烧制荤笋的基本要领。笋这种东西，不管单吃还是合煮都能表现出美味，而且食物中不论荤的素的，都应该用来做调和物。

【原文】

菜中之笋与药中之甘草，同是必需之物，有此则诸味皆鲜，但不当用其渣滓，而用其精液。庖人之善治具者，凡有焯笋之汤[①]，悉留不去，每作一馔，必以和之，食者但知他物之鲜，而不知有所以鲜之者在也。《本草》中所载诸食物，益人者不尽可口，可口者未必益人，求能两擅其长者，莫过于此。东坡云：“宁可食无肉，不可居无竹。无肉令人瘦，无竹令人俗。”不知能医俗者，亦能医瘦，但有已成竹未成竹之分耳。

【注释】

①焯（chāo）：把菜用水煮一下。

【译文】

蔬菜中的笋就像中药的甘草一样，都是必需的东西，有了这样东西就什么食物都很鲜，只是不应用它的渣滓，而用它的精华。会做菜的厨师，只要有焯笋的汤，都留着，每做一个菜都拿来调和。吃的人只是觉得很鲜，而不知道鲜的原因在笋。《本草》中所记载的多种食物，对人有好处的不一定可口，可口的不一定对人有好处，想要两全其美，没有比笋更好的了。苏东坡说："宁可食无肉，不可居无竹。无肉令人瘦，无竹令人俗。"却不晓得能医俗病的东西也能够医瘦病，区别只在于已成竹还是未成竹。

蕈

【原文】

求至鲜至美之物，于笋之外，其惟蕈乎[①]？蕈之为物也，无根无蒂，忽然而生，盖山川草木之气，结而成形者也，然有形而无体。凡物有体者必有渣滓，既无渣滓，是无体也。无体之物，犹未离乎气也。食此物者，犹吸山川草木之气，未有无益于人者也。其有毒而能杀人者，《本草》云以蛇虫行之故。

【注释】

①蕈（xùn）：真菌的一类，生长在树林里或草地上。

【译文】

如果要在笋之外找到至鲜至美的东西，大概只有蘑菇了。蘑菇这东西，无根无蒂突然就长出来，这是山川草木之气，聚集成形的，但是有形而没有体。凡是有体的东西一定有渣滓，既然无渣滓，那就是无体。无体的东西，还没有从气完全脱离出来。吃蘑菇就像吸食山川草木之气，对身体是有益的。其中有些有毒能致命，《本草》中说是因为被蛇虫爬行过。

【原文】

予曰：不然。蕈大几何，蛇虫能行其上？况又极弱极脆而不能载乎？盖地之下有蛇虫，蕈生其上，适为毒气所钟，故能害

人。毒气所钟者能害人，则为清虚之气所钟者，其能益人可知矣。世人辨之原有法，苟非有毒，食之最宜。此物素食固佳，伴以少许荤食尤佳，盖蕈之清香有限，而汁之鲜味无穷。

【译文】

我说不是，蘑菇能有多大，蛇虫怎么能在它上面行走呢？何况又很弱很脆不能承载呢？原因是地下有蛇虫，蘑菇长在上面，就吸收了毒气，所以能够害人。聚集了毒气能够害人，那么聚集了清虚之气的，可以利益人就可以类推了。世人是有辨别蘑菇是否有毒的方法，如果没有毒，最适宜吃了。蘑菇素吃最好，伴上少许荤食更好。这是因为蘑菇的清香有限，而汁液的鲜味无穷。

莼

【原文】

陆之蕈，水之莼①，皆清虚妙物也。予尝以二物作羹，和以蟹之黄，鱼之肋，名曰“四美羹”。座客食而甘之，曰：“今而后，无下箸处矣！”

【译文】

陆地上的蘑菇，水中的莼菜，都是清虚美味的好东西。我曾拿这两种东西做羹，加上蟹黄、鱼肋，起名叫“四美羹”。客人尝了以后觉得很好吃，说：“从今以后，看到别的东西都不想动筷子了。”

【注释】

①莼（chún）：莼菜，多年生水草，叶子椭圆形，浮在水面，茎上和叶的背面有黏液，花暗红色。嫩叶可以吃。

菜

【原文】

世人制菜之法，可称百怪千奇，自新鲜以至于腌糟酱腊，无一不曲尽奇能，务求至美，独于起根发轫之事缺焉不讲①，予甚

【注释】

①起根发轫（rèn）：轫，车闸；发轫，拉开车闸，

惑之。其事维何？有八字诀云：“摘之务鲜，洗之务净。”务鲜之论，已悉前篇。

【译文】

世人做菜的方法，真可称得上千奇百怪，从新鲜的到腌糟酱腊，没有一样不挖空心思，尽其所能，以求尽善尽美，只有在开始阶段的事却不讲究，我深感困惑。开始的事情是怎么样的呢？有八字诀说：“摘之务鲜，洗之务净。”讲究新鲜的道理，前面已经谈过了。

【原文】

蔬食之最净者，曰笋，曰蕈，曰豆芽；其最秽者，则莫如家种之菜。灌肥之际，必连根带叶而浇之；随浇随摘，随摘随食，其间清浊，多有不可问者。洗菜之人，不过浸入水中，左右数漉，其事毕矣。孰知污秽之湿者可去，干者难去，日积月累之粪，岂顷刻数漉之所能尽哉[1]？故洗菜务得其法，并须务得其人。以懒人、性急之人洗菜，犹之乎弗洗也。洗菜之法，入水宜久，久则干者浸透而易去；洗叶用刷，刷则高低曲折处皆可到，始能涤尽无遗。若是，则菜之本质净矣。本质净而后可加作料，可尽人工，不然，是先以污秽作调和，虽有百和之香，能敌一星之臭乎？噫，富室大家食指繁盛者，欲保其不食污秽，难矣哉！

【译文】

蔬菜当中最干净的，是竹笋、蘑菇、豆芽，最脏的莫过于自家种的菜。施肥料的时候，一定是连根带叶地浇，随浇随摘，随摘随吃，里面的干净与否，也就不用说了。洗菜的人也不过是拿来浸在水里，左右涮几下就完事了。不知脏东西是湿的容易去掉，干的难以去掉，日积月累的粪点子，怎么会是一会儿工夫洗几下就能去除得尽的呢？所以洗菜一定要得法，也

车开始运行。其与“起根”同指事情刚开始，这里指制作菜肴的第一步：择菜和洗菜。

【注释】

①顷刻：一会儿。

一定要适当的人。用生性懒惰和性急的人来洗菜，跟没洗一样。洗菜的方法，入水的时间要长些，这样菜上干的脏东西被水浸透了，就容易去除。洗叶用刷，刷就叶子上高低曲折之处都能洗到，才能洗得彻底干净，这样菜的里外就干净了。里外干净以后可以加作料，可以施展烹饪技艺，不然就是先以污秽的东西做调和品，虽然有很多东西发出香气，能敌得过里面掺杂的一点儿臭气吗？唉！富家大户，家口众多的人家，想要保证吃的东西不脏，真的很难。

【原文】

菜类甚多，其杰出者则数黄芽。此菜萃于京师，而产于安肃[1]，谓之“安肃菜”，此第一品也。每株大者可数斤，食之可忘肉味。不得已而思其次，其惟白下之水芹乎！予自移居白门，每食菜、食葡萄，辄思都门；食笋、食鸡豆，辄思武陵[2]。物之美者，犹令人每食不忘，况为适馆授餐之人乎？

【注释】

①安肃：明代县名，今河北徐水县。

②武陵：古代县名，今湖南常德市。

【译文】

菜的种类很多，最好的要数黄芽。这种菜集中在京城销售，却是产于安肃，称为“安肃菜”，这是第一品好菜。每株大的能有数斤重，品尝这种菜能让你把肉味都忘掉。如果买不到这种菜，不得已只好吃差一点儿的，那恐怕要数南京的水芹吧。我移居到南京后，每到吃菜和吃葡萄的时候，就怀念京城，每到吃起笋和芡实就怀念武陵。好吃的东西尚且令人一吃过就忘不了，何况是那些殷勤招待过我的人呢？

【原文】

菜有色相最奇，而为《本草》、《食物志》诸书之所不载者，则西秦所产之头发菜是也。予为秦客，传食于塞上诸侯。一日脂车将发[1]，见炕上有物，俨然乱发一卷，谬谓婢子栉发所遗，将欲委之而去。婢子曰：“不然，群公所饷之物也。”询

【注释】

①脂车：借指驾车出行。

②滚水：开水。

③通都：交通发达、市场繁荣的都邑。

之土人，知为头发菜。浸以滚水[2]，拌以姜醋，其可口倍于藕丝、鹿角等菜。携归饷客，无不奇之，谓珍错中所未见。此物产于河西，为值甚贱，凡适秦者皆争购异物，因其贱也而忽之，故此物不至通都[3]，见者绝少。由是观之，四方贱物之中，其可贵者不知凡几，焉得人人物色之？发菜之得至江南，亦千载一时之至幸也。

【译文】

菜有各种奇特的形状，而《本草》、《食物志》里面都不记载的，该属陕西所产的头发菜了。我到陕西做客，接受当地官员家里招待。一天将要乘车出发时，看见床上有东西，看起来像是一卷乱发，误以为是丫鬟梳头掉的，正想要扔掉。丫鬟说："不是乱发，是各位大人们送的礼物。"向当地人询问，才知道是头发菜。浸过热水，拌上姜和醋，比藕丝、鹿角等菜要加倍可口。我带了头发菜回去请客人品尝，无不觉得奇异，说是从未见过的好菜。这种菜产在黄河以西，很便宜，凡是去陕西的人，都争着去买奇特的东西，对它则因为便宜而忽略掉，所以这种东西没有流传到繁华的城市，见过的人非常少。由此看来，各地的便宜货当中，不知有多少可贵的东西，又哪能人人都找得到呢？头发菜可以来到江南，也算是千载难得的大幸了。

瓜、茄、瓠、芋、山药

【原文】

瓜、茄、瓠、芋、山药诸物，菜之结而为实者也。实则不止当菜，兼作饭矣。增一簋菜[1]，可省数合粮者[2]，诸物是也。一事两用[3]，何俭如之？贫家购此，同于籴粟[4]。但食之各有其法：煮冬瓜、丝瓜忌太生，煮王瓜、甜瓜忌太熟；煮茄、瓠利用酱醋，而不宜于盐；煮芋不可无物伴之，盖芋之本身无味，借他物以成其味者也；山药则孤行并用，无所不宜，并油盐酱醋不设，

【注释】

①簋(guǐ)：泛指盛饭菜的器皿。

②合(gě)：量词。古代十合为一升。

③事：物。

④籴(dí)：买谷米。

亦能自呈其美，乃蔬食中之通材也。

【译文】

瓜、茄、瓠、芋、山药这几样东西，是蔬菜中结有果实的一类。有果实不只能够做菜，还可以当做主食。增加一篮子菜，可以省下数合粮食的，就是这些东西了。一物二用，还有什么比这更节省的呢？穷人家买这些菜，就像买粮食一样。但吃的时候各有各的方法：煮冬瓜、丝瓜不能太生；黄瓜、甜瓜不能太熟；煮茄、瓠适合用酱、醋而不适合用盐；煮芋不能单独煮，因为芋本身没有味道，要借其他东西来产生味道；山药单吃还是合煮都可以，即便没有油盐酱醋，本身味道也很美，是蔬菜里的全材。

葱、蒜、韭

【原文】

葱、蒜、韭三物，菜味之至重者也。菜能芬人齿颊者，香椿头是也；菜能秽人齿颊及肠胃者，葱、蒜、韭是也。椿头明知其香，而食者颇少，葱、蒜、韭尽识其臭，而嗜之者众，其故何欤？以椿头之味虽香而淡，不若葱、蒜、韭之气甚而浓。浓则为时所争尚，甘受其秽而不辞；淡则为世所共遗，自荐其香而弗受。吾于饮食一道，悟善身处世之难。一生绝三物不食，亦未尝多食香椿，殆所谓“夷、惠之间”者乎[①]？予待三物亦有差。蒜则永禁弗食；葱虽弗食，然亦听作调和；韭则禁其终而不禁其始，芽之初发，非特不臭，且具清香，是其孩提之心之未变也。

【注释】

①夷、惠之间：意谓介乎夷、惠二者之间的一种生活态度。

【译文】

葱、蒜、韭菜这三种东西，是蔬菜里面气味重的。能使人口齿芳香的是香椿芽；能使人唇齿和肠胃都带上难闻气味的是葱、蒜、韭菜。香椿芽明知它的香，而吃的人却少，明知道葱、蒜、韭菜臭，而喜欢吃的人却很多。这是为什么呢？因为香椿芽的味道虽然香却比较淡，不像葱、蒜、韭菜的味道浓。味道浓就被世人所喜爱，甘愿忍受难闻气味；味道淡就被世人忽视，就算香气能引起注意，也不被接受。我从饮食中悟出了为人处世的艰难。一生中葱、蒜、韭菜绝对不吃，也没有经常吃香椿，也算是个有操守的人了吧！我对待葱、蒜、韭菜也是有区别的：蒜是永远不吃；葱虽然不吃，但也允许用来做调料；韭菜则是不喜欢吃老的而愿意吃嫩的，刚发芽的韭菜，不只不臭还有清香，就像孩童的心纯洁未变一样啊。

谷食第二

【原文】

食之养人，全赖五谷[1]。使天止生五谷而不产他物，则人身之肥而寿也，较此必有过焉，保无疾病相煎，寿夭不齐之患矣。试观鸟之啄粟，鱼之饮水，皆止靠一物为生，未闻于一物之外，又有为之肴馔酒浆、诸饮杂食者也。乃禽鱼之死，皆死于人，未闻有疾病而死，及天年自尽而死者，是止食一物，乃长生久视之道也。

【注释】

①五谷：五种谷物，古时有多种说法，一般指稻、黍、稷、麦、豆。

【译文】

食物养人，全靠五谷。如果上天只生五谷而不出产别的东西，那么人类一定会比现在更健康长寿，保证没有疾病和夭折的忧患。不妨看看鸟吃谷、鱼饮水，都是只靠一样东西过活，没听说在一种食物之外，还有做酒做菜，弄许多种杂类饮食的。因此禽类和鱼类的死，都是死在人手上，没听说有因为疾病而死，或者是寿命到了自己死的。由此可见单吃一种食物，是长生的方法。

【原文】

人则不幸而为精腆所误[1]，多食一物，多受一物之损伤，少静一时，少安一时之淡泊。其疾病之生，死亡之速，皆饮食太繁，嗜欲过度之所致也。此非人之自误，天误之耳。天地生物之初，亦不料其如是，原欲利人口腹，孰意利之反以害之哉！然则人欲自爱其生者，即不能止食一物，亦当稍存其意，而以一物为君[2]。使酒肉虽多，不胜食气，即使为害，当亦不甚烈耳。

【注释】

①精腆：精细美好。腆，丰厚、美好。

②以一物为君：指敬奉一物如君而不食，以止嗜欲。

【译文】

人则不幸而被佳肴所误，多吃一种食物，多受一种食物的损害，少禁一刻，少享受一刻的淡泊。之所以生病和早死都是因为饮食太繁杂，嗜欲过度所致使的。这不是人自己赂误自己，是上天赂误了他。天地在造物之初，也没料到这样，原本是想使人口腹得益，没想到反而害了他。但是人如果想要自己爱惜生命，就算不能单吃一种东西，也该存这个心，以一种食物为主。如果酒肉吃了很多，只要没有超过人的消化能力，就算有损害，也不会太严重。

饭　粥

【原文】

粥饭二物，为家常日用之需，其中机彀[①]，无人不晓，焉用越俎者强为致词[②]？然有吃紧二语，巧妇知之而不能言者，不妨代为喝破，使姑传之媳，母传之女，以两言代千百言，亦简便利人之事也。

【注释】

①机彀：要诀，关键。彀，张满的弓弩。

②越俎：超越本分，代人说话或办事。

【译文】

粥饭这两样东西，是家常日用必需的，其中的做饭的原理谁都知道，还用我这人来多费言辞说三道四吗？但是有要紧的两句话，巧媳妇懂得却说不出来，我不妨代为说破，将来婆婆教给媳妇，母亲传给女儿，以两句话代千言万语，也是一件简便利人的好事情。

【原文】

先就粗者言之。饭之大病，在内生外熟，非烂即焦；粥之大病，在上清下淀，如糊如膏。此火候不均之故，惟最拙最笨者有之，稍能炊爨者[①]，必无是事。然亦有刚柔合道，燥湿得宜，而令人咀之嚼之，有粥饭之美形，无饮食之至味者。

【注释】

①爨（cuàn）：烧火做饭。

【译文】

先从粗略的方面来讲：煮饭的大毛病是内生外熟，不是太烂就是烧焦。粥的大毛病，在于米沉在下，上面只有清汤，像糨糊一样。这是火候不均匀引起的，只有最笨拙的人才会弄成这样，稍懂点儿做饭的人，一定不会如此。但也有软硬合宜，干湿适中，虽然看着好看，而让人吃起来，却没有味道的。

【注释】

①挹(yì)：酌取。

②中馈：《易经·家人》："天攸遂，在中馈。"指妇女在家主持饮食等事。

【原文】

其病何在？曰：挹水无度①，增减不常之为害也。其吃紧二语，则曰："粥水忌增，饭水忌减。"米用几何，则水用几何，宜有一定之度数。如医人用药，水一钟或钟半，煎至七分或八分，皆有定数。若以意为增减，则非药味不出，即药性不存，而服之无效矣。不善执爨者，用水不均，煮粥常患其少，煮饭常苦其多。多则逼而去之，少则增而入之，不知米之精液全在于水，逼去饭汤者，非去饭汤，去饭之精液也。精液去则饭为渣滓，食之尚有味乎？粥之既熟，水米成交，犹米之酿而为酒矣。虑其太厚而入之以水，非入水于粥，犹入水于酒也。水入而酒成糟粕，其味尚可咀乎？故善主中馈者②，挹水时必限以数，使其勺不能增，滴无可减，再加以火候调匀，则其为粥为饭，不求异而异乎人矣。

【译文】

毛病出在哪里？这是因为没有节制的用太多的水，增减没有根据规律。要紧的两句话就是：粥的水忌加，饭的水忌减。米用多少，水就相应用多少，这是有一定规则的。就像医生煎药，一钟水还是半钟，煎到七分或八分，都有一定比例的，要是照自己的意思增减，不是药的味道熬不出来，就是煎太过，药性被煎得失去了，服用也没有效果。不善于做饭的人，用水不均匀，煮粥就担心太少，煮饭担心太多，多就舀掉，少就添水。不知道米的精华都在米汤里面，沥掉饭汤，等于把米的精华也都沥掉了。精华去掉，饭就成了渣滓，吃起来还怎么有味道？粥煮熟后，水和米混合得很好，就像米酿成了酒一样，担心太稠又加上水，就像在酒里掺水一样。加了水，酒也就成了糟粕，那味道还能尝吗？所以善于做饭的人，加水的时候一定要限定数量，做到恰到好处，再加上火候均匀，那么做粥做饭，不求特别也一定比人特别了。

【原文】

宴客者有时用饭，必较家常所食者稍精。精用何法？曰：使之有香而已矣。予尝授意小妇，预设花露一盏，俟饭之初熟而浇之，浇过稍闭，拌匀而后入碗。食者归功于谷米，诧为异种而讯之，不知其为寻常五谷也。此法秘之已久，今始告人。行此法者，不必满釜浇遍，遍则费露甚多，而此法不行于世矣。止以一盏浇一隅，足供佳客所需而止。露以蔷薇、香橼、桂花三种为上①，勿用玫瑰，以玫瑰之香，食者易辨，知非谷性所有。蔷薇、香橼、桂花三种，与谷性之香者相若，使人难辨，故用之。

【注释】

①香橼（yuán）：木名。其果实可入药，有理气化痰之效。

【译文】

宴请客人有时用饭，一定比家常做饭要精美一些，怎么使它精美些呢？让它比较香就可以了。我曾经给媳妇出主意，预先准备一盏花露，等到饭刚熟的时候浇上去。浇过后盖上盖子闷一会儿，拌匀以后盛到碗里，吃的人都以为是米好，以为是什么奇特的品种，不知道原来也只是寻常的米。这办法我珍藏很久，今天才跟人说。采用这种方法时，不一定要整锅浇遍，那样很费花露，这办法就难以普及了。只用一盏浇一角，够用来供客人吃的就好了。花露以蔷薇、香橼、桂花三种为好，不能用玫瑰，玫瑰的香气比较浓，吃的人一下能辨别出来，知道不是谷物所能有的。蔷薇、香橼、桂花三种的香气和谷物的香气比较像，令人难以分辨，所以用它。

汤

【原文】

汤即羹之别名也。羹之为名，雅而近古；不曰羹而曰汤者，虑人古雅其名，而即郑重其实，似专为宴客而设者。然不知羹之为物，与饭相俱者也。有饭即应有羹，无羹则饭不能下，设羹以下饭，乃图省俭之法，非尚奢靡之法也。

【译文】

汤是羹的别名，羹这名字，很雅致，很有古风。人们不称羹而称汤的缘故，是怕人们因这名字而看得很古雅，好像是专门为了宴客而准备的一样。却不知道羹是与饭相搭配的，有饭就该有羹，没羹就不能吃下饭。做羹来下饭，是为了节俭，不是为了奢侈。

【原文】

古人饮酒，即有下酒之物；食饭，即有下饭之物。世俗改下饭为“厦饭”，谬矣。前人以读史为下酒物[①]，岂下酒之“下”，亦从“厦”乎？“下饭”二字，人谓指肴馔而言，予曰：不然。肴馔乃滞饭之具，非下饭之具也。食饭之人见美馔在前，匕箸迟疑而不下，非滞饭之具而何？饭犹舟也，羹犹水也；舟之在滩，非水不下，与饭之在喉，非汤不下，其势一也。且养生之法，食贵能消；饭得羹而即消，其理易见。故善养生者，吃饭不可不羹；善作家者，吃饭亦不可无羹。宴客而为省馔计者，不可无羹；即宴客而欲其果腹始去，一馔不留者，亦不可无羹。何也？羹能下饭，亦能下馔故也。

【译文】

古人喝酒，就有下酒的东西，吃饭就有下饭的东西。世俗改“下饭”为“厦饭”，错了。古人把读史书当做下酒的东西，难

【注释】

①前人以读史为下酒物：《龙文鞭影》载：北宋诗人苏舜钦读《汉书》下酒。参见《酒经·酒艺·酒药方》。

道下酒的“下”字也该改成“厦”吗？“下饭”两字，一般人以为是指菜肴而言，我说不是。菜肴只能让人把饭剩下，不是用来下饭的。吃饭的人看了眼前美味菜肴，筷子迟疑不下，不就把饭剩下了吗？饭像船，汤像水，船在沙滩上，没有水不能下，跟饭在喉间非汤不能下一样。而且养生的方法贵在食物能消化。吃饭配上了汤就容易消化，这是容易明白的道理。所以善于养生的人，吃饭不能没有汤；善于持家的人吃饭也不能没有汤。宴请客人想要省菜的话，不能没有汤；宴请客人而希望他吃饱直到一个菜也不剩的话，也不能没有汤。为什么呢？因为汤能下饭也能下菜。

【原文】

近来吴越张筵[1]，每馔必注以汤，大得此法。吾谓家常自膳，亦莫妙于此。宁可食无馔，不可饭无汤。有汤下饭，即小菜不设，亦可使哺啜如流；无汤下饭，即美味盈前，亦有时食不下咽。予以一赤贫之士，而养半百口之家，有饥时而无馑日者[2]，遵也道也。

【注释】

①吴越：古国名，现指浙江、江苏一带。

②有饥时而无馑日：意为吃不饱的时候却不会全天挨饿。“饥”、“馑”都是吃不饱肚饿的意思。

【译文】

近来江南设宴，每顿饭里面都有汤，就是得到了这个方法的精髓。我认为家常自己做菜，也是这样最好，宁可吃饭没有菜，也不能吃饭没有汤。有汤下饭就算没有小菜，吃起来也很痛快，没有汤下饭，就算有很多美味，有时也会食不下咽。我是个赤贫的人，要养活五十来号人的家庭，虽然有时不免挨饿，却不会闹饥荒，就是遵循了这个方法。

糕　饼

【原文】

谷食之有糕饼，犹肉食之有脯脍。《鲁论》云[1]：“食不厌精，脍不厌细。”制糕饼者于此二句，当兼而有之。食之精者，

【注释】

①《鲁论》：《论语》，因孔子是鲁国人，故又称

《鲁论》。

②冯妇下车：冯妇，人名。《孟子》说：冯妇本来善搏虎，后改行为善士。但见他人搏虎，忍不住奋臂下车。"士人们笑其不知止也。"

米麦是也；脍之细者，粉面是也。精细兼长，始可论及工拙。求工之法，坊刻所载甚详。予使拾而言之，以作制饼制糕之印板，则观者必大笑曰：笠翁不拾唾余，今于饮食之中，现增一副依样葫芦矣！冯妇下车[2]，请戒其始。只用二语括之，曰："糕贵乎松，饼利于薄。"

【译文】

粮食中有糕饼，就像肉食中有肉干和烤肉一样。《鲁论》中说："食不厌精，脍不厌细。"制糕饼、做糕饼的人应该对这两句都加以采用。食物中最精的是米麦，最细的是粉面。精细都具备，才能谈到精细与否。要做得精细，书中记载得很详细了。我要是从书上挑选些话过来，教人制作糕饼，看了我书的人一定要大笑说："还说李笠翁不拾人家吃剩下的，在饮食问题上不是在依样画葫芦吗？"还是适可而止吧！只用两句话来概括："糕贵在松，饼利于薄。"

面

【原文】

南人饭米[1]，北人饭面，常也。《本草》云："米能养脾，麦能补心。"各有所裨于人者也。然使竟日穷年，止食一物，亦何其胶柱口腹[2]，而不肯兼爱心脾乎？予南人而北相，性之刚直似之，食之强横亦似之。一日三餐，二米一面，是酌南北之中，而善处心脾之道也。但其食面之法，小异于北，而且大异于南。北人食面多作饼，予喜条分而缕晰之，南人之所谓"切面"是也。南人食切面，其油盐酱醋等作料，皆下于面汤之中，汤有味而面无味，是人之所重者不在面而在汤，与未尝食面等也。

【注释】

①饭：吃的意思。

②胶柱：引申为亏待。

【译文】

南方人吃饭以米为主，北方人吃饭以面为主，一般如此。《本草》说："米能养脾，麦能补心。"米和面对人各有好处。但如果常年都吃一种食物，既亏待了嘴巴肚子，又是不爱惜自己的心和脾的表现啊！我是南方人，但是特征很像北方人，性格的刚直很像，而饮食上的强横也像。一日三餐，两顿米饭一顿面，这是介于南北之间，而善于调理心与脾的方法。但吃面的方法，跟北方有点儿不同，与南方的差异更大。北方人吃面喜欢做成饼，我则做成面条，就是南方所谓的切面。南方人吃切面，油盐酱醋等作料，都下在面汤里，汤有味而面无味。这就是人们只看重汤而不看重面，跟不吃面是一样的了。

【原文】

予则不然，以调和诸物，尽归于面，面具五味而汤独清，如此方是食面，非饮汤也。所制面有二种，一曰“五香面”，一曰“八珍面”。五善膳己，八珍饷客[1]，略分丰俭于其间。五香者何？酱也，醋也，椒末也，芝麻屑也，焯笋或煮蕈煮虾之鲜汁也。先以椒末、芝麻屑二物拌入面中，后以酱醋及鲜汁三物和为一处，即充拌面之水，勿再用水。拌宜极匀，擀宜极薄，切宜极细，然后以滚水下之，则精粹之物尽在面中，尽勾咀嚼，不似寻常吃面者，面则直吞下肚，而止咀咂其汤也。

【注释】

①饷：招待。

【译文】

我却不这样，把各种调味品都放在面里，面的味道很丰富而汤很清。这才是吃面而不是喝汤。我制作的面名目有两种，一个叫“五香面”，一个叫“八珍面”。五香面自己吃，八珍面用来待客，中间的丰盛还是俭约有点儿分别。五香是什么？酱、醋、椒末、芝麻屑、焯笋或煮蘑菇煮虾的鲜汤。先用椒末、芝麻屑这两样东西拌到面里面，再用酱醋和鲜汁三种东西，调和在一起，当做拌面的水，别再用水。拌要拌得很匀，擀要擀得很薄，切要切得很细，然后用滚水来下面，那么精华就都在面里，值得咀嚼品味，不像寻常吃面，面直接就吞下肚去，而只是慢慢品那个汤。

【注释】

①以：因为。

②剿袭：抄袭。

【原文】

八珍者何？鸡、鱼、虾三物之内，晒使极干，与鲜笋、香蕈、芝麻、花椒四物，共成极细之末，和入面中，与鲜汁共为八种。酱醋亦用，而不列数内者，以家常日用之物，不得名之以珍也。鸡鱼之肉，务取极精，稍带肥腻者弗用，以面性见油即散[①]，擀不成片，切不成丝故也。但观制饼饵者，欲其松而不实，即拌以油，则面之为性可知已。鲜汁不用煮肉之汤，而用笋、蕈、虾汁者，亦以忌油故耳。所用之肉，鸡、鱼、虾三者之中，惟虾最便，屑米为面，势如反掌，多存其末，以备不时之需；即膳已之五香，亦未尝不可六也。拌面之汁，加鸡蛋青一二盏更宜，此物不列于前而附于后，以世人知用者多，列之又同剿袭耳[②]。

【译文】

八珍是什么？鸡、鱼、虾三种东西的肉，晒到很干，跟鲜笋、香菇、芝麻、花椒四种东西，一起研成很细的粉末，和到面里，再加上鲜汁共是八种东西，酱醋也要用但不算在内，是因为那是家常用的东西，不能称做珍。鸡和鱼的肉，要选得很精，稍带肥腻的都不用，因为面的特点是见油就散，散了就擀不成片，切也不成丝。只要看做饼的人，想要让饼松就在面里放油就能够知道了。鲜汁不用煮肉的汤，而用笋、蘑菇或是虾的汤，也是忌油的缘故。所用的三种肉里，虾肉最方便，很容易擀成粉末，多准备一些虾粉，以备不时之需。就是自己吃的五香，也未尝不可变成六样配料。拌面的汁里，加一两盏鸡蛋清更好，这件东西之所以不写在前面而写在后面，是因为世人知道的多，列在前面又像是抄袭了。

粉

【注释】

①葛：豆类植物，块根含淀粉，可制成葛粉，供食

【原文】

粉之名目甚多，其常有而适于用者，则惟藕、葛、蕨、绿豆四种[①]。藕、葛二物，不用下锅，调以滚水，即能变生成熟。昔

人云："有仓卒客，无仓卒主人。"欲为仓卒主人，则请多储二物。且猝急救饥，亦莫善于此。驾舟车行远路者，此是糇粮中首善之物②。粉食之耐咀嚼者，蕨为上，绿豆次之。欲绿豆粉之耐嚼，当稍以蕨粉和之。凡物入口而不能即下，不即下而又使人咀之有味，嚼之无声者，斯为妙品。吾遍索饮食中，惟得此二物。绿豆粉为汤，蕨粉为下汤之饭，可称二难，齿牙遇此，殆亦所谓劳而不怨者哉！

用和药用。蕨：也叫"蕨菜"或"乌糯"。幼叶可食，即"蕨菜"；根状茎含淀粉，可制"蕨料"，可供食用和药用。

②糇粮：干粮。

【译文】

粉的名目很多，常见而又适用的，则只有藕粉、葛粉、蕨粉、绿豆粉四种。藕和葛这两种，不用下锅，用滚水一调就能熟。古人说："有仓促而到的客人，没有仓促的主人。"想要在仓促的情况下待客，要多准备这两样东西，而且临时救饥，也没有比这两样更好的。对于驾舟船走远路的人，这也是干粮中最好的。粉食中耐咀嚼的，蕨菜粉为上，绿豆其次。想要使绿豆粉耐于咀嚼，就要在里面掺上点蕨菜粉来制作。食物入口，而不能立刻吞下去，咀嚼有味而没有声音的，这是特别好的。我在饮食的材料里面只找到这两样。用绿豆粉做汤，蕨菜粉做下汤的饭，可以称得上是难得的搭配，牙齿遇见它们，可以说是劳而无怨了。

肉食第三

【原文】

“肉食者鄙[①]”，非鄙其食肉，鄙其不善谋也。食肉之人之不善谋者，以肥腻之精液，结而为脂，蔽障胸臆，犹之茅塞其心，使之不复有窍也。此非予之臆说，夫有所验之矣。

【注释】

①肉食者鄙：语出《左传·庄公三十年》：“肉食者鄙，未能远谋。”本意指坐高官食厚俸的人眼光短浅。

【译文】

《左传》说“肉食者鄙，未能远谋”，不是鄙视他们吃肉，而是鄙视他们不善计谋而已。食肉之人不善于谋略，是因为肥腻的精华汁液，凝结为脂肪，遮蔽住了胸臆，犹如堵塞了心智一样，使他们的灵性不再通透。这不是我的猜测，而是经过证实的。

【原文】

诸兽食草木杂物，皆狡黠而有智。虎独食人，不得人则食诸兽之肉，是匪肉不食者，虎也；虎者，兽之至愚者也。何以知之？考诸群书则信矣。“虎不食小儿”，非不食也，以其痴不惧虎，谬谓勇士而避之也。“虎不食醉人”，非不食也，因其醉势猖獗，目为劲敌而防之也。“虎不行曲路，人遇之者，引至曲路即得脱。”其不行曲路者，非若澹台灭明之行不曲径[①]，以颈直不能回顾也。使知曲路必脱，先于周行食之矣。《虎苑》云：“虎之能搏狗者，牙爪也。使失其牙爪，则反伏于狗矣。”迹是观之，其能降人降物而藉之为粮者，则专恃威猛，威猛之外，一无他能，世所谓“有勇无谋”者，虎是也。予究其所以然之故，则以舍肉之外，不食他物，脂腻填胸，不能生智故。

然则“肉食者鄙，未能远某。”其说不既有征乎？吾今虽为肉食作俑[②]，然望天下之人，多食不如少食。无虎之威猛而益其

【注释】

①澹台灭明：孔子学生，貌丑，但品性端正。史载他“行不曲径，非公事不见卿大夫”。

②作俑：此指第一个作肉食之文。

愚，与有虎之威猛而自昏其智，均非养生善后之道也。

【译文】

食草的野兽，都狡黠而聪明。只有虎会吃人，吃不到人就吃其他野兽，是非肉不食的。虎又是野兽中最蠢的，何以见得？参看书籍考证就会明白了。“虎不吃小孩子”，不是不吃，是因为孩子还懵懂不懂得怕虎，虎也就以为他是勇士而躲开他。“虎不吃醉的人”，因为喝醉的人有狂态，虎以为是劲敌所以防备他。“虎不走弯路，人要是遇见老虎，引到弯路上就能逃脱。”虎不走弯的路，不是像澹台灭明不走小路一样，而是脖子是直的不能够回头。虎要是知道走到弯的路上人会逃脱，就应该在大路上把他吃掉了。《虎苑》上说：“虎所以能制伏狗是靠爪牙，如果没有了爪牙，就反而会被狗所制伏了。”从这里来看，它之所能够降伏其他动物来当做食物，全是靠着威猛，威猛之外，什么本领也没有。世人所说有勇无谋的，虎就是一种。我考察虎愚蠢的缘故，就是因为吃肉之外，不再吃别的东西，脂肪填塞胸膛不能产生智慧。

但是“肉食者鄙，未能远谋”这个说法，不是已经有了证验了吗？我现在虽然在宣传肉食，但还是希望天下人，多吃不如少吃。没有虎的威猛而加重了愚昧，和有虎的威猛，而让智慧昏沉，都不是善于养生的方法。

猪

【原文】

食以人传者，“东坡肉”是也[①]。卒急听之，似非豕之肉，而为东坡之肉矣。噫，东坡何罪，而割其肉，以实千古馋人之腹哉？甚矣，名士不可为，而名士游戏之小术，尤不可不慎也。

至数百载而下，糕、布等物，又以眉公得名[②]。取“眉公糕”、“眉公布”之名，以较“东坡肉”三字，似觉彼善于此矣。而其最不幸者，则有溷厕中之一物，俗人呼为“眉公马桶”。

【注释】

①东坡肉：浙江杭州传统名肴。据古书记载，为北宋著名文人苏东坡创制。苏东坡谪居黄州时，作有煮肉歌说：“黄州好猪肉，价钱等粪土，

富者不肯吃，贫者不能煮。慢著火，少著水，火候足时它自美。”后来在杭州任知府时又改进为以绍酒代水做成红烧肉慰民工，味极鲜美，后流传到民间，名“东坡肉”。

②眉公：指明代著名文学家、书画家陈继儒，他号眉公，著有《陈眉公全集》。

噫！马桶何物，而可冠以雅人高士之名乎？予非不知肉味，而于家之一物，不敢浪措一词者，虑为东坡之续也。即溷厕中之一物，予未尝不新其制，但蓄之家，而不敢取以示人，尤不敢笔之于书者，亦虑为眉公之续也。

【译文】

食物中因为人而得到广泛流传的，“东坡肉”便是。乍一听，以为不是猪肉，倒是苏东坡的肉一样。唉！苏东坡有什么罪过，要割肉来填千古以来馋嘴之人的肚皮呢？真是太过分了！名士不可做，而名士自娱自乐的小游戏，尤其不能不谨慎。

到数百年后，糕饼和布这些东西，又因为陈眉公而得名，叫做“眉公糕”、“眉公布”的，比起“东坡肉”来，好像就觉得比较好一些。而最不幸的是，厕所里面有一种东西，俗人叫做“眉公马桶”。唉！马桶是什么东西，而冠以雅人高士的名字呢？我不是不懂得品尝猪肉，而对于猪肉，一句话也不敢说，是因为怕变得跟东坡一样。就是厕所里的那件东西，我也不是没有改进设计，只是藏在家里不敢拿出来给人看，更不敢写在书里，也是担心会变得跟陈眉公一样。

羊

【原文】

物之折耗最重者，羊肉是也。谚有之曰：“羊几贯，账难算，生折对半熟对半，百斤止剩念余斤[①]，缩到后来只一段。”大率羊肉百斤，宰而割之，止得五十斤，迨烹而熟之，又止得二十五斤，此一定不易之数也。但生羊易消，人则知之；熟羊易长，人则未之知也。羊肉之为物，最能饱人，初食不饱，食后渐觉其饱，此易长之验也。凡行远路及出门做事，卒急不能得食者，啖此最宜。秦之西鄙，产羊极繁，土人日食止一餐，其能不枵腹者[②]，羊之力也。

【注释】

①念：“廿”的大写字。“廿”，20。

②枵腹：空腹，饥饿。枵，中心空虚的树根，引申为空虚无物。

【译文】

食物当中折耗最多的就是羊肉了。谚语说："羊几贯，账难算，生折对半熟对半，百斤止剩廿余斤，缩到后来只一段。"一般说来，一百斤左右的羊，屠宰之后割肉，只能得到五十斤肉。等到煮熟以后，又只剩二十五斤。这是准确不能改变的数字。但是生羊肉容易折耗，人们都知道，熟羊肉容易膨胀，人们就不知道了。羊肉这种东西最容易吃饱，一开始吃的时候不饱，吃了以后渐渐觉得饱了，这是容易膨胀的验证。凡是走远路及出门办事，仓促间吃不上饭的，吃羊肉最好。陕西西部，产羊极多，当地人一天只吃一餐，而能够不饿肚子，就是吃羊肉的原因了。

【原文】

《本草》载羊肉，比人参、黄芪[①]。参芪补气，羊肉补形。予谓补人者羊，害人者亦羊。凡食羊肉者，当留腹中余地，以俟其长。倘初食不节而果其腹，饭后必有胀而欲裂之形，伤脾坏腹，皆由于此，葆生者不可不知。

【注释】

①黄芪：多年生草本植物，羽状复叶，小叶长圆形，花淡黄色，根黄色，可入药。

【译文】

《本草》记载羊肉的时候，拿来跟人参、黄芪对比。人参和黄芪能补气，羊肉能补体。我说羊肉能滋补人，也能够损害人。凡是吃羊肉的，肚子要留点空余，以备它膨胀，如果一开始吃的时候不节制，吃得很饱，饭后一定会觉得胀得想裂开的感觉，伤脾坏腹的事都是这样发生的，爱惜身体的人不能不知道这一点。

牛、犬

【原文】

猪、羊之后，当及牛、犬。以二物有功于世，方劝人戒之之不暇，尚忍为制酷刑乎？略此二物，遂及家禽，是亦以羊易牛之遗意也[①]。

【注释】

①以羊易牛：事见《孟子·梁惠王上》。原意为有仁爱之心。

【译文】

猪和羊之后，应该谈到牛和狗了。因为这两种动物对人来说是有功之臣，我劝世人不要杀还来不及，怎么忍心对它们施加酷刑呢？我略过这两种动物不谈，接着谈家禽，这就如同是梁惠王用羊来替代牛的心意啊！

鸡

【原文】

鸡亦有功之物，而不讳其死者，以功较牛、犬为稍杀。天之晓也，报亦明，不报亦明，不似畎亩、盗贼，非牛不耕，非犬之吠则不觉也。然较鹅、鸭二物，则淮阴羞伍绛、灌矣[①]。烹饪之刑，似宜稍宽于鹅鸭。鸡之有卵者弗食，重不至斤外者弗食，即不能寿之，亦不当过夭之耳。

【注释】

①淮阴羞伍绛、灌矣：淮阴，指韩信，他曾被汉高祖刘邦由“齐王”贬为“淮阴侯”。绛，绛婴；灌，即灌夫，两人皆汉初名将，而韩信耻与他们同列。事见《史记·淮阴侯列传》。

【译文】

鸡也是对人类有功劳的动物，而不避讳屠宰，是因为它的功劳比起牛和狗来小一些。天亮时，有报晓也亮，没报晓也亮，不像田地和防盗贼，没有牛不能耕，没有狗吠，来了盗贼就没办法察觉。但鸡比起鹅和鸭来，就又高出一筹了。鸡所遭受的烹饪的酷刑，似乎应该比对鹅和鸭更放松一点。正在下蛋的鸡不要吃，重量不到一斤以上的不吃，就算不能让它养尽天年，也不该让它太早夭亡。

鹅

【原文】

鶂鶂之肉无他长[①]，取其肥且甘而已矣。肥始能甘，不肥则同于嚼蜡。鹅以固始为最[②]，讯其土人，则曰：“豢之之物，亦同于人。食人之食，斯其肉之肥腻，亦同于人也。”犹之豕肉以金华为最，婺人豢豕，非饭即粥，故其为肉也甜而腻。然则固始之鹅，金华之豕，均非鹅豕之美，食美之也。食能美物，奚俟人

【注释】

①鶂鶂（yìyì）：鹅鸣声。此借指鹅。

②固始：今河南固始。

③继子：非亲生的、过继的儿子。

言？归而求之，有余师矣。但授家人以法，彼虽饲以美食，终觉饥饱不时，不似固始、金华之有节，故其为肉也，犹有一间之殊。盖终以禽兽畜之，未尝稍同于人耳。“继子得食[3]，肥而不泽。”其斯之谓欤？

【译文】

鹅的肉没有别的优点，只是它既肥又甘美而已。肉肥才能够甘美，不肥就味同嚼蜡了。鹅以固始产的最好，询问当地人，说：“用来喂养鹅的东西，跟人吃的一样，吃人所吃的食物，这样它的肉的肥腻也就跟人一样了。”就好像猪肉以金华所产最好。金华人养猪，不是饭就是粥，所以金华猪肉既甜又肥腻。但是固始的鹅、金华的猪，都不是猪和鹅本身品种好，而是喂养方法使得它们可贵。食物能使动物长得好，这还需要说吗？回头细细思量，其中有些做法值得学习。但是把这方法教给家人，他们虽然也用好的食物来喂养，还是觉得喂养的时候饿一顿饱一顿的，不像固始、金华那样有规律，所以这样喂养出来的鹅肉、猪肉，比起这两个地方的，还是有一个层次的差别。因为终究人们是把它当畜生养，没有像人那样看待。“继子得食，肥而不泽。”大概说的就是这个道理吧！

【原文】

有告予食鹅之法者，曰：昔有一人，善制鹅掌。每豢肥鹅将杀，先熬沸油一盂，投以鹅足，鹅痛欲绝，则纵之池中，任其跳跃。已而复擒复纵，炮瀹如初[1]。若是者数四，则其为掌也，丰美甘甜，厚可径寸，是食中异品也。予曰：惨哉斯言！予不愿听之矣。物不幸而为人所畜，食人之食，死人之事。偿之以死亦足矣，奈何未死之先，又加若是之惨刑乎？二掌虽美，入口即消，其受痛楚之时，则有百倍于此者。以生物多时之痛楚，易我片刻之甘甜，忍人不为，况稍具婆心者乎？地狱之设，正为此人，其死后炮烙之刑[2]，必有过于此者。

【注释】

①瀹：煮。

②炮烙之刑：殷纣所用的酷刑。

【译文】

有人向我介绍一种吃鹅的方法：过去有个善于做鹅掌的人，每次把肥鹅养到要杀的时候，先煮一锅滚油，把鹅的脚放进去，鹅痛得要死就跳进水塘里，任它跳跃。然后再捉再放，像那样烫了又放它跳到水里，如此四次之后，鹅掌就丰美甘甜，厚达一寸，这是食物里面的异品。我说：这样的话太让人觉得悲惨了。我不想再听了。动物不幸被人蓄养，吃人的食物，就该为人的需要而死，它用死来偿还也就够了，为什么在死之前，还要让它受这样的酷刑？两块鹅掌虽然味美，入口就没了。而鹅当时遭受的痛苦比这强烈百倍。以活物多时的痛苦，换人类片刻的甘甜，残忍的人都不愿意去做，何况稍微有些善心的呢？地狱正是为这种人准备的，他死后受炮烙的酷刑，一定会比这还残酷。

鸭

【原文】

禽属之善养生者，雄鸭是也。何以知之，知之于人之好尚。诸禽尚雌，而鸭独尚雄；诸禽贵幼，而鸭独贵长。故养生家有言："烂蒸老雄鸭，功效比参芪。"使物不善养生，则精气必为雌者所夺，诸禽尚雌者，以为精气之所聚也。使物不善养生，则情窦一开，日长而日瘠矣[①]，诸禽贵幼者，以其泄少而存多也。雄鸭能愈长愈肥，皮肉至老不变，且食之与参芪比功，则雄鸭之善于养生，不待考核而知之矣。然必俟考核，则前此未之闻也。

【注释】

①瘠：瘦。

【译文】

禽类里善于养生的，要算雄鸭。怎么知道的呢？从人们的嗜好可以看出来。人们挑家禽的时候，其他禽类喜欢用母的，只有鸭子喜欢用公的，其他家禽喜欢挑年岁少的，只有鸭子喜欢用年长的。所以养生家说："烂蒸老雄鸭，功效比参芪。"如果动物不善于养生，精气会被雌性夺走，家禽之所以要挑母的，就是因为觉得它身上聚集了精气。如果动物不善养生，发情以后，就会越长越瘦，各种家禽当中以年幼的为贵，是因为它们的精气还未泄漏。公鸭能越长越肥，皮肉到老不变，而且吃起来能跟参芪的功效媲美，可见雄鸭善于养生，是不用去考察就能够知道的。如果一定要考察，那么以前没人说起过。

野禽、野兽

【原文】

野味之逊于家味者，以其不能尽肥；家味之逊于野味者，以其不能有香也。家味之肥，肥于不自觅食而安享其成；野味之香，香于草木为家而行止自若。是知丰衣美食，逸处安居，肥人之事也；流水高山，奇花异木，香人之物也。肥则必供刀俎，靡有孑遗[①]；香亦为人朵颐[②]，然或有时而免。二者不欲其兼，舍肥从香而已矣。

【注释】

①孑(jié)遗：遭受大变故遗留下的极少数人。此指极少数遗留的野禽。

②朵颐：指鼓动腮颊嚼东西的样子。

【译文】

野味之所以不如家养动物的味道，是因为不够肥，野味之所以比家养的动物的味道好，则是因为很香。家养动物之所以肥，是因为不用自己觅食，而安然等人喂养。野味之所以香，是因为以草木为家，而行动自由。所以可以看出，丰衣美食，安居闲处，是让家畜变肥的方法。流水高山，奇花异木，则可以使家畜香。被养肥的就一定会拿来屠宰，没有跑得掉的，而香的东西也会被人吃掉，但又或许可以避免，二者不能兼有，就舍弃肥腻而选取香的吧。

【原文】

野禽可以时食，野兽则偶一尝之。野禽如雉、雁、鸠、鸽、黄雀、鹌鹑之属，虽生于野，若畜于家，为可取之如寄也。野兽之可得者，惟兔、獐、鹿、熊、虎诸兽，岁不数得。是野味之

【注释】

①槛阱：槛，捕捉野兽的笼子；阱，捕捉野兽的陷阱。

中，又分难易。难得者何？以其久住深山，不入人境，槛阱之人[①]，是人往觅兽，非兽来挑人也。禽则不然，知人欲弋而往投人[②]，以觅食也，食得而祸随之矣。是兽之死也，死于人；禽之毙也，毙于己。食野味者，当作如是观。惜禽而更当惜兽，以其取死之道为可原也。

②弋：系着绳子的箭，这里指人们想捕捉禽鸟的各种设置。

【译文】

野禽可以经常吃到，野兽则是偶然才能尝到。野禽像野鸡、大雁、斑鸠、鸽子、黄雀、鹌鹑之类，虽然生在野外，就像养在家里一样，因为取得很容易，就像是寄放的一样。野兽中可以打到的只有兔、獐、鹿、熊、虎等野兽，每年很难猎到几次。所以野味中，从捕猎的角度而言，又有难易的区别。为什么不容易得到呢？因为它们常年在深山里，很少到人住的地方，之所以掉到人的陷阱机关中，是人去找野兽，不是野兽自己送上门来。家禽就不同，知道人想用网抓捕，还要去投网，是为了觅食，得到食物灾祸也就跟着到了。这样看来，野兽之所以死是因为人，而野禽之所以死是因为自己。吃野味的人，常常这样想，就该比珍惜野禽更珍惜野兽，因为它们死去的原因是可以谅解的。

鱼

【原文】

鱼藏水底，各自为天，自谓与世无求，可保戈矛之不及矣。乌知网罟之奏功[①]，较弓矢罝罘为更捷[②]。无事竭泽而渔，自有吞舟不漏之法。然鱼与禽兽之生死，同是一命，觉鱼之供人刀俎，似较他物为稍宜。

【注释】

①网罟（gǔ）：密网。罟，捕鱼的网。

②罝罘（jūfú）：捕兽的网。罝，捕兔的网；罘，捕鹿的网。

【译文】

鱼藏在水里，把水作为它的天，和陆地上不同，自认为与世无争，可以保证不受到人类的武器伤害。哪知道渔网的效果比起弓箭更厉害。不需要竭泽而渔，自然再大的鱼也跑不掉。但是鱼和禽兽的生死，同样是一条性命，却觉得鱼被人宰杀，比其他动物容易接受些。

【原文】

何也？水族难竭而易繁。胎生卵生之物，少则一母数子，多亦数十子而止矣。鱼之为种也似粟，千斯仓而万斯箱，皆于一腹焉寄之。苟无沙汰之人，则此千斯仓而万斯箱者生生不已，又变而为恒河沙数[①]。至恒河沙数之一变再变，以至千百变，竟无一物可以喻之，不几充塞江河而为陆地，舟楫之往来能无恙乎？故渔人之取鱼虾，与樵人之伐草木，皆取所当取，伐所不得不伐者也。我辈食鱼虾之罪，较食他物为稍轻。兹为约法数章，虽难比乎祥刑[②]，亦稍差于酷吏。

【注释】

①恒河沙数：佛经中语，形容数量多到无法计算。

②祥刑：指古代之象刑，如给犯法的人头上插草，以示惩罚。

【译文】

这是为什么呢？因为水中的生物容易繁殖，不会灭绝。胎生卵生的动物，少的一次几个后代，多的一次几十个而已。而鱼的繁殖，一次产的卵就像稻米一样难以计数，如果没有人赶尽杀绝，又将繁衍得无穷尽，都没有什么可以拿来比喻了，不是几乎要充塞江河，船的往来，还能平坦无事吗？所以渔民抓鱼虾，就像樵夫砍伐草木，都是应该取不得不取，伐所不得不伐。我们吃鱼虾的罪过，比吃其他东西稍微要轻，所以我在这里定几个规矩，虽然比不上善用刑罚的人，也比酷吏要好些。

【原文】

食鱼者首重在鲜，次则及肥，肥而且鲜，鱼之能事毕矣。然二美虽兼，又有所重在一者。如鲟、如鲫、如鲤，皆以鲜胜者也，鲜宜清煮作汤；如鳊、如白，如鲥、如鲢，皆以肥胜者也，肥宜厚烹作脍。烹煮之法，全在火候得宜。先期而食者肉生，生则不松；过期而食者肉死，死则无味。

【译文】

吃鱼首先讲究新鲜，其次是肥，肥而又鲜，吃鱼的优点就全了。两个优点都具备当然很好，但是每条鱼往往在其中的一个方面突出，比如鲟鱼、鲫鱼、鲤鱼等，都是突出在鲜。鲜的鱼适合清煮做汤；像鳊鱼、白鱼、鲥鱼、鲢鱼等，都突出在肥，肥的适宜炖着吃。烹煮的方法全在于火候得宜，火候不到时吃，鱼肉生，生就不松，火候太过再吃，肉就太老，老就没有味道。

【原文】

迟客之家，他馔或可先设以待，鱼则必须活养，候客至旋烹。鱼之至味在鲜，而鲜之至味又只在初熟离釜之片刻，若先烹以待，是使鱼之至美，发泄于空虚无人之境；待客至而再经火气，犹冷饭之复炊，残酒之再热，有其形而无其质矣。煮鱼之水忌多，仅足伴鱼而止，水多一口，则鱼淡一分。司厨婢子，所利在汤，常有增而复增，以致鲜味减而又减者，志在厚客，不能不薄待庖人耳[①]。更有制鱼良法，能使鲜肥迸出，不失天真，迟速咸宜，不虞火候者，则莫妙于蒸。置之镟内，入陈酒、酱油各数盏，覆以瓜姜及蕈笋诸鲜物，紧火蒸之极熟。此则随时早暮，供客咸宜，以鲜味尽在鱼中，并无一物能侵，亦无一气可泄，真上着也。

【注释】

①庖人：厨师。

【译文】

请客的时候，其他东西可以预先做好，鱼必须是活的，等客人来了再做。鱼的味道在于鲜，而鲜又在于刚刚煮熟离锅的时候，要是先煮好了等着，就会使得鱼的美味都发散掉了。等客人到了再热，就像炒冷饭、烫冷酒一样，有那个样子而味道已经失去了。煮鱼的水忌多，能没过鱼就可以了。水多一点儿，鱼的味道就会淡一点儿。负责做饭的丫鬟，想要得到鱼汤，就把水加了又加，以至于鲜味就一再减淡。为了厚待客人，就不能不薄待女佣。还有一种烧鱼的好方法，可以使鱼又鲜又肥，保持天然的味道，而且快慢皆宜，不用担心火候，那就是蒸最妙了。把鱼放在盘子里，放几盏陈酒和酱油，盖上瓜片、姜片和蘑菇、笋等鲜的食物，猛火蒸到熟透。这个是随时都可以做的，用来款待客人也很好，因为鲜味都保留在鱼里面，别的味道进不去，鱼的味道也不会流失，可称得上是高招。

虾

【原文】

笋为蔬食之必需，虾为荤食之必需，皆犹甘草之于药也。善治荤食者，以焯虾之汤，和入诸品，则物物皆鲜，亦犹笋汤之利于群蔬。笋可孤行，亦可并用；虾则不能自主，必借他物为君。若以煮熟之虾单盛一簋，非特华筵必无是事，亦且令食者索然。惟醉者糟者，可供匕箸。是虾也者，因人成事之物，然又必不可无之物也。“治国若烹小鲜[①]”，此小鲜之有裨于国者。

【注释】

①治国若烹小鲜：语出《老子》第六十章，原文为：“治大国若烹小鲜。”

【译文】

笋是蔬菜里必须有的，而虾是荤菜里必须有的，就像甘草在药物里的地位一样。善于做荤菜的人，用煮虾的汤，掺进各种食物里，就什么都很鲜，就像笋汤对于蔬菜的作用一样。笋可以单吃，也可以混合着煮，虾不能单吃，一定要给其他食物做陪衬。把虾单独做一个菜，不只高级的宴会不会这样，吃的人也会觉得没味道。只有醉虾或者糟虾，可以单独吃。所以虾是要靠别的东西才能成事，又是必不可少的东西。老子说治理大国如烹小的水产，虾就是有着广泛用途的小水产。

鳖

【原文】

“新粟米炊鱼子饭，嫩芦笋煮鳖裙羹。”林居之人述此以鸣得意，其味之鲜美可知矣。予性于水族无一不嗜，独与鳖不相

能，食多则觉口燥，殊不可解。一日，邻人网得巨鳖，召众食之，死者接踵，染指其汁者，亦病数月始痊。予以不喜食此，得免于召，遂得免于死。岂性之所在，即命之所在耶？

【译文】

“新粟米炊鱼子饭，嫩芦笋煮鳖裙羹。”在山林中隐居的人常常这么说而自鸣得意，可见其中食物的美味。我对于水产没有一种不喜欢吃，只有鳖吃不了，吃多就会口燥，这真是难以理解。一天邻居用网抓到一只大鳖，请大家去吃，接连有人死掉，只是喝口汤的人，也要病几个月才好。我因为不喜欢吃这个，所以幸运地没被请去，于是就免于死。难道说性情的所在，也就是命的所在吗？

【原文】

予一生侥幸之事难更仆数。乙未居武林①，邻家失火，三面皆焚，而予居无恙。己卯之夏②，遇大盗于虎爪山，贿以重资者得免，不则立毙。予囊无一钱，自分必死，延颈受诛，而盗不杀。至于甲申、乙酉之变③，予虽避兵山中，然亦有时入郭，其至幸者，才徙家而家焚，甫出城而城陷，其出生于死，皆在斯须倏忽之间。噫！予何修而得此于天哉？报施无地，有强为善而已矣。

【注释】

①乙未：清顺治二年，即1655年。

②己卯：明崇祯十二年，即1639年。

③甲申、乙酉之变：甲申，1644年；乙酉，1645年。全句指1644年明亡于清。

【译文】

我一生中以为侥幸的事，更是不知道多少了。乙未年住在杭州，邻居家失火，三面的房子都跟着被烧着了，只有我的房子没事。乙卯年夏天在虎爪山遇见强盗，只有交出重金才能免一死，否则立刻被打死。我一文钱也没有，自以为一定会死，就伸着脖子等死，而强盗却没有杀我。至于甲申、乙酉的变乱，我虽然到山里躲避兵灾，但也有时候会到城里。最幸运的是，才刚搬家家就被烧，刚出城城就被攻陷，死里逃生，都在片刻之间。唉！我有什么善行而得到上天这样的保佑呢？不知道怎么报答，只有努力行善而已。

蟹

【原文】

予于饮食之美，无一物不能言之，且无一物不穷其想象，竭其幽渺而言之；独于蟹螯一物，心能嗜之，口能甘之，无论终身一日皆不能忘之，至其可嗜可甘与不可忘之故，则绝口不能形容之。此一事一物也者，在我则为饮食中痴情，在彼则为天地间之怪物矣[①]。予嗜此一生。每岁于蟹之未出时，即储钱以待，因家人笑予以蟹为命，即自呼其钱为“买命钱”。自初出之日始，至告竣之日止，未尝虚负一夕，缺陷一时。同人知予癖蟹，召者饷者，皆于此日，予因呼九月、十月为“蟹秋”。虑其易尽而难继，又命家人涤瓮酿酒，以备糟之醉之之用。糟名“蟹糟”，酒名“蟹酿”，瓮名“蟹瓮”。向有一婢[②]，勤于事蟹，即易其名为“蟹奴”，今亡之矣。

【译文】

我对于饮食的美，没有一样不能说的，没有一样谈起来不是穷尽想象、淋漓尽致的，只有蟹，心里很喜欢，吃起来也很好吃，而且终身也忘不了，至于它之所以好吃和不能忘却的缘故，可就绝口形容不出来了。这个东西，对我来说，是食物中特别痴情的东西，而对它来说则是天地间的一大怪事。我一生都喜欢吃蟹，每年螃蟹还没出时就攒钱等着，因家人笑我是拿螃蟹当命，就把买螃蟹的钱叫做“买命钱”。从刚开始上市到不再上市为止，我没有一天不吃。朋友知道我爱吃螃蟹，所以都在这个时候请我去吃。我就把九月、十月称为“蟹秋”。担心吃完了接不上，就让家人洗瓮酿酒，以便腌制起来。所以用的糟叫做蟹糟，酒叫做蟹酒，而瓮就叫做蟹瓮。以前有个丫鬟，勤于腌制螃蟹，我就给她改名叫做蟹奴，如今已经不在了。

【注释】

①在彼：对它来说。怪物：怪事。

②向：以前。

【注释】

①作郡：做官。

【原文】

蟹乎！蟹乎！汝于吾之一生，殆相终始者乎！所不能为汝生色者，未尝于有螃蟹无监州处作郡[①]，出俸钱以供大嚼，仅以悭囊易汝。即使日购百筐，除供客外，与五十口家人分食，然则入予腹者有几何哉？蟹乎！蟹乎！吾终有愧于汝矣。

【译文】

螃蟹啊！螃蟹啊！你跟我是要相伴一生吗？不能为你增光的是，我没能在出产螃蟹的地方做官，用俸禄买来大吃，只能用口袋里那点钱来买，就算一天买上百只，除了请客之外，跟五十口的家人分着吃，我吃到肚子里的又能有多少啊！螃蟹啊！螃蟹啊！我终究是有愧于你！

【注释】

①爝（jué）：小火。

②掬（jù）：两手捧（东西）。

【原文】

蟹之为物至美，而其味坏于食之之人。以之为羹者，鲜则鲜矣，而蟹之美质何在？以之为脍者，腻则腻矣，而蟹之真味不存。更可厌者，断为两截，和以油、盐、豆粉而煎之，使蟹之色、蟹之香与蟹之真味全失。此皆似嫉蟹之多味，忌蟹之美观，而多方蹂躏，使之泄气而变形者也。世间好物，利在孤行。蟹之鲜而肥，甘而腻，白似玉而黄似金，已造色香味三者之至极，更无一物可以上之。和以他味者，犹之以爝火助日[①]，掬水益河[②]，冀其有裨也，不亦难乎？

【译文】

螃蟹的味道是极好的，而味道往往被吃的人破坏。用螃蟹来做汤的，鲜是很鲜，而蟹的美质怎么体现？拿来炖的话，肥是很肥，蟹真正的味道却没有了。更讨厌的是剁成两块，加上油盐豆粉来煎，使得蟹的颜色、香味和蟹的美味都失去了。这都好像是嫉妒螃蟹的美味和美观，而想出很多办法来糟蹋，使它变形一样。世界上的好东西，都适宜于单吃。螃蟹鲜而肥、甘美而腻，白如玉、黄如金，已经是色香味都到顶点了，再没有什么能超得过，和别的东西和在一起，来给螃蟹增加味道，就像用篝火来为阳光增色，捧一掬水本想让河流上涨一样，那不是太难了吗？

【原文】

凡食蟹者，只合全其故体，蒸而熟之，贮以冰盘，列之几上，听客自取自食[①]。剖一筐，食一筐，断一螯，食一螯，则气与味纤毫不漏。出于蟹之躯壳者，即入于人之口腹，饮食之三昧，再有深入于此者哉？凡治他具，皆可人任其劳，我享其逸，独蟹与瓜子、菱角三种，必须自任其劳。旋剥旋食则有味，人剥而我食之，不特味同嚼蜡[②]，且似不成其为蟹与瓜子、菱角，而别是一物者。此与好香必须自焚，好茶必须自斟，僮仆虽多，不能任其力者，同出一理。讲饮食清供之道者，皆不可不知也。

【注释】

①听：让。

②不特：不只。

【译文】

凡是吃螃蟹，只能保持完整，蒸熟以后放在白色盘子里，放在桌上，让客人自己取，剖一只吃一只，掰一条腿吃一条腿，那么气和味才不会泄漏掉。从蟹的躯壳里出来，就到人的肚子里去，饮食中的道理，还有比这更深刻的吗？凡是吃别的东西，都可以让别人代劳，我享受现成的，只有螃蟹和瓜子、菱角三种必须自己动手，即剥即吃才有味道，等别人剥了才吃，不只是味同嚼蜡，而且也觉得不成其为螃蟹、瓜子和菱角，而是另外一种东西，这跟好香必须自己点，好茶必须自己斟，仆人虽然很多，却不能靠他们，是一个道理。讲究饮食之道的人，不能不知道这一点。

【原文】

宴上客者，势难全体，不得已而羹之，亦不当和以他物，唯

以煮鸡鹅之汁为汤，去其油腻可也。

【译文】

宴请贵宾时，不好用整只的螃蟹，不得已做成汤，也不能掺上别的东西，只用煮鸡鹅的汤做汤，去掉油腻就可以了。

【原文】

瓮中取醉蟹，最忌用灯，灯光一照，则满瓮俱沙[1]，此人人知忌者也。有法处之，则可任照不忌。初醉之时，不论昼夜，俱点油灯一盏，照之入瓮，则与灯光相习，不相忌而相能，任凭照取，永无变沙之患矣。此法都门有用之者。

【注释】

①沙：在此指醉蟹放置过度而变松散不宜食用。

【译文】

从瓮里拿腌制的蟹，最忌用灯，灯光一照，螃蟹钻到沙子里，就只看到满瓮的沙子，这是人人都知道避忌的。如果有办法对付，就可以任意照而不需忌讳。刚开始腌的时候，不论是白天还是晚上，都点上一盏油灯，照到瓮里面，让螃蟹对灯光习惯了，以后任意拿灯来照，再不会钻进沙子里，这种办法京城有人用。

种植部

木本第一

【原文】

已载群书者，片言不赘。非补未逮之论，即传自念之方。欲睹陈言，请翻诸集。

草木之种类极杂，而别其大较有三，木本、藤本、草本是也。木本坚而难痿，其岁较长者，根深故也。藤本之为根略浅，故弱而待扶，其岁犹以年纪。草本之根愈浅，故经霜辄坏，为寿止能及岁。

【译文】

其他书中记载过的内容，我一句也不多说。我不是补充前人没说到的事就是写自己想到的东西。如果你想要看前人的言论，那么请去看旧书。

草木的种类非常繁杂，但分起来大致有三类：木本、藤本和草本。木本植物坚实而且很难枯萎，寿命比较长，因为它的根扎得很深。藤本植物根略浅，瘦弱需要扶持，寿命只有一年左右。草本植物一经霜打就死了，寿命最长也就一年，因为它的根更浅。

【原文】

是根也者，万物短长之数也，欲丰其得，先固其根，吾于老农老圃之事，而得养生处世之方焉。人能虑后计长，事事求为木本，则见雨露不喜，而睹霜雪不惊；其为身也，挺然独立，至于斧斤之来，则天数也，岂灵椿古柏之所能避哉？如其植德不力①，而务为苟延，则是藤本其身，止可因人成事，人立而我立，人仆而我亦仆矣。至于木槿其生，不为明日计者，彼且不知根为何物，遑计入土之浅深，藏荄之厚薄哉②？是即草木之流亚也。噫，

【注释】

①植德：培养德行。

②荄：草根。

世岂乏草木之行，而反木其天年，藤其后裔者哉？此造物偶然之失，非天地处人待物之常也。

【译文】

所以说，根是决定万物寿命长短的因素，如果想收获更多的植物，就要先稳固它的根。我在农耕和园艺的劳动中，悟出了养生和处世的方法。如果凡事人都能在考虑以后，从长计议，事事都像木本一样，就不会因为看见雨露而欣喜，因为看见霜雪就惊恐。作为树木本身，挺拔自生，至于被斧头砍，就是天意了，难道充满灵气的椿树和千年松柏就能躲得了吗？如果一个人不努力培养自己崇高的品德，只是苟且行事，这样的人与藤本植物一样，只能依靠别人来做成事，别人事成了，我也事成了，别人倒了，我也倒了。至于像木槿一样生存的人，从来不考虑明天，他们甚至不知道根为何物，哪里会考虑根入土的深浅，埋藏的厚薄呢？这种人就像次等的草木。唉，难道世上缺乏像草木一样行事，反倒像木本一样享其天年，又有像藤本一样可以依附的后代的人吗？这是造物主的偶然失误，并不是天地间待人处世的常理。

牡 丹

【原文】

牡丹得王于群花，予初不服是论，谓其色其香，去芍药有几？择其绝胜者与角雌雄，正未知鹿死谁手。及睹《事物纪原》，谓武后冬月游后苑，花俱开而牡丹独迟，遂贬洛阳，因大悟曰：“强项若此[1]，得贬固宜，然不加九五之尊，奚洗八千之辱乎？”（韩诗“夕贬洛阳路八千”）物生有候，葭动以时，苟非其时，虽十尧不能冬生一穗；后系人主，可强鸡人使昼鸣乎[2]？如其有识，当尽贬诸卉而独崇牡丹。花王之封，允宜肇于此日，惜其所见不逮，而且倒行逆施。诚哉！其为武后也。

【注释】

①强项：不肯低头，形容刚直不屈。

②鸡人：古代指报晓之官。

【译文】

牡丹在群花中称王，开始我并不认同这种观点，牡丹的颜色和香味比芍药能强多少吗？选择最好的牡丹与最好的芍药来决一雌雄，还不知鹿死谁手呢！直到我看了《事物纪原》一书，说武则天冬天游后花园，看到所有的花都竞相开放，只有牡丹花迟迟未开，于是将牡丹贬到洛阳。我这才恍然大悟说："原来牡丹花比其他花强的地方就在这里，它的被贬也是一定的了。当然如果不给它以花王的荣耀，又怎么能洗清被贬到八千里以外的耻辱呢？"（韩诗：夕贬洛阳路八千）植物的生长有一定的时令季节，如果违反季节，那么就算有十个像尧那样的圣贤，冬天还是长不出一根麦穗。武则天虽为人主，但是她能强令公鸡白天打鸣吗？如果她有一定的见识，就应当把所有的花卉全部贬到别的地方，只推崇牡丹。花王的封号，本应从武则天赏花的这一天开始。可惜她的见识太浅，而且倒行逆施，武则天就是这个样子。

【原文】

予自秦之巩昌，载牡丹十数本而归，同人嘲予以诗，有"群芳应怪人情热，千里趋迎富贵花"之句。予曰："彼以守拙得贬，予载之归，是趋冷非趋热也。"兹得此论，更发明矣。艺植之法，载于名人谱帙者，纤发无遗，予倘及之，又是拾人牙后矣[①]。但有吃紧一着，花谱偶载而未之悉者，请畅言之。是花皆有正面，有反面，有侧面。正面宜向阳，此种花通义也。然他种犹能委曲，独牡丹不肯通融，处以南面即生，俾之他向则死，此其肮脏不回之本性，人主不能屈之，谁能屈之？

【注释】

①拾人牙后：同"拾人牙慧"。指拾取他人一言半语当做自己的话。

【译文】

我从甘肃的巩昌带回十几棵牡丹，朋友用"群芳应怪人情热，千里趋迎富贵花"的诗句嘲笑我。我说："牡丹是因为坚守自己的节操才被贬的，我把它们带回来，这是趋冷而不是趋热。"现在对于我得到的这个结论，更加明确了。种植牡丹的方法，在名人的书稿当中已经记载得非常全面了。如果我再谈，就又是拾人牙慧了。但有最重要的一点，花谱当中偶尔有记载但是说得不是很全面，让我把它说完全吧！所有的花都有正面、反面、侧面。正面应当向阳，这是种植花卉的共同原理。其他的花还能受点委曲，只有牡丹决不肯通融，让它朝南就会生长，朝其他方向就会死，这是牡丹改不了的臭脾气，武则天都不能让它屈服，又有谁能使它屈服呢？

【原文】

予尝执此语同人，有迂其说者。予曰："匪特士民之家，即以帝王之尊，欲植此花，亦不能不循此例。"同人诘予曰："有所本乎？"予曰："有本。吾家太白诗云[①]：'名花倾国两相欢，常得君王带笑看。解释春风无限恨，沉香亭北倚栏杆。'倚栏杆者向北，则花非南面而何？"同人笑而是之。斯言得无定论？

【注释】

①吾家太白：指李白。字太白。与李渔同姓，故称吾家。

【译文】

我曾把这话对朋友说，有的朋友说这话太迂腐。我说："不只是平民百姓，即使是帝王之尊，想种植这种花，也不能不尊重它的习性。"朋友反问我说："这话有根据吗？"我说："当然有根据。我的同宗李白有这样的诗：'名花倾国两相欢，常得君王带笑看。解释春风无限恨，沉香亭北倚栏杆。'倚栏杆的人朝向北，那么花不是朝南还是朝哪个方向？"朋友笑称是。这些话难道不是定论吗？

梅

【原文】

花之最先者梅，果之最先者樱桃。若以次序定尊卑，则梅当王于花，樱桃王于果，犹瓜之最先者曰王瓜，于义理未尝不合，奈何别置品，使后来居上。首出者不得为圣人，则辟草昧致文明者，谁之力欤？虽然，以梅冠群芳，料舆情必协[①]；但

【注释】

①舆情：群众的意见和态度。

以樱桃冠群果，吾恐主持公道者，又不免为荔枝号屈矣。姑仍旧贯，以免抵牾。种梅之法，亦备群书，毋庸置喙，但言领略之法而已。

【译文】

世上最先开花的是梅花，最先结果的是樱桃。如果以开花结果的先后次序定尊卑，就像瓜中最先成熟的叫瓜王一样，那么梅花应当是花王，樱桃应当是果王，这不是不合情理，无奈的是又有了别的标准，使得后来者居上。最先来到世上的人不能作为圣人，那么消除蒙昧给人类带来文明的人，靠的是谁的力量呢？虽然把梅花称为群花之首，应该没有什么异议，但是要把樱桃称为群果之王，我就怕主持公道的人会为荔枝叫屈了。暂且依据旧的惯例，以免发生争执。关于种梅的方法有许多书都记载得很详尽了，不用我在这里多说，我只说说欣赏的方法吧。

【原文】

花时苦寒，即有妻梅之心，当筹寝处之法。否则衾枕不备，露宿为难，乘兴而来者，无不败兴而返，即求为驴背浩然[①]，不数得也。观梅之具有二：山游者必带帐房，实三面而虚其前，制同汤网[②]，其中多设炉炭，既可致温，复备暖酒之用。此一法也。园居者设纸屏数扇，覆以平顶，四面设窗，尽可开闭，随花所在，撑而就之。此屏不止观梅，是花皆然，可备终岁之用。立一小匾，名曰“就花居”。花间竖一旗帜，不论何花，概以总名曰“缩地花”。此一法也。若家居种植者，近在身畔，远亦不出眼前，是花能就人，无俟人为蜂蝶矣。

【注释】

①驴背浩然：用孟浩然驴背得句意。

②汤网：《史记·殷本纪》载，商汤施行仁政，将捕鸟人的网放开三面，只留一面，只捕获不听教命的鸟。

【译文】

梅花开的时候正是寒冷的冬季，既然想把梅当成伴侣相伴相守，就应当筹划与梅花同床共眠的方法。否则被子枕头都没有准备，露宿在外就痛苦了，那些乘兴而来的人，没有不败兴而归的，就算只想做到像孟浩然一样骑在驴背上与山水相依，也没有几个能做到。观赏梅花的用具有两种：去山上赏玩的人，必须带帐篷，将帐篷的三面围起来，前面空着，就像汤网一样。帐篷中要多准备一些炉炭，既可以生火取暖，又可以暖酒。这是一种方法。在花园里赏梅的人，要准备几扇纸屏风，上面盖上平顶，屏风的四面开窗，可以随时开关，花在哪边，就把哪边的窗户撑开。这种屏风不仅可以观赏梅花，所有的花都能这样观赏，一年四季都可以用。再在纸屏风上挂一块小匾，上面写着“就花居”。在花中间树一杆旗帜，不论是什么花，都用一个名字，叫做“缩地花”。这又是一种方法。如果是自己家里种植的花，放在身边，放在远处都可以一眼看到，这样的花是接近人的，人不用像蜜蜂、蝴蝶一样围着花转。

【原文】

然而爱梅之人，缺陷有二：凡到梅开之时，人之好恶不齐，天之功过亦不等，风送香来，香来而寒亦至，令人开户不得，闭户不得，是可爱者风，而可憎者亦风也。雪助花妍，雪冻而花亦冻，令人去之不可，留之不可，是有功者雪，有过者亦雪也。其有功无过，可爱而不可憎者惟日，既可养花，又堪曝背，是诚天之循吏也[①]。使止有日而无风雪，则无时无日不在花间，布帐纸屏皆可不设，岂非梅花之至幸，而生人之极乐也哉！然而为之天者，则甚难矣。

腊梅者，梅之别种，殆亦共姓而通谱者欤？然而有此令德，亦乐与联宗。吾又谓别有一花，当为腊梅之异姓兄弟，玫瑰是也。气味相孚，皆造浓艳之极致，殆不留余地待人者矣。人谓过犹不及，当务适中，然资性所在，一往而深，求为适中，不可得也。

【注释】

①循吏：奉职守法的官吏。

【译文】

然而喜爱梅花的人，有两个遗憾：只要到了梅花开的时候，人的喜好和憎恶就会不一样，老天爷的功劳与过错也不相等。风把花香送来了，花香来了寒气也来了，让人开窗不行，关窗也不行，这样，可爱的是风，可恨的也是风；雪能使梅花更加娇艳，雪来了花也冻坏了，让人去也不可，留也不可，这样，有功的是雪，有过的也是雪。有功无过，可爱但不可憎的，只有太阳了，它既可以养花，又能给人暖背，真是上天派来巡视的官吏。如果只有太阳，没有风也没有雪，就能每时每刻都在花的中间，布帐篷纸屏风都不需要了，难道不是梅花最幸福、人生最快乐的事吗！但是作为老天爷，就很为难了。

腊梅是梅花的一种，大概是因为叫梅才被列入同一谱系中的吧？然而有这样的品德，梅花也会很高兴同它联宗的。我认为另外有一种花，应当成为腊梅的异姓兄弟，这就是玫瑰。它们的气味相同，都是又浓又艳达到了极致，又都毫无保留地让人欣赏。有人说它“过犹不及”，应当要适中。但是这就是它们的天性，对人一往情深，如果要求它们适中，则是不可能的。

桃

【原文】

凡言草木之花，矢口即称桃李，是桃李二物，领袖群芳者也。其所以领袖群芳者，以色之大都不出红白二种，桃色为红之极纯，李色为白之至洁，“桃花能红李能白”一语，足尽二物之能事。然今人所重之桃，非古人所爱之桃；今人所重者为口腹计，未尝究及观览。大率桃之为物，可目者未尝可口，不能执两端事人。凡欲桃实之佳者，必以他树接之，不知桃实之佳，佳于接，桃色之坏，亦坏于接。桃之未经接者，其色极娇，酷似美人之面，所谓“桃腮”、“桃靥”者，皆指天然未接之桃，非今时所谓碧桃、绛桃、金桃、银桃之类也。即今诗人所咏，画图所绘者，亦是此种。此种不得于名园，不得于胜地，惟乡村篱落之间，牧童樵叟所居之地，能富有之。欲看桃花者，必策蹇郊行[①]，听其所至，如武陵人之偶入桃源[②]，始能复有其乐。如仅载酒园

【注释】

①蹇：跛足的驴。

②武陵人之偶入桃源：晋陶渊明撰《桃花源记》，称晋太元中，有武陵人误入桃花源，见到山中居民的生活情景，与外面迥然不同。桃源，比喻世外仙境，也指避世隐居之地。

亭，携姬院落，为当春行乐计者，谓赏他卉则可，谓看桃花而能得其真趣，吾不信也。噫，色之极媚者莫过于桃，而寿之极短者亦莫过于桃，“红颜薄命”之说，单为此种。凡见妇人面与相似而色泽不分者，即当以花魂视之，谓别形体不久也。然勿明言，至生涕泣。

【译文】

人们只要说到草木的花，开口就会说桃李，桃李可以称得上是群花的领袖了。桃李能领导群花，是因为花的颜色大都是红白两种，桃花的颜色是红色当中最纯粹的，李花的颜色则是白色当中最洁白的。“桃花能红李能白”这句话，足以概括桃李两种花的特点。但是现在人们看重的桃，并不是古人喜爱的桃。现在人们看重的是好不好吃，没有考虑到它的观赏性。总的来说，桃这种东西，好看的不一定好吃，不可能两方面都尽如人意。要想让桃子好吃，一定要把桃树嫁接到其他的树上，却不知道桃子味道好，是因为进行了嫁接，桃花的颜色变坏了，也是因为嫁接。没有嫁接过的桃花，它的颜色非常娇艳，就像美人的脸。所谓的“桃腮”、“桃靥”，都是指天然没有嫁接过的桃花，而不是现在所说的碧桃、绛桃、金桃、银桃这些。即使现在诗人吟咏的、画家描绘的，也是这种天然的桃花。这种桃树名园里看不到，游览胜地也见不着，只是在乡村篱笆里、牧童樵夫住的地方，才有很多。想看桃花的人，一定要骑着驴到郊外去，任凭毛驴信步漫游，就像武陵人偶然进入桃花源那样，才能再得到那种乐趣。如果只是备了酒食，携带美人，来到园庭院落里，只是当春行乐，说是观赏其他的花卉还行，要说看桃花而且能得到其中真趣，我就不信了。唉，颜色最美的，是桃花，寿命最短的，也是桃花。“红颜薄命”的说法，就是针对桃花而言的。只要看见女子的脸同桃花相似颜色相近的，就应当把她当成花魂来看待，说明她不久就要魂体相离了。但是不要对她讲明，以免让她流泪悲伤。

李

【原文】

李是吾家果，花亦吾家花，当以私爱嬖之，然不敢也。唐有天下，此树未闻得封。天子未尝私庇，况庶人乎？以公道论之可已。与桃齐名，同作花中领袖，然而桃色可变，李色不可变也。“邦有道，不变塞焉，强哉娇！邦无道，至死不变，强哉娇！”自有此花以来，未闻稍易其色，始终一操，涅而不淄[①]，是诚吾家物也。至有稍变其色，冒为一宗，而此类不收，仍加一字以示别者，则郁李是也。李树较桃为耐久，逾三十年始老，枝虽枯而子仍不细，以得于天者独厚，又能甘淡守素，未尝以色媚人也。若仙李之盘根，则又与灵椿比寿[②]。我欲绳武而不能[③]，以著述永年而已矣。

【注释】

①涅而不淄：至白的东西染之于涅而不黑。涅，一种可作黑色染料的矿石。在此用作动词。

②灵椿：寿命极长的椿树。

③绳武：继承先人遗绪。

【译文】

李子是我本家的果子，李花也是我本家的花，本应当对它有所偏爱，但是我不敢。李唐王朝拥有天下时，没听说这种树得到什么封号。连天子都没有私下庇护它，何况我这样的老百姓呢？站在公正的立场上评论它就可以了。李花和桃花齐名，都是花中的领袖，但是桃花的颜色可以变化，李花的颜色却不可以改变。“国家治理得好，不改变贫穷时的节操，这是真正的强硬；国家治理不好，到死也不改变节操，这也是真正的强硬。”自从有这种花以来，就没听说花的颜色有一点儿改变，始终如一，严守节操，受到污染也不会变黑，这真是我们李家的一分子啊！至于颜色稍有一点儿变化，冒充是同一宗族，却没被这一家族接受，就给它加上一个字以示区别的，那就是郁李。李树比桃树更能耐久，年过三十才开始变老，树枝虽然枯萎了，果实却仍然很丰满。这是因为它得天独厚，又能够甘于淡泊，没有用姿色取媚于人。如果李树像仙境中的李树一样盘根错节，就可以同有灵性的椿树的寿命相比了。我想继承它的品质却做不到，只有通过文章来使这些品质得以长久流传。

杏

【原文】

种杏不实者，以处子常系之裙系树上，便结子累累。予初不信，而试之果然。是树性喜淫者，莫过于杏，予尝名为“风流树”。噫，树木何取于人，人何亲于树木，而契爱若此，动乎情也？情能动物，况于人乎！其必宜于处子之裙者，以情贵乎专；已字人者[1]，情有所分而不聚也。予谓此法既验于杏，亦可推而广之。凡树木之不实者，皆当系以美女之裳；即男子之不能诞育者，亦当衣以佳人之裤。盖世间慕女色而爱处子，可以情感而使之动者，岂止一杏而已哉！

【注释】

①字人：女子嫁人。

【译文】

不结果实的杏树系上处女常穿的裙子就可以结出累累果实。开始我不相信，试过以后果然是这样。由此看来，树木中最好色的，要算是杏树了。我曾给它取名为“风流树”。唉，树木从人身上得到了什么，人又为什么同树木这样亲近，竟然对它这样怜爱，是出于一种感情吗？感情能打动植物，何况人呢？杏树结果一定要系上处女的裙子，是因为感情贵在专一，已经嫁人的女子，感情就会分散不能集中了。我认为这种方法既然可以在杏树上得到体验，就可以进行推广了。凡是不结果实的树木，都应当给它系上美女的衣裳。不能生育的男人，也应当穿上美女的裤子。因为世界上爱慕女色，爱慕处女，可以用情感来打动的，岂止是一种杏树啊！

梨

【原文】

予播迁四方[1]，所止之地，惟荔枝、龙眼、佛手诸卉，为吴

【注释】

①播迁：流离，迁徙。

越诸邦不产者，未经种植，其余一切花果竹木，无一不经葺理；独梨花一本，为眼前易得之物，独不能身有其树为楂梨主人，可与少陵不咏海棠，同作一等欠事。然性爱此花，甚于爱食其果。果之种类不一，中食者少，而花之耐看，则无一不然。雪为天上之雪，此是人间之雪；雪之所少者香，此能兼擅其美。唐人诗云："梅虽逊雪三分白，雪却输梅一段香[②]。"此言天上之雪。料其输赢不决，请以人间之雪，为天上解围。

②梅虽逊雪三分白二句：此为宋人卢梅坡《雪梅》诗。此处作者误为唐人所作。

【译文】

我一生四海为家，每到一个地方就住下来，除了荔枝、龙眼、佛手这些吴越地区不适宜生长的果木，我没有种植外，其余的花果竹木，都亲手种植过。只有梨树，是眼前容易得到的东西，自己却没有种一棵，这件事和杜甫没有歌咏过海棠一样，都是遗憾的事。然而我生性喜欢梨花，超过爱吃梨子。梨子的品种不少，好吃的却不多，但是所有品种的梨花都好看。雪花是天上的雪，梨花是人间的雪，雪花缺少香气，梨花却能兼有香味。唐诗中说："梅虽逊雪三分白，雪却输梅一段香。"这句诗是说天上的雪同地上的梅相比，一定很难决出输赢，那就请用梨花这种人间的雪，来为天上的雪解围吧。

山　茶

【原文】

花之最不耐开，一开辄尽者，桂与玉兰是也；花之最能持久，愈开愈盛者，山茶、石榴是也。然石榴之久，犹不及山茶；榴叶经霜即脱，山茶戴雪而荣。则是此花也者，具松柏之骨，挟桃李之姿，历春夏秋冬如一日，殆草木而神仙者乎？又况种类极多，由浅红以至深红，无一不备。其浅也，如粉如脂，如美人之腮，如酒客之面；其深也，如朱如火，如猩猩之血，如鹤顶之珠。可谓极浅深浓淡之致，而无一毫遗憾者矣。得此花一二本，可抵群花数十本。

【注释】

①郭公：指傀儡。古代傀儡戏中首先出现的相貌极丑、滑稽可笑的引场者称"郭公"、"郭郎"。

惜乎予园仅同芥子，诸卉种就，不能再纳须弥，仅取盆中小树，植于怪石之旁。噫，善善而不能用，恶恶而不能去，予其郭公也夫①！

【译文】

花中开的时间最短，一开就凋谢的是桂花和玉兰花；开得时间最长、越开越旺盛的是山茶花和石榴花。石榴花虽然开得久，却比不上山茶花。石榴花一经霜打就脱落了，山茶花却顶着霜雪越开越旺盛。这样看来，山茶花既有松柏的骨气，又有桃花李花的风姿，经过春夏秋冬，却始终如一，难道它是草木中的神仙吗？山茶花的种类有很多，从浅红到深红，各种红色都有。颜色浅的，就像脂粉、胭脂、美人的腮、酒客的脸；颜色深的，就像朱砂、火焰、鲜血、鹤顶红。真是深浅浓淡各种颜色全都有了，让人没有一丝一毫的遗憾了。得到一两棵茶树，可以抵得上几十种的花。

可惜的是我的花园像芥子一样小，已经种满了花卉，不能再种其他的植物了，只拿了一棵盆栽的小山茶树，种在怪石的旁边。唉！明明喜欢的好东西却不能用，明明讨厌的东西却不能抛弃，我岂不成傀儡了吗？

紫薇

【原文】

人谓禽兽有知①，草木无知。予曰：不然。禽兽草木尽是有知之物，但禽兽之知，稍异于人，草木之知，又稍异于禽兽，渐蠢则渐愚耳。何以知之？知之于紫薇树之怕痒。知痒则知痛，知痛痒则知荣辱利害，是去禽兽不远，犹禽兽之去人不远也。人谓树之怕痒者，只有紫薇一种，余则不然。予曰：草木同性，但观此树怕痒，即知无草无木不知痛痒，但紫薇能动，他树不能动耳。人又问：既然不动，何以知其识痛痒？予曰：就人喻之，怕痒之人，搔之即动，亦有不怕痒之人，听人搔扒而不动者，岂人

【注释】

①知：感觉。

亦不知痛痒乎？由是观之，草木之受诛锄，犹禽兽之被宰杀，其苦其痛，俱有不忍言者。人能以待紫薇者待一切草木，待一切草木者待禽兽与人，则斩伐不敢妄施，而有疾痛相关之义矣。

【译文】

人们说禽兽有感觉，草木没有感觉。我说这话不对。禽兽和草木，都是有感觉的东西，只是禽兽的感觉比人稍差一些；草木的感觉又比禽兽差一些，只是一个比一个蠢笨、一个比一个愚昧罢了。怎么知道的呢？是从紫薇树怕痒知道的。知道痒就知道痛，知道痛痒，就知道荣辱利害，这样就离禽兽不远了，就像禽兽离人不远一样。人们认为怕痒的树只有紫薇一种，其他的树就不是这样。我说："草木是同性的，只要看到这种树怕痒，就知道所有草木都知道痛痒，只是紫薇能动，其他的树不能动罢了。"别人又问："既然不动，又怎么知道它能感觉到痛痒呢？"我说："可以用人来作比喻，怕痒的人，一搔就动，也有不怕痒的人，任别人去搔去挠，他也不会动，难道人也不知道痛痒吗？"这样看来，草木被锄除，会像禽兽被宰杀一样，它所受的痛苦，都不忍心说出来。如果人们能够用对待紫薇的态度对待所有草木，用对待所有草木的态度对待禽兽和人，那么就不会乱杀乱砍，而且能体会到病痛相关的意义了。

栀　子

【原文】

栀子花无甚奇特，予取其仿佛玉兰[①]。玉兰忌雨[②]，而此不忌；玉兰齐放齐凋，而此则开以次第。惜其树小而不能出檐，如能出檐，即以之权当玉兰，而补三春恨事[③]，谁曰不可？

【注释】

①仿佛：像。

②忌：怕。

③恨事：遗憾。

【译文】

栀子花没有什么奇特的地方，我只是欣赏它像玉兰花。玉兰花怕雨，栀子花却不怕雨；玉兰花一齐开放，一齐凋谢，栀子花却是依次开放。可惜的是栀子树非常矮小，长不出屋檐，如果能长出屋檐，就权且让它充当玉兰花，可以弥补春天的遗憾，谁能说不行呢？

杜鹃　樱桃

【原文】

杜鹃、樱桃二种，花之可有可无者也。所重于樱桃者，在实不在花；所重于杜鹃者，在西蜀之异种，不在四方之恒种。如名花俱备，则二种开时，尽有快心而夺目者，欲览余芳，亦愁少暇。

【译文】

杜鹃和樱桃，是两种可有可无的花。之所以看重樱桃，是因为果实不是因为花；之所以看重杜鹃，是因为它是西蜀中的奇异品种，而不是到处都有的普通品种。如果名花全都齐全，那么这两种花开的时候，会有很多的名花让人赏心悦目，想观赏这两种花，就要愁没有时间了。

石　榴

【原文】

芥子园之地不及三亩，而屋居其一，石居其一，乃榴之大者，复有四五株。是点缀吾居，使不落寞者，榴也；盘踞吾地，使不得尽栽他卉者，亦榴也。榴之功罪，不几半乎？然赖主人善用，榴虽多，不为赘也。榴性喜压，就其根之宜石者，从而山之，是榴之根即山之麓也；榴性喜日，就其阴之可庇者，从而屋之，是榴之地即屋之天也；榴之性又复喜高而直上，就其枝柯之可傍，而又借为天际真人者①，从而楼之，是榴之花即吾倚栏守户之人也。此芥子园主人区处石榴之法，请以公之树木者。

【注释】

①天际真人：天上仙人。在此比喻榴树之高而美。

【译文】

芥子园这块地方，不到三亩，房屋占了一部分，假山占了一部分，还有四五棵大石榴树。点缀我的宅院，使它不落寞的，是石榴；盘踞在我的院子里，让我不能尽情栽种其他花卉的，也是石榴。石榴的功过，不是各占一半了吗？但是全靠我这个主人善于安排，石榴树虽然很多，也没有成为累赘。石榴喜欢受重压，我就在靠近树根适合放石头的地方，顺势造了座假山，这样，石榴树的根，就成了山脚；石榴喜欢太阳，我就在它的树荫下盖房子，这样，石榴树的地，就成为了房屋的天；石榴还喜欢长得又高又直，它的树枝树干可以当栏杆，借助它可以当上“天际真人”了，在旁边盖上楼阁，这样，石榴花就成了我的靠着栏杆的守门人。这就是我这个芥子园主人处理石榴的方法，把它告诉种树的人。

木　槿

【原文】

木槿朝开而暮落，其为生也良苦。与其易落，何如弗开？造物生此，亦可谓不惮烦矣。有人曰：不然。木槿者，花之现身说法以儆愚蒙者也。花之一日，犹人之百年。人视人之百年，则自觉其久，视花之一日，则谓极少而极暂矣。不知人之视人，犹花之视花，人以百年为久，花岂不以一日为久乎？无一日不落之花，则无百年不死之人可知矣。此人之似花者也。乃花开花落之期虽少而暂，犹有一定不移之数，朝开暮落者，必不幻而为朝开午落，午开暮落；乃人之生死，则无一定不移之数，有不及百年而死者，有不及百年之半与百年之二三而死者；则是花之落也必焉，人之死也忽焉。使人亦知木槿之为生，至暮必落，则生前死后之事，皆可自为政矣[①]，无如其不能也。此人之不能似花者也。人能作如是观，则木槿一花，当与萱草并树。睹萱草则能忘忧，睹木槿则能知戒。

【注释】

①自为政：自己做主。

【译文】

木槿花早上开晚上落，它这一生也太辛苦了。既然这么容易凋落，又何必开放呢？造物主把它创造出来，也可说是不怕麻烦了。有人说：不是这样。木槿花现身说法是为了警告那些愚蠢蒙昧的人的。花开一天，就像人活一百年。人自己看人的一百年，就会觉得很漫长，而看花的一天，就会说太短暂。不知道人看人，就像花看花。人认为一百年很漫长，难道花不是也把一天看得很漫长吗？可见没有一天不落的花，就没有百年不死的人！这是人与花一致的地方。花开花落的时间，虽然很短，但还是有一定不变的规律。早上开晚上凋落的花，不可能早上开中午凋落或者中午开晚上凋落。而人的生死，就没有一定不变的规律。有的人不到一百岁就死了，有的人不到五十岁，甚至只有二三十岁就死了。这样看来，花的凋落是必然的，人的死却是偶然的。假使人也像木槿那样，直到晚年才会死去，那么生前死后的事情，都可以自己做好安排，无奈的是人无法做到这一点。这就是人不如花的地方。如果人能够这样看，那么木槿这种花，应当与萱草一起种。看到萱草就使人忘掉忧愁，看到木槿就使人懂得爱惜生命。

夹竹桃

【原文】

夹竹桃一种，花则可取，而命名不善。以竹乃有道之士，桃则佳丽之人，道不同不相为谋，合而一之，殊觉矛盾。请易其名为“生花竹”，去一桃字，便觉相安。且松、竹、梅素称三友[①]，松有花，梅有花，惟竹无花，可称缺典。得此补之，岂不天然凑合？亦女娲氏之五色石也[②]。

【注释】

①三友：宋人林景熙《五云梅舍记》以松、竹、梅为“岁寒三友”。

②女娲氏之五色石：神话传说，女娲炼五色石用以补天。在此比喻夹竹桃。

【译文】

夹竹桃这种植物，花还比较好，但是名字没有起好。因为竹子是有道德的贤士，桃却是艳丽的佳人，古语说“道不同，不相为谋”，把它们合在一起，总觉得很矛盾。请允许我将它的名字改为“生花竹”，去掉一个“桃”字，就觉得合适了。况且松、竹、梅历来被称为“岁寒三友”，松有花，梅有花，只有竹没有花，可算是个缺陷了。有了这种花来弥补缺陷，难道不是天然巧合？就像是女娲用来补天的五色石。

瑞　香

【原文】

茂叔以莲为花之君子，予为增一敌国，曰：瑞香乃花之小人。何也？《谱》载此花“一名麝囊，能损花，宜另植”。予初不信，取而嗅之，果带麝味，麝则未有不损群花者也。同列众芳之中，即有明侪之义，不能相资相益，而反祟之，非小人而何？幸造物处之得宜，予以不能为患之势。其开也，必于冬春之交，是时群花摇落，诸卉未荣，及见此花者，仅有梅花、水仙二种，又在成功将退之候，当其锋也未久，故罹其毒也亦不深[①]，此造物之善用小人也。使易冬春之交而为春夏之交，则花王亦几被篡，刬下此者乎？

唐宋诸名流，无不怜香嗜色，赞以诗词者，皆以早春无花，得此可搔目痒，又但见其佳，而未逢其虐耳。予僭为香国平章[②]，焉得不秉公持正？宁使一小人怒而欲杀，不敢不为众君子密提防也。

【注释】

①罹(lí)：遭受。

②平章：古代官名，位在宰相之上，唐、宋、元、明皆设此官。

【译文】

周敦颐把莲花当成花中的君子，我为它增加一个敌人瑞香花，瑞香花是花中的小人。为什么这样说呢？《花谱》中记载，瑞香花的另一个名字叫“麝囊”，会损伤其他的花，应当单独种植。开始我不相信，拿瑞香花一闻，果然有麝香的气味，既然有麝香就一定会损伤别的花。瑞香既然是花当中的一分子，就应当讲朋友的义气，但是它不仅不帮助它们，给它们一些好处，反而要从中作祟，这不是小人又是什么呢？幸亏造物主处理得好，让它没有为非作歹的机会。瑞香花开的时候，一定是冬春之交，这时群花有的已经凋落，有的还没开放。能够见到瑞香花的只有梅花和水仙花，这两种花又是在即将凋谢的时候，同瑞香花交锋的时间也不会太久，所以遭到的毒害也不深。这正是造物主善于利用小人的地方。如果把瑞香花开放的时间从冬春之交改在春夏之交，那么花王的位置都要被它篡夺了，何况其他的花呢？

唐宋的名流们个个都怜花爱花，他们写诗词赞美瑞香花，是因为他们都以为早春没有花，得到瑞香花就可以饱眼福了，而且只见到瑞香花美丽的一面，没有看到它暴虐的一面。我既然自诩为香花国中的保护神，怎么能不秉公办事？宁愿让一个小人恨我想杀我，也一定要为君子们严加设防。

茉 莉

【原文】

茉莉一花，单为助妆而设，其天生以媚妇人者乎？是花皆晓开，此独暮开。暮开者，使人不得把玩，秘之以待晓妆也。是花蒂上皆无孔，此独有孔。有孔者，非此不能受簪，天生以为立脚之地也。若是，则妇人之妆，乃天造地设之事耳。植他树皆为男子，种此花独为妇人。既为妇人，则当眷属视之矣。妻梅者，止一林逋，妻茉莉者，当遍天下而是也。

欲艺此花，必求木本。藤本一样看花，但苦经年即死，视其死而莫之救，亦仁人君子所不乐为也。木本最难为冬，予尝历验收藏之法[①]。此花痿于寒者什一，毙于干者什九，人皆畏冻而滴水不浇，是以枯死。此见噎废食之法，有避呕逆而经时绝粒，其人尚存者乎？稍暖微浇，大寒即止，此不易之法。但收藏必于暖处，篾罩必不可无，浇不用水而用冷茶，如斯而已。予艺此花三十年，皆为燥误，如今识花，以告世人，亦其否极泰来之会也[②]。

【注释】

①见噎废食：比喻因小废大，或怕出错而干脆不做事。

②否极泰来：比喻情况由坏转好。

【译文】

茉莉这种花，是专门用来帮助化妆的，茉莉花天生就是为了取媚女子吗？所有的花都是早上开，只有它是晚上开。晚上才开花，是为了让人无法拿来玩，只能藏起来等到早上梳妆时用了。所有的花花蒂上都没有孔，只有茉莉花有孔。有了这个孔，簪子才能穿过去，这个孔天生就是帮助簪子立足的。这样看来，女子要梳妆打扮，是天造地设的事情。种植其他的花都是为了男子，只有种茉莉花是为了女子。既然是为了女子，就应该把它当成自己的眷属来看待了。把梅花当做妻子的只有林逋一个人，把茉莉花当做妻子的，应当遍天下都是。

想要种这种花，一定要找木本茉莉。藤本茉莉虽然也会开花，可惜只有一年就死了，眼睁睁地看着它死去却没有办法救治，这是仁人君子不愿意做的事。木本茉莉最难过冬，我曾多次试验收藏过冬的方法。茉莉花因为寒冷而枯萎的只有十分之一，由于缺水而枯死的占十分之九，人们都怕冻坏茉莉而不给它浇一滴水，所以才会枯死。这是一种因噎废食的方法，为了避免被噎就长时间不进一粒米，这样的话人还能活吗？天气稍暖的时候，稍微浇一点儿水，太冷的时候就不用浇了，这是不变的方法。只是应当把它放在暖和的地方，一定要盖上篾罩，不要用水而要用冷茶浇，这样就可以了。我种了三十年的茉莉花，大多是干死的，现在知道这种方法了，就把它告诉世人，茉莉花也算是否极泰来了。

藤本第二

【原文】

藤本之花，必须扶植。扶植之具，莫妙于从前成法之用竹屏。或方其眼，或斜其槅，因作葳蕤柱石[①]，遂成锦绣墙垣，使内外之人，隔花阻叶，碍紫间红，可望而不可亲，此善制也。无奈近日茶坊酒肆，无一不然，有花即以植花，无花则以代壁。此习始于维扬，今日渐近他处矣。市井若此，高人韵士之居，断断不应若此。避市井者，非避市井，避其劳劳攘攘之情，锱铢必较之陋习也[②]。见市井所有之物，如在市井之中，居处习见，能移性情，此其所以当避也。

【注释】

①葳蕤（wēiruí）：形容枝叶繁茂盛。

②锱铢（zīzhū）：指很少的钱或很小的事。

【译文】

藤本植物的花，需要扶植。扶植的工具，最好是以前常用的竹篱笆。可以排成方眼，也可以编成斜格，把竹篱笆当成柱石，就成锦绣墙垣，使里外的人，被姹紫嫣红的花和叶阻隔，可以远望却不可以亲近，这真是个好方法。无奈的是这几天，茶坊酒馆，都是这样用竹篱笆的，有花就用它来扶植花，没有花也用它来代替墙壁。这种风气从扬州开始，现在逐渐影响到其他的地方了。街市是这样，高人韵士的居所，千万不能这样。躲避街市的人，并不是躲避街市，而是躲避城市里劳碌熙攘的事情、锱铢必较的陋习。看见街市里有的东西，就像身处街市当中，在住的地方见得多了会改变性情，这是应该避免的理由。

【原文】

即如前人之取别号，每用川、泉、湖、宇等字，其初未尝不新，未尝不雅，追后商贾者流，家效而户则之，以致市肆标榜之上，所书姓名非川即泉，非湖即宇，是以避俗之人，不得不去之

【注释】

①浼（měi）：污染。

若浼[1]。迩来缙绅先生悉用斋、庵二字，极宜；但恐用者过多，则而效之者，又入从前标榜，是今日之斋、庵，未必不是前日之川、泉、湖、宇。虽曰名以人重，人不以名重，然亦实之宾也。已噪寰中者仍之继起，诸公似应稍变。

【译文】

就像前人取别号，常用“川”、“泉”、“湖”、“宇”等字，开始的时候当然新奇、当然雅致，后来商人们也家家效法，户户模仿，以至于街市的招牌上所写的姓名，不是“川”，就是“泉”，不是“湖”，便是“宇”，因此避俗的人，就一定要去掉它，同必须清除污染一样。最近士大夫们，都用“斋”、“庵”二字，非常适合，只是担心用的人太多，又会落入从前的俗套，这样今天的“斋”、“庵”未必不是前日的“川”、“泉”、“湖”、“宇”。虽说名字会因为人变得重要，人不会因为名字变得重要，但也有主从关系，已经名噪天下的人可以继续这样做，但各位好像应该稍加变化。

【注释】

①屏：篱笆。

②市廛：街市。

【原文】

人问植花既不用屏[1]，岂遂听其滋蔓于地乎？曰：不然。屏仍其故，制略新之。虽不能保后日之市廛[2]，不又变为今日之园圃，然新得一日是一日，异得一时是一时，但愿贸易之人，并性情风俗而变之。变亦不求尽变，市井之念不可无，垄断之心不可有。觅应得之利，谋有道之生，即是人间大隐。若是，则高人韵士，皆乐得与之游矣，复何劳扰锱铢之足避哉？花屏之制有三，列于《藤本》之末。

【译文】

有人问：种花既然不用篱笆，难道任凭它在地上滋长蔓延吗？我说不是这样，篱笆仍然要用，只是要把式样稍加改变。即使不能保证以后的街市会不会又变成今天的园圃，但能新一天是一天，能异一时是一时。但愿那些商人们的性情会因为风俗的变化而变化。变也不要求全变，市井这样的观念不可以没有，垄断的想法也不可以有。谋求应得的利益，追求有意义的人生，这才是人间的真正隐士。如果是这样，那么高人雅士都会乐意与他们交游了，又何必想方设法逃避街市的生活呢？花篱笆的格式有三种，列在《藤本》的后面。

蔷 薇

【原文】

结屏之花，蔷薇居首。其可爱者，则在富于种而不一其色。大约屏间之花，贵在五彩缤纷，若上下四旁皆一其色，则是佳人忌作之绣，庸工不绘之图，列于亭斋，有何意致？他种屏花，若木香、酴醾、月月红诸本①，族类有限，为色不多，欲其相间，势必旁求他种。蔷薇之苗裔极繁②，其色有赤，有红，有黄，有紫，甚至有黑；即红之一色，又判数等，有大红、深红、浅红、肉红、粉红之异。屏之宽者，尽其种类所有而植之，使条梗蔓延相错，花时斗丽，可傲步障于石崇③。然征名考实，则皆蔷薇也。是屏花之富者，莫过于蔷薇。他种衣色虽妍，终不免于捉襟露肘。

【注释】

①酴醾（túmí）：古书上指重酿的酒。

②苗裔（yì）：后代。

③可傲步障于石崇：指蔷薇花屏可以敌过东晋富豪石崇所设之五十里锦步障。

【译文】

用来结篱笆的花，蔷薇是最合适的。蔷薇可爱的地方，在于它的品种丰富，而且颜色各不相同。总的来说，装点篱笆的花，贵在五彩缤纷，如果上下四边都是一种颜色，就成了美人忌讳的刺绣、平庸的画匠都不愿描绘的图案，将它放在亭子书房，有什么情趣韵致呢？其他装点篱笆的花，像木香、酴醾、月月红等，种类有限，颜色不多，想让各种颜色互相间杂，一定要找其他品种。蔷薇的品种繁衍极多，颜色有赤色、红色、黄色、紫色，甚至还有黑色。即使是红这一种颜色，也可分成好几等，有大红、深红、浅红、肉红、粉红的差别。篱笆较宽的，可以把蔷薇所有的品种都种上，使枝条蔓延相错，花开的时候争奇斗艳，比石崇的锦幛更有风采。但是一考察起来，则都是蔷薇。这样看来，能把篱笆装点得富丽多彩的，要算是蔷薇了。其他花的颜色虽然娇妍，但装点起来难免捉襟露肘。

木 香

【注释】

①依傍：依靠。

【原文】

木香花密而香浓，此其稍胜蔷薇者也。然结屏单靠此种，未免冷落，势必依傍蔷薇[1]。蔷薇宜架，木香宜棚者，以蔷薇条干之所及，不及木香之远也。木香作屋，蔷薇作垣，二者各尽其长，主人亦均收其利矣。

【译文】

木香花开得稠密，香味浓郁，这是木香花比蔷薇花稍胜一筹的地方。但是仅仅靠木香装点篱笆，未免显得冷落，所以一定要依靠蔷薇。蔷薇适合架植，木香适合棚种，原因是蔷薇的枝条枝干没有木香那么长。木香作屋，蔷薇作墙，两种植物都发挥自己的特点，主人也能同时得到两种花的好处。

月 月 红

【注释】

①矫：矫正。失：错误。

②绵邈：辽远，长久。此指断续开放。

【原文】

俗云："人无千日好，花难四季红。"四季能红者，现有此花，是欲矫俗言之失也[1]。花能矫俗言之失，何人情反听其验乎？缀屏之花，此为第一。所苦者树不能高，故此花一名"瘦客"。然予复有用短之法，乃为市井之人强迫而成者也。法在屏制之第三幅。此花有红、白及淡红三本，结屏必须同植。此花又名"长春"，又名"斗雪"，又名"胜春"，又名"月季"。予于种种之外，复增一名，曰"断续花"。花之断而能续，续而复能断者，只有此种。因其所开不繁，留为可继，故能绵邈若此[2]；其余一切之不能续者，非不能续，正以其不能断耳。

【译文】

俗话说："人无千日好，花难四季红。"四季能红的，现在就有这种花，这是为了矫正俗话的错误而生的。花都可以纠正这句俗语的错误，为什么人的所作所为却应验这句话呢？点缀篱笆的花，这种花数第一。遗憾的是它长不高，所以这种花的另一个名字叫"瘦客"。但是我又有一个利用它短处的方法，这是生活在街市中的人们强迫我想出来的。办法在篱笆式样的第三幅。这种花有红、白和淡红三种，建篱笆时必须一同种植。这种花又叫"长春"，又叫"斗雪"，又叫"胜春"，又叫"月季"。我在这些名字以外，又给它增加了一个名字，叫"断续花"。花开到断了还能续，续上又再断的植物，只有这一种。因为它开的花并不繁盛，留有余地，所以能够这样断续开放。其他所有不能接续的花，并不是不能接续，而是因为它不能断。

姊妹花

【原文】

花之命名，莫善于此。一蓓七花者曰"七姊妹"，一蓓十花者曰"十姊妹"。观其浅深红白，确有兄长娣幼之分，殆杨家姊妹现身乎？余极喜此花，二种并植，汇其名为"十七姊妹"。但怪其蔓延太甚，溢出屏外，虽日刈月除，其势犹不可遏。岂党与过多[①]，酿成不戢之势欤？此无他，皆同心不妒之过也，妒则必无是患矣。故善御女戎者[②]，妙在使之能妒。

【注释】

①党与：相互为党。比喻花枝甚多。

②女戎：历代曾因女色败亡，故把女色比作兵祸，称为女戎。

【译文】

给花取的名字，没有比这更好听的。一个花蕾开七朵花的，叫"七姊妹"，一个花蕾开十朵花的叫"十姊妹"。观察这种花的深浅红白，便能发现它的确有年长年幼的分别，难道是杨家姊妹现身吗？我非常喜爱这种花，把两个品种种在一起，将名字合起来，叫"十七姊妹"。只是怪它们蔓延得太厉害，长到篱笆外面去了，就算每天都对它们进行修剪，还是不能遏止它们的长势。难道是因为它们的党羽太多，造成了不能控制的态势吗？不是其他的原因，都是因为它们同心一致，不互相嫉妒，相互嫉妒就肯定不会有这种麻烦了。所以善于驾驭女子的人，巧妙的地方就在于能让她们互相嫉妒。

玫　瑰

【原文】

花之有利于人，而无一不为我用者，芰荷是也；花之有利于人，而我无一不为所奉者，玫瑰是也。芰荷利人之说，见于本传[①]。玫瑰之利，同于芰荷，而令人可亲可溺，不忍暂离，则又过之。群花止能娱目，此则口眼鼻舌以至肌体毛发，无一不在所奉之中。可囊可食，可嗅可观，可插可戴，是能忠臣其身，而又能媚子其术者也。花之能事，毕于此矣。

【注释】

①见于本传：指本书《草本》章“芙蕖”篇。

【译文】

花当中对人有益，而且它的益处都能被我使用的，是荷花；花当中对人有益，而且我愿意接受它所有侍奉的，是玫瑰。荷花对人有利，本书的前面已经说过。玫瑰的益处，同荷花一样，而让人觉得可亲可爱，不忍心同它有短暂的分离，这一点超过了荷花。群花只能愉悦人的眼睛，玫瑰则使人的口眼鼻舌，以至肌体毛发，全在它的侍奉范围内。可以携带可以吃，可以闻可以看，可以插可以戴，既是一位忠臣，又能施展它媚人的妙术。花的本领，全集中在它身上了。

凌　霄

【原文】

藤花之可敬者，莫若凌霄。然望之如天际真人，卒急不能招致，是可敬亦可恨也。欲得此花，必先蓄奇石古木以待，不则无所依附而不生[①]，生亦不大。予年有几，能为奇石古木之先辈而

【注释】

①不则：不然。

②舒：消除。

蓄之乎？欲有此花，非入深山不可。行当即之，以舒此恨[②]。

【译文】

最可敬的藤本花，要算是凌霄花了。然而望上去，它就像天国的神，不能立即将它招到身边，这点真是又可敬又可恨。想得到这种花，一定要先准备好奇石古木，不然的话，它就会因为没有依附而不能生长，即使长出来了也长不大。我年龄有多大，能够预先准备好奇石古木吗？想要得到这种花，一定要进入深山。要去就马上去，可以消除心中的遗憾。

真珠兰

【原文】

此花与叶，并不似兰，而以兰名者，肖其香也。即香味亦稍别，独有一节似之[①]：兰花之香，与之习处者不觉，骤遇始闻之，疏而复亲始闻之[②]，是花亦然。此其所以名兰也。闽、粤有木兰，树大如桂，花亦似之，名不附桂而附兰者，亦以其香隐而不露，耐久闻而不耐急嗅故耳。凡人骤见而即觉其可亲者，乃人中之玫瑰，非友中之芝兰也。

【注释】

①一节：一点。

②疏：远离。

【译文】

真珠兰的花和叶子，并不像兰花，将它命名为“兰”，是因为它的香味像兰花。即便是香味像也会稍有差别，只有一点相似的地方：兰花的香，与它经常相处的人觉察不出来，只有突然遇到它时才能闻出来，远了再走近时才能闻到。真珠兰也是这样，这就是把它称为“兰”的原因。福建、广东一带有一种木兰，树长得像桂花树那么大，花也像桂花，但是名字不从“桂”而从“兰”，也是因为它的香气隐而不露，经得起久闻而经不得急嗅。凡是人们一眼就觉得可亲的人，是人中的玫瑰，不会是朋友中的芝兰。

草本第三

【原文】

草本之花，经霜必死；其能死而不死，交春复发者，根在故也。常闻有花不待时，先期使开之法，或用沸水浇根，或以硫黄代土，开则开矣，花一败而树随之，根亡故也。然则人之荣枯显晦，成败利钝，皆不足据，但询其根之无恙否耳。根在，则虽处厄运，犹如霜后之花，其复发也，可坐而待也，如其根之或亡，则虽处荣显耀之境，犹之奇葩烂目，总非自开之花，其复发也，恐不能坐而待矣。

【译文】

草本的花，一经霜打就会死。它看着是死了，实际上并没有死，春天一到又会重新开花，这是因为它的根还在。常常听人说能让花在花期前开放，方法就是用开水浇它的根，或者用硫黄代替土。这样花是开了，但是花一败落树也就死了，因为它的根死了。这样说来，人的荣枯显晦、成败利钝，都不能成为依据，只有去问他的根基是否安然无恙。根基还在，那么虽处在厄运当中，也像经霜打后的花，重新开花的日子是可以期待的；如果根基不存在了，即使处于荣盛显赫的境地，像奇葩绚烂夺目，总不是自然开出的花，要它重新开花，恐怕就不能期待了。

【原文】

予谈草木，辄以人喻。岂好为是哓哓者哉[①]？世间万物，皆为人设。观感一理，备人观者，即备人感。天之生此，岂仅供耳目之玩、情性之适而已哉？

【注释】

①哓哓（xiāoxiāo）：形容争辩。

【译文】

我一谈到草木，就用人来作比喻，难道不饶舌吗？世间的万物，都是为人设置的，观看和感受是同一个道理，供人观看的，就能让人感受。天生出这些东西，难道仅仅是供人愉悦耳目、怡情悦性的吗？

芍　药

【原文】

芍药与牡丹媲美，前人署牡丹以“花王”，署芍药以“花相”，冤哉！予以公道之。天无二日，民无二王①，牡丹正位于香国，芍药自难并驱。虽别尊卑，亦当在五等诸侯之列，岂王之下，相之上，遂无一位一座，可备酬功之用者哉？历翻种植之书，非云“花似牡丹而狭”，则曰“子似牡丹而小”。由是观之，前人评品之法，或由皮相而得之。噫，人之贵贱美恶，可以长短肥瘦论乎？

【注释】

①天无二日，民无二王：极言地位独尊。

【译文】

芍药可以与牡丹媲美，前人称牡丹为“花王”，称芍药为“花相”，太冤枉了！我要非常客观地评价它们。天上没有两个太阳，人们没有两个君王，牡丹在香花国中处于至尊之位，芍药自然很难同它并驾齐驱。虽然有尊卑的区别，芍药也应当被列在五等诸侯之中，难道在君王之下、相国之上，就没有一个位置可以用来奖励有功之臣吗？我翻遍了有关种植的书，不是说芍药“花像牡丹，但比牡丹狭窄”，就是说“子像牡丹，但是比牡丹小”。这样看来，前人评价的方法，也许只是看表面现象。唉！人的贵贱善恶，可以用长短肥瘦来衡量吗？

【原文】

每于花时奠酒，必作温言慰之曰：“汝非相材也，前人无识，谬署此名，花神有灵，付之勿较，呼牛呼马，听之而已。”予于

秦之巩昌，携牡丹、芍药各数十种而归，牡丹活者颇少，幸此花无恙，不虚负戴之劳。岂人为知己死者，花反为知己生乎？

【译文】

每当芍药花开准备奠酒的时候，我总要说些温暖的话安慰它：“你不是当相国的材料，前人不懂，给你起了这个错误的名字，花神你如果有灵，不要去计较，不管称你是牛还是马，任凭它算了。”我从甘肃的巩昌带回来几十棵牡丹和芍药，牡丹活下来的很少，庆幸的是芍药安然无恙，没有辜负我搬运的劳累。难道人为知己者死，花反而为知己者生吗？

蕙

【原文】

蕙之与兰，犹芍药之与牡丹，相去皆止一间耳。而世之贵兰者必贱蕙，皆执成见、泥成心也[1]。人谓蕙之花不如兰，其香亦逊。吾谓蕙诚逊兰，但其所以逊兰者，不在花与香而在叶，犹芍药之逊牡丹者，亦不在花与香而在梗。牡丹系木本之花，其开也，高悬枝梗之上，得其势，则能壮其威仪，是花王之尊，尊于势也。芍药出于草本，仅有叶而无枝，不得一物相扶，则委而仆于地矣，官无舆从，能自壮其威乎？蕙兰之不相敌也反是。芍药之叶苦其短，蕙之叶偏苦其长；芍药之叶病其太瘦，蕙之叶翻病其太肥。当强者弱，而当弱者强，此其所以不相称，而大逊于兰也。兰蕙之开，时分先后。兰终蕙继，犹芍药之嗣牡丹，皆所谓兄终弟及，欲废不能者也。善用蕙者，全在留花去叶，痛加剪除，择其稍狭而近弱者，十存二三；又皆截之使短，去两角而尖之，使与兰叶相若，则是变蕙成兰，而与“强干弱枝”之道合矣[2]。

【注释】

①泥：拘泥。

②强干弱枝：原比喻削弱地方势力，加强中央集权。此指留花去叶。

【译文】

蕙和兰，就像芍药和牡丹，只有一点点差距。然而世上看重兰花的人一定轻视蕙，这些人都是抱有成见的。人们认为蕙的花不如兰花，它的香味也不如兰花。我认为蕙花虽然比兰花要稍逊一筹，但是原因不在花和香气，而在叶，就像芍药不如牡丹，原因也不在花和香气，而在枝梗。牡丹属木本花卉，花开的时候，高高地悬在枝梗之上，有了气势，就能够形成一种威严的仪态。牡丹花之所以尊贵，就尊贵在它的气势上。芍药是草本植物，只有叶子而没有枝干，如果没有东西扶持，就只能倒在地上了。当官的人如果没有车马随从，能够自己形成威严的仪态吗？蕙比不上兰的情况却正好相反。芍药的叶子苦于太短，蕙的叶子偏苦于太长；芍药的叶子太瘦窄，蕙的叶子太肥宽。当强的弱，当弱的强，所以它会看起来不相称，这也是蕙比兰逊色的原因。兰花与蕙花开的时间有个先后的顺序。兰花谢了蕙花才开，就像芍药接替牡丹一样，都是所谓的兄长死了，弟弟接替，想废也不行。善于种植蕙的人，技巧全在于保留花，去掉叶子，忍痛进行剪除，选择那些稍微细长的小叶，十片只留两三片，把它们裁得很短，去掉两个角让它变得尖尖的，和兰的叶子相似，这样就把蕙变成了兰，与“强干弱枝”的道理吻合了。

水　仙

【原文】

水仙一花，予之命也。予有四命，各司一时[1]：春以水仙、兰花为命，夏以莲为命，秋以秋海棠为命，冬以腊梅为命。无此四花，是无命也；一季缺予一花，是夺予一季之命也。

【译文】

水仙花是我的命。我有四条命，它们各自掌管一个季节：春天以水仙、兰花为命，夏天以莲花为命，秋天以秋海棠为命，冬天以腊梅为命。没有这五种花，我就等于没有命了。如果一个季节少给我一种花，就等于夺去了我一个季节的生命。

【注释】

①时：时令，季节。

【注释】

①秣陵：今南京。

②质：抵押。

【原文】

水仙以秣陵为最[1]，予之家于秣陵，非家秣陵，家于水仙之乡也。记丙午之春，先以度岁无资，衣囊质尽[2]，追水仙开时，则为强弩之末，索一钱不得矣。欲购无资，家人曰："请已之。一年不看此花，亦非怪事。"予曰："汝欲夺吾命乎？宁短一岁之寿，勿减一岁之花。且予自他乡冒雪而归，就水仙也，不看水仙，是何异于不返金陵，仍在他乡卒岁乎？"家人不能止，听予质簪珥购之。

【译文】

秣陵的水仙最好。我把家安在秣陵，并不是为了把家安在秣陵，而是为了把家安在水仙之乡。记得丙午年的春天，我因为没有钱过日子，把衣物全都典当了，等到水仙花开的时候，已经贫困到了极点，再也找不出一个钱了。想去购买水仙又没有钱，家人说："算了吧，一年不看这种花，也不是什么稀罕事。"我说："你是不是想要我的命？宁可短一岁的寿命，也不能一年看不到水仙花。况且我从他乡冒雪赶回来，就是想来看水仙的，不看水仙，这和不回金陵，在他乡过年有什么差别呢？"家人不能制止我，只能任凭我拿典当簪子和耳环的钱去买水仙了。

【注释】

①痴癖：怪癖。

②在在有之：到处都有。

【原文】

予之钟爱此花，非痴癖也[1]。其色其香，其茎其叶，无一不异群葩，而予更取其善媚。妇人中之面似桃，腰似柳，丰如牡丹、芍药，而瘦比秋菊、海棠者，在在有之[2]；若如水仙之淡而多姿，不动不摇，而能作态者，吾实未之见也。以"水仙"二字呼之，可谓摹写殆尽。使吾得见命名者，必颓然下拜。

【译文】

我钟爱水仙，并不是什么怪癖，因为水仙的颜色和香味，水仙的茎和叶，都同其他花卉不一样，而我更喜欢的是水仙的妩媚。女子中面似桃、腰似柳，丰满得像牡丹、像芍药，苗条得像秋菊、像海棠的，到处都有，但是像水仙一样淡雅而多姿、不动不摇而且能作态的，我实在没有见到过。用“水仙”二字来称呼它，真是形象到了极点。如果我能见到给水仙命名的人，一定心甘情愿地给他下拜。

【原文】

不特金陵水仙为天下第一，其植此花而售于人者，亦能司造物之权①，欲其早则早，命之迟则迟，购者欲于某日开，则某日必开，未尝先后一日。及此花将谢，又以迟者继之，盖以下种之先后为先后也。至买就之时，给盆与石而使之种，又能随手布置，即成画图，皆风雅文人所不及也。岂此等末技，亦由天授，非人力邪?

【注释】

①司：行使。

【译文】

金陵的水仙不仅是天下第一，就是那些种植水仙出售水仙的人，也能行使造物主的职权，想让它早开就早开，命令它晚开就晚开，购买的人希望花在某天开，到某天一定会开，不会早一天或晚一天。这些花要谢了，又用迟开的花接续，这是以下种的先后作为花开的顺序。当人买花的时候，卖花人会给花盆和石头让人去种，种花时又可以随手布置，便成图画，这是风雅文人也无法企及的。难道这种雕虫小技也是上天赐予的，不是人力吗?

芙蕖

【原文】

芙蕖与草本诸花，似觉稍异；然有根无树，一岁一生，其性同也。《谱》云：“产于水者曰草芙蓉，产于陆者曰旱莲。”则谓非草本不得矣。予夏季倚此为命者，非故效颦于茂叔①，而袭成

【注释】

①效颦于茂叔：仿照宋代周敦颐（字茂叔）而爱莲。效颦，即东施效颦。

说于前人也。以芙蕖之可人，其事不一而足，请备述之。

【译文】

芙蕖同其他草木花卉好像有一些差异，但是它只有根没有枝干，一生只有一年，这些习性又是相同的。《花谱》上说："长在水中的叫'草芙蓉'，长在陆地上的叫'旱莲'。"这样就一定要将它归到草本植物之中了。我在夏季以它为命，并不是有意模仿周敦颐，沿用前人已有的说法，而是因为芙蕖的可爱之处一言难尽，请让我细细说来。

【原文】

群葩当令时，只在花开之数日，前此后此，皆属过而不问之秋矣，芙蕖则不然。自荷钱出水之日，便为点缀绿波，及其劲叶既生，则又日高一日，日上日妍，有风既作飘摇之态，无风亦呈袅娜之姿，是我于花之未开，先享无穷逸致矣。迨至菡萏成花[1]，娇姿欲滴，后先相继，自夏徂秋[2]，此时在花为分内之事，在人为应得之资者也。及花之既谢，亦可告无罪于主人矣，乃夏蒂下生蓬，蓬中结实，亭亭独立，犹似未开之花，与翠叶并擎，不至白露为霜，而能事不已[3]。

【注释】

①菡萏(hàndàn)：荷花的花苞。

②徂：往，到。

③能事：此指展其所长，显其姿色。

【译文】

各种花卉合时令的时候，只在花开的那几天，开花前和开花以后，都不会引人注意。芙蕖就不是这样。从荷牙出水的那天起，就能点缀绿波，等到它的叶子长出来，就会一天比一天娇妍，有风就随风摇曳，没有风也会袅娜多姿。让我在花没有开时，就已经享受到无穷的乐趣了。等到花苞盛开成荷花，娇姿欲滴，还能后开的花接着先开的花不间断，从夏天到秋天，这对荷花来说是分内的事，对人来说又是应得的享受了。到了荷花凋谢的时候，也可以对得起主人了，就又在花蒂下面生出莲蓬，莲逢中结满果实，亭亭玉立，又像含苞欲放的花。莲蓬与翠绿的叶子一起，不到白露打霜，就不会停止它们的奉献。

【原文】

此皆言其可目者也。可鼻则有荷叶之清香，荷花之异馥，避暑而暑为之退，纳凉而凉逐之生[1]。至其可人之口者，则莲实与藕，皆并列盘餐，而互芬齿颊者也。只有霜中败叶，零落难堪，似成弃物矣，乃摘而藏之，又备经年裹物之用[2]。是芙蕖也者，无一时一刻，不适耳目之观；无一物一丝，不备家常之用者也。有五谷之实，而不有其名；兼百花之长，而各去其短。种植之利，有大于此者乎？

予四命之中，此命为最。无如酷好一生，竟不得半亩方塘，为安身立命之地；仅凿斗大一池，植数茎以塞责，又时病其漏，望天乞水以救之。殆所谓不善养生[3]，而草菅其命者哉。

【注释】

①逐：马上。

②经年：常年。

③殆：大概。

【译文】

上面说的都是眼睛能看得见的。鼻子能闻到的，有荷叶的清香、荷花的异香，靠它们解暑，暑热会即刻消退；靠它们纳凉，凉气会马上产生。至于能让人可口的，则是莲子与藕，摆在餐桌上，可以口齿盈香。只有经过霜打的枯叶，零落难堪，好像成了废弃的东西，但是把它摘下来藏好，又可以常年用来包裹东西。这样，芙蕖没有一时一刻，不让人赏心悦目；没有一物一丝，不能供给家庭日常使用。它有像五谷一样的实际作用，却没有五谷的名望；兼有百花的长处，却没有百花的短处。种植植物得到的利益，有比这更大的吗？

我的四条命当中，这条命最重要。只是我一生酷爱荷花，却得不到半亩方塘来养殖它，仅仅凿了一个斗大的水池，种了几株来敷衍，水池又常常漏水，只能祈盼着老天下雨来救它。这大概是我不善于养荷花，而草菅其命了。

鸡 冠

【原文】

予有《收鸡冠花子》一绝云："指甲搔花碎紫雯，虽非异卉也芳芬。时防撒却还珍惜，一粒明年一朵云。"此非溢美之词，道其实也。花之肖形者尽多，如绣球、玉簪、金钱、蝴蝶、剪春罗之属，皆能酷似，然皆尘世中物也；能肖天上之形者，独有鸡冠花一种。氤氲其象而叆叇其文[①]，就上观之，俨然庆云一朵[②]。乃当日命名者，舍天上极美之物，而搜索人间。鸡冠虽肖，然而贱视花容矣，请易其字，曰"一朵云"。此花有红、紫、黄、白四色，红者为红云，紫者为紫云，黄者为黄云，白者为白云。又有一种五色者，即名为"五色云"。以上数者，较之"鸡冠"，谁荣谁辱？花如有知，必将德我。

【注释】

①叆叇（àidài）：形容浓云蔽日。

②庆云：祥云。

【译文】

我有一首《收鸡冠花子》的绝句："指甲搔花碎紫雯，虽非异卉也芳芬。时防撒却还珍惜，一粒明年一朵云。"这不是赞美的词句，说的是实情。花中象形的花有很多，比如绣球、玉簪、金钱、蝴蝶、剪春罗这些，都能酷似，然而它们都是尘世中的东西。形状能像天上的东西的花，只有鸡冠花一种。它有氤氲的气象，像云烟一样的花纹，走近去看，就像是一朵祥云。当初给花命名的人，舍弃天上极美丽的东西，却在人间寻找。鸡冠虽然很像，却轻看了花的美妙姿态。请让我来给它换一个名字，叫做"一朵云"。这种花有红、紫、黄、白四种颜色，红的叫"红云"，紫的叫"紫云"，黄的叫"黄云"，白的叫"白云"。还有一种五色花，就叫做"五色云"。以上这几个名字，同"鸡冠花"相比，谁能给这种花荣耀，谁能让这种花受到羞辱？花如果能知道，一定会对我感恩戴德。

玉簪

【原文】

花之极贱而可贵者，玉簪是也。插入妇人髻中，孰真孰假，几不能辨，乃闺阁中必需之物。然留之弗摘，点缀篱间，亦似美人之遗。呼作“江皋玉佩[①]”，谁曰不可？

【译文】

花当中非常低贱，实际上却很可贵的，就是玉簪了。将它插进女子的发髻中，是真是假，几乎分辨不出来。它是闺阁中的必需物品。然而留着不摘，让它点缀在篱笆中间，也像是美人遗失的发饰。把它称为“江皋玉佩”，谁说不可以呢？

【注释】

①江皋玉佩：汉代刘向《列仙传》载，江妃二女游于江汉之滨，遇郑交甫，赠所携佩。交甫行数十步，佩与仙女皆不见。

凤仙

【原文】

凤仙，极贱之花，此宜点缀篱落，若云备染指甲之用，则大谬矣。纤纤玉指，妙在无瑕，一染猩红，便称俗物。况所染之红，又不能尽在指甲，势必连肌带肉而丹之。迨肌肉退清之后，指甲又不能全红，渐长渐退，而成欲谢之花矣。始作俑者[①]，其俗物乎？

【译文】

凤仙是非常低贱的花，只适合点缀篱笆的角落，如果说能用它来染指甲，就大错特错了。纤纤玉指，妙就妙在洁白无瑕，一染上猩红色，就可说是俗物。何况染的红色，又不全都在指甲上，一定会连旁边的肌肉也染红了。等到肌肉上的红色褪掉，指甲上又不会全是红色，指甲一边长，红色一边褪，就成了即将凋谢的花。最初想到这种方法的人，难道不是很俗吗？

【注释】

①始作俑者：第一个制作俑随葬的人。在此比喻第一个以凤仙花染指甲者。

金 钱

【原文】

金钱、金盏、剪春罗、剪秋罗诸种，皆化工所作之小巧文字。因牡丹、芍药一开，造物之精华已竭，欲续不能，欲断不可，故作轻描淡写之文，以延其脉。吾观于此，而识造物纵横之才力亦有穷时，不能似源泉混混，愈涌而愈出也。

【译文】

金钱、金盏、剪春罗、剪秋罗这几种花，都是造物主创作的小巧文章。因为牡丹、芍药花一开，造物主的精华就已经耗尽了，想要继续下去不可能，想就此罢手也不可以，所以才写出这种轻描淡写的文章，用来延续他的创作路子。我看到这些，才知道造物主的纵横洋溢的才华也有穷尽的时候，不会像泉水的源头滚滚不息，越涌越出。

【原文】

合一岁所开之花，可作天工一部全稿。梅花、水仙，试笔之文也，其气虽雄，其机尚涩①，故花不甚大，而色亦不甚浓。开至桃、李、棠、杏等花，则文心怒发，兴致淋漓，似有不可阻遏之势矣；然其花之大犹未甚，浓犹未至者，以其思路纷驰而不聚，笔机过纵而难收，其势之不可阻遏者，横肆也，非纯熟也。迨牡丹、芍药一开，则文心笔致俱臻化境，收横肆而归纯熟，舒蓄积而罄光华②，造物于此，可谓使才务尽，不留丝发之余矣。然自识者观之，不待终篇而知其难继。

【注释】

①机：技巧。

②罄：用尽。

【译文】

把一年中开的花合起来，可以看做是造物主的一部完整的书稿。梅花和水仙是试笔的文字，气势虽然雄浑，但是技巧还比较生涩，所以花开得不大，颜色也不浓。等到桃、李、海棠、杏这些花开放的时候，就文思奔放，兴致淋漓，好像有一种不可遏止的势头。然而这些花还不太大，颜色也不是很浓，这是因为造物主的思路纷繁而且不集中，笔力纵横驰骋却很难收拢。这种势头不能遏止，是由于这只是纵横恣肆，并不是技巧非常纯熟。等到牡丹、芍药花一开，文心笔致都进入了出神入化的境界，收敛纵横恣肆，技巧非常纯熟了，把所有积蓄的才华都发挥出来，可以说造物主在这里把才气全都用尽了，没有留下丝毫的余地。然而明眼人一看就知道，不需等到文章写完，造物主已经很难继续创作了。

【原文】

何也？世岂有开至树不能载、叶不能覆之花，而尚有一物焉高出其上、大出其外者乎？有开至众彩俱齐、一色不漏之花，而尚有一物焉红过于朱、白过于雪者乎？斯时也，使我为造物，则必善刀而藏矣[①]。乃天则未肯告乏也，夏欲试其技，则从而荷之；秋欲试其技，则从而菊之；冬则技穷力竭，尽可不花，而犹作腊梅一种以塞责之。数卉者，可不谓之芳妍尽致，足殿群芳者乎？然较之春末夏初，则皆强弩之末矣。至于金钱、金盏、剪春罗、剪秋罗、滴滴金、石竹诸花，则明知精力不继，篇帙寥寥，作此以塞纸尾，犹人诗文既尽，附以零星杂著者是也。由是观之，造物者极欲骋才，不肯自惜其力之人也；造物之才，不可竭而可竭，可竭而终不可竟竭者也。究竟一部全文，终病其后来稍弱。其不能弱始劲终者，气使之然，作者欲留余地而不得也。

【注释】

①善刀而藏：比喻适可而止，自敛其才。

【译文】

为什么呢？难道世界上有一种花能开到树不能栽、叶不能盖，而且另有一种东西比它还高、还大的吗？难道还有一种花色彩齐全、一色不漏，而且另有一种东西比它朱红、比它雪白吗？这个时候，如果我是造物主，就一定会把造物的工具藏起来。可是老天不肯自认才乏，夏天想要试试他的技艺，就造出荷花；秋天想试试他的技艺，就造出菊花；冬天已经技穷才竭，完全可以不再造花了，但还是造出腊梅这种花来应付。这几种花，难道不可以说是芬芳艳丽到了极致，完全可以为群花繁荣殿后吗？然而同春末夏初的花相比，就都是强弩之末了。至于金钱、金盏、剪春罗、剪秋罗、滴滴金、石竹这些花，造物主明知精力不济，篇幅也所剩不多，才写了这些东西来充塞纸尾，就像文人的诗文已经枯竭，附上一些零星杂著一样。这样看来，造物主是一个极想逞能、不肯爱惜自己才气的人。造物主的才能，不可枯竭，但是又可耗尽；可以枯竭，但不可一下子全部耗尽。毕竟这一本书，毛病是后面稍弱。不能开始弱结尾强，是意气造成的，他想留些余地也不可能了。

【原文】

吾谓人才著书，不应取法于造物，当秋冬其始，而春夏其终，则是能以蔗境行文[①]，而免于江淹才尽之诮矣[②]。

【注释】

①蔗境：比喻老来行文，越写越好。

②江淹才尽：比喻老来才思减退。

【译文】

我认为有才华的人写书，不要仿效造物主，应当把秋冬两季当做开始，把春夏两季作为终结，就能渐入佳境，避免被人讥诮为江郎才尽了。

蝴蝶花

【原文】

此花巧甚。蝴蝶，花间物也，此即以蝴蝶为花。是一是二，不知周之梦为蝴蝶欤？蝴蝶之梦为周欤？非蝶非花，恰合庄周梦境。

【译文】

这种花非常巧妙。蝴蝶是在花间嬉戏的。造物主就把蝴蝶当成了花。是蝴蝶还是花，不知道是庄周在梦中变成了蝴蝶，还是蝴蝶在梦中变成了庄周？不是蝴蝶又不是花，正好吻合庄周的梦境。

菊

【原文】

菊花者，秋季之牡丹、芍药也。种类之繁衍同，花色之全备同，而性能持久复过之。从来种植之花，是花皆略，而叙牡丹、芍药与菊者独详。人皆谓三种奇葩，可以齐观等视，而予独判为两截，谓有天工人力之分。何也？牡丹、芍药之美，全仗天工，非由人力。植此二花者，不过冬溉以肥，夏浇为湿，如是焉止矣。其开也，烂漫芬芳，未尝以人力不勤，略减其姿而稍俭其色。菊花之美，则全仗人力，微假天工。艺菊之家，当其未入土也，则有治地酿土之苏，既入土也，则有插标记种之事。是萌芽未发之先，已费人力几许矣。迨分秧植定之后，劳瘁万端[①]，复从此始。防燥也，虑湿也，摘头也，掐叶也，芟蕊也，接枝也，捕虫掘蚓以防害也，此皆花事未成之日，竭尽人力以俟天工者也。即花之既开，亦有防雨避霜之患，缚枝系蕊之勤，置盏引水之烦[②]，染色变容之苦，又皆以人力之有余，补天工之不足者也。

为此一花，自春徂秋，自朝迄暮，总无一刻之暇。必如是，其为花也，始能丰丽而美观，否则同于婆婆野菊，仅堪点缀疏篱而已。若是，则菊花之美，非天美之，人美之也。人美之而归功于天，使与不费辛勤之牡丹、芍药齐观等视，不几恩怨不分，而公私少辨乎？吾知敛翠凝红而为沙中偶语者[③]，必花神也。

【注释】

①瘁：劳累过度。

②盏：小杯子。

③沙中偶语：此借指花神暗中判别花的优劣。偶语，相对私语。

【译文】

菊花是秋季的牡丹和芍药。它们的种类一样繁多，花色也同样齐全，但是菊花的花期要比牡丹和芍药长。历来那些关于种植的书，将其他的花都写得很简略，只在讲到牡丹、芍药和菊花的地方记录得很详尽。人们都认为这三种花可以同等看待，只有我说它们截然两样，有天工和人力的区别。为什么呢？牡丹和芍药的美，全靠天工，不是靠人力。种植这两种花，不过是冬天施施肥，夏天浇浇水，这样就可以了。开花时，色彩烂漫，气味芬芳，不会因为人们不够勤劳，就缺少优美的姿态和艳丽的颜色。菊花的美，就全靠人力，只稍借一点天工。种植菊花的人家，还没有种它时，就要整理出地方，找肥沃的土壤种下以后，就有插标记种的事。这样，在菊花还没有萌芽之前，就已经花费了不少的人力。分秧栽种以后，各种辛劳的事才真正开始：抗旱、防涝、摘头、掐叶、去蕊、接枝，还要捉虫、挖蚯蚓，以防止菊花受到伤害。这都是花开以前，竭尽人力等待老天爷的恩赐。等到花开了，又要防雨避霜，缚枝系蕊，置盏引水，染色变容，这一切辛勤劳苦的事情，都是用人的力量，来弥补天工的不足。

为了这一种花，从春天到秋天，从早上到晚上，没有一刻闲暇。只有这样，菊花才能开得丰满、艳丽、美观。不然的话，就会和萎萎缩缩的野菊花一样，只能用来点缀稀疏的篱笆了。如果是这样，就可以知道菊花的美，不是老天爷赐予的，而是人使它变美的。是人使它变美却将功劳归于老天，把它与不费人们辛劳的牡丹、芍药同等看待，这难道不是恩怨不分、公私不辨吗？我知道那些神态凝重，在那里发牢骚的，一定是花神。

【原文】

自有菊以来，高人逸士无不尽吻揄扬[1]，而予独反其说者，非与渊明作敌国。艺菊之人终岁勤动，而不以胜天之力予之，是但知花好，而昧所从来。饮水忘源，并置汲者于不问，其心安乎？从前题咏诸公，皆若是也。予创是说，为秋花报本，乃深于爱菊，非薄之也。予尝观老圃之种菊，而慨然于修士之立身与儒者之治业。使能以种菊之无逸者砺其身心，则焉往而不为圣贤？

【注释】

①尽吻揄扬：满口赞扬。

②掇：拾取。此指考取举人进士。青紫：古代公卿之服为青紫色。后世借指高官。此指以恒心苦读，博取功名。

使能以种菊之有恒者攻吾举业，则何虑其不掇青紫[②]？乃士人爱身爱名之心，终不能如老圃之爱菊，奈何！

【译文】

自从有菊花以来，高人逸士都对它尽力赞扬，只有我的看法同他们相反，这并不是我要与陶渊明作对。种植菊花的人，一年到头辛勤劳作，却没人赞美他们巧夺天工的能力，人们只知道花美丽，却不知道这种美丽从哪里来。饮水忘了源头，并对收集水的人不闻不问，能心安理得吗？从前题咏菊花的人都是这样做的。我提出了这种观点，是替菊花报恩，是对菊花的深爱，并不是轻视它。我曾看过老园丁种植菊花，所以对那些修身治学的人深有感慨。如果他们能够用种菊人的这种不图安逸的精神来磨砺自己的身心，怎么能不成为圣贤呢？如果能用种菊人的恒心来努力学习，还怕不能功成名就吗？读书人的那种爱身爱名之心，始终不能像老园丁爱菊那样，有什么法子呢？

菜

【原文】

菜为至贱之物，又非众花之等伦，乃《草本》、《藤本》中反有缺遗，而独取此花殿后，无乃贱群芳而轻花事乎？曰：不然。菜果至贱之物，花亦卑卑不数之花，无如积至残至卑者而至盈千累万，则贱者贵而卑者尊矣。"民为贵，社稷次之，君为轻"者，非民之果贵，民之至多至盛为可贵也。园圃种植之花，自数朵以至数十百朵而止矣，有至盈阡溢亩[①]，令人一望无际者哉？曰：无之。无则当推菜花为盛矣。一气初盈，万花齐发，青畴白壤，悉变黄金，不诚洋洋乎大观也哉！当是时也，呼朋拉友，散步芳塍[②]，"香风导酒客寻帘，锦蝶与游人争路"。郊畦之乐，什佰园亭[③]，惟菜花之开，是其候也。

【注释】

①阡：田界。此指成块的田地。

②塍（chéng）：田间的土埂子。

③什佰：十倍和百倍。在此为远远胜过之意。

【译文】

菜是最低贱的东西，又不是花的同类，可是放在《草本》、《藤本》中，就会遗漏菜中的花，可把这种花放在花卉的最后，难道不是贬低群花、轻视种花技艺吗？我说不是。菜的确是最低贱的东西，菜花也微不足道，但是把最低贱卑微的东西积聚到成千上万个，卑贱的也会变成尊贵了。“民为贵，社稷次之，君为轻”这句话，并不是说老百姓真的那样尊贵，而是因为老百姓人数非常多才可贵的。园圃中种植的花，有几朵的，有几十朵的，最多有上百朵，有遍布田野，让人一望无际的吗？没有。既然没有，菜花就应该是最繁盛的了。春天刚到，万花齐放，清白色的田野，都变成一片金黄，不是非常壮观吗？这个时候，呼朋唤友，散步在弥漫着芳香的田埂上，真是“香风导酒客寻帘”，“锦蝶与游人争路”。郊野游玩的乐趣胜过在园亭里游玩十倍百倍，只有在菜花开的时候才是最好的时机。

众卉第四

【原文】

草木之类，各有所长，有以花胜者，有以叶胜者。花胜则叶无足取，且若赘疣，如葵花、蕙草之属是也。叶胜则可以无花，非无花也，叶即花也，天以花之丰神色泽归并于叶而生之者也。不然，绿者叶之本色，如其叶之，则亦绿之而已矣，胡以为红，为紫，为黄，为碧，如老少年、美人蕉、天竹、翠云草诸种，备五色之陆离，以娱观者之目乎[①]？即有青之绿之，亦不同于有花之叶，另具一种芳姿。是知树木之美，不定在花，犹之丈夫之美者，不专主于有才，而妇人之丑者，亦不尽在无色也。观群花令人修容[②]，观诸卉则所饰者不仅在貌。

【译文】

植物之中，各有所长，有以花取胜的，有以叶取胜的。以花取胜的，叶子就没有可取的地方，像累赘一样，比如葵花、蕙草这些就是；以叶取胜的植物就可以没有花，不是没有花，叶子就是花，是造物主将花的风神色泽，都归到叶子上了。不然的话，叶子的本色是绿色，要是把它当成叶子，让它长成绿色就可以了，为什么还要长成红色、紫色、黄色和绿色呢？像老少年、美人蕉、天竹、翠云草这几种，五颜六色的，难道是用来愉悦观赏者的眼睛吗？就算长成青色绿色的叶子，也不像有花的草本植物的叶子，而是另有一种美观的姿态。由此可知树木的美，不一定在花，就像男子的美，不仅仅在于有才，而女人的丑，不一定因为没有姿色。看花让人懂得去修饰容貌，而看草要修饰的就不仅是容貌了。

【注释】

①娱：愉悦。

②修容：修饰容貌。

芭 蕉

【原文】

幽斋但有隙地，即宜种蕉。蕉能韵人而免于俗[1]，与竹同功，王子猷偏厚此君[2]，未免挂一漏一。蕉之易栽，十倍于竹，一二月即可成荫。坐其下者，男女皆入画图，且能使合榭轩窗尽染碧色，“绿天”之号，洵不诬也。竹可镌诗，蕉可作字，皆文士近身之简牍。乃竹上止可一书，不能削去再刻；蕉叶则随书随换，可以日变数题，尚有时不烦自洗，雨师代拭者，此天授名笺，不当供怀素一人之用。予有题蕉绝句云：“万花题遍示无私，费尽春来笔墨资。独喜芭蕉容我俭，自舒晴叶待题诗。”此芭蕉实录也。

【注释】

①韵人：使人有韵致，有品格。

②王子猷偏厚此君：指王子猷（王徽之）爱竹。

【译文】

房子周围只要有些空地，就应该种芭蕉。芭蕉能让人有情趣而且不落俗套，跟竹子的功效一样。王子猷偏爱竹子，未免漏掉了芭蕉。芭蕉比竹子更容易成活，成活率大约是竹子的十倍，一两个月就可以有荫凉。坐在下面的人，男女都可以入画，而且能使亭台楼阁，都染上绿色。“绿天”的称号，真不是随便叫的。竹子上可以刻诗，芭蕉叶上可以写字，都是文人随身的纸张。竹子上只可以刻一次字，不能削掉再刻，然而芭蕉叶上就可以随时写随时换，可以一天换好几种题目。有时还不用自己去洗，老天会用雨来代劳，这叫做天授笺，不该只给怀素一个人用。我有一首关于芭蕉的绝句：“万花题遍示无私，费尽春来笔墨资。独喜芭蕉容我俭，自舒晴叶待题诗。”这是芭蕉的真实写照。

翠 云

【原文】

草色之最蒨者[1]，至翠云而止。非特草木为然，尽世间苍翠

【注释】

①蒨（qiàn）：草木茂盛。

之色，总无一物可以喻之，惟天上彩云，偶一幻此。是知善着色者惟有化工[②]，即与倾国佳人眉上之色并较浅深[③]，觉彼犹是画工之笔，非化工之笔也。

②化工：造化之工。

③倾国佳人：绝色美女。

【译文】

草中颜色最浓的要算是翠云了。不只是草木，就算是想出世间所有苍翠颜色的事物，也没有一样可以比喻它，只有天上的彩云，偶尔会幻化出这种颜色。由此可知，善于着色的，只有自然。就算是和倾国美人眉毛上的黛色比较深浅，都觉得那是画工的手艺，而不是自然的创造。

虞美人

【原文】

虞美人花叶并娇，且动而善舞，故又名“舞草”。《谱》云：“人或抵掌歌《虞美人》曲，即叶动如舞。”予曰：舞则有之，必歌《虞美人》曲，恐未必尽然。盖歌舞并行之事，一姬试舞，从姬必歌以助之，闻歌即舞，势使然也。若谓必歌《虞美人》曲，则此曲能歌者几？歌稀则和寡，此草亦得借口藏其拙矣。

【译文】

虞美人的花和叶都很柔嫩，而且灵活善舞，所以又叫“舞草”。《花谱》上说：“人如果拍着手唱《虞美人》的歌，虞美人的叶子就会动起来像跳舞一样。”我说：舞蹈是有，但一定要唱《虞美人》曲，就不一定了吧。因为歌舞都是一起进行的，一个舞者开始跳舞，其他人一定会唱歌应和的，听到唱歌就跳起舞来，那是自然的事。要是一定要唱《虞美人》的曲子，那会唱这首歌的有几个人？会唱的人少，能听到歌跳起舞的就更少了，这草就可以拿这做借口来掩盖它的笨拙了。

老少年

【注释】

①傅竹隐：傅伯成，字景初，号竹隐。少从朱熹求学，隆兴进士，历任漳州知府、左谏议大臣、宝谟阁直学士。

②九原：墓地。

【原文】

此草一名“雁来红”，一名“秋色”，一名“老少年”，皆欠妥切。雁来红者，尚有蓼花一种，经秋弄色者又不一而足，皆属泛称；惟“老少年”三字相宜，而又病其俗。予尝易其名曰“还童草”，似觉差胜。此草中仙品也，秋阶得此，群花可废。此草植之者繁，观之者众，然但知其一，未知其二，予尝细玩而得之。盖此草不特于一岁之中，经秋更媚，即一日之中，亦到晚更媚，总之后胜于前，是其性也。此意向矜独得，及阅傅竹隐诗①，有“叶从秋后变，色向晚来红”一联，不知确有所见如予，知其晚来更媚乎？抑下句仍同上句，其晚亦指秋乎？难起九原而问之②，即谓先予一着可也。

【译文】

有一种草名字叫做“雁来红”，也叫“秋色”或“老少年”，我觉得都不是很贴切。在大雁飞来时变红的还有一种蓼花，到秋天时就表现出特别颜色的，也有很多种花草，所以“雁来红”、“秋色”都属于泛称。只有“老少年”三个字最合适，又嫌太庸俗。我曾给它改了名叫“还童草”，觉得似乎好些。这是草中的仙品，秋天的时候有了它，其他的花都可以不要了。这种草种的人多，看的人也多，但只知其一，不知其二。我曾经认真观察琢磨而发现了。这种草不只是一年之中过了秋天更漂亮，就是一天里面，也是到晚上更漂亮，这是它的本性。这个发现一向自认为独有，读了傅竹隐的诗，有“叶从秋后变，色向晚来红”一句，不知他是否像我一样亲眼看见，知道它到晚上更妩媚呢，还是下句跟上句一样，晚指的是秋天呢？难以把傅竹隐叫上来询问，就说他比我早发现好了。

天　竹

【原文】

竹无花而以夹竹桃代之，竹不实而以天竹初之，皆是可以不必然而强为蛇足之事。然蛇足之形自天生之，人亦不尽任咎也。

【译文】

竹子不开花，就用夹竹桃代替，竹子不结果实，就用天竹弥补，都是不必要而又多此一举的行为。这也是因为它天生的形态才让人有这种想法，也不都是人的错。

虎　刺

【原文】

“长盆栽虎刺，宣石作峰峦。”布置得宜，是一幅案头山水。此虎丘卖花人长技也，不可谓非化工手笔。然购者于此，必熟视其为原盆与否。是卉皆可新移，独虎刺必须久植，新移旋踵者百无一活①，不可不知。

【注释】

①旋踵：旋转脚后跟，比喻时间短暂。

【译文】

“长盆栽虎刺，宣石作峰峦。”布置得当的话，就是一幅案头的山水画。这是虎丘卖花人的特长，不能说是大自然神奇的手笔。但是买花的人一定要注意它的盆是不是原盆。别的草刚栽下来就可以换盆，只有虎刺必须栽很长时间。刚种下就移走的虎刺，没有能成活的，这一点一定要知道。

萍

【原文】

杨入水为萍①，是花中第一怪事。花已谢而辞树，其命绝矣，乃又变为一物，其生方始，殆一物而两现其身者乎？人以杨花喻

【注释】

①杨入水为萍：指杨花落水上，积成浮萍。

命薄之人，不知其命之厚也，较天下万物为独甚。吾安能身作杨花，而居水陆二地之胜乎？

水上生萍，极多雅趣；但怪其弥漫太甚，充塞池沼，使水居有如陆地，亦恨事也。有功者不能无过，天下事其尽然哉？

【译文】

杨花落入水中变成萍，这是花中的第一大怪事。花凋谢后脱离树干，生命已经结束，却又成为另一种东西，生命重新开始，这是一种事物有两种化身吗？人们用杨花来比喻命薄的人，却不知它比天下万物都命厚。我怎么样才能变作杨花，在陆地和水中都占尽风光呢？

水上生萍，是件很有雅趣的事，只是怪它蔓延得太厉害，充满了池塘沼泽，使水面看起来和陆地一样，这是件遗憾的事。有功不能没有过错，天下事都是这样吧？

竹木第五

【原文】

竹木者何？树之不花者也。非尽不花，其见用于世者，在此不在彼，虽花而犹之弗花也[①]。花者，媚人之物，媚人者损己，故善花之树多不永年[②]，不若椅桐梓漆之朴而能久。然则树即树耳，焉如花为？善花者曰："彼能无求于世则可耳，我则不然。雨露所同也，灌溉所独也；土壤所同也，肥泽所独也。予不见尧之水、汤之旱乎？如其雨露或竭，而土不能滋，则奈何？盍舍汝所行而就我[③]？"不花者曰："是则不能，甘为竹木而已矣。"

【注释】

①弗：不。

②多不永年：活的年岁不长。

③盍：何不。

【译文】

竹木是什么？是不开花的树。不是都不开花，只是它对世人的贡献，不在于花而是在别的方面，虽然开花也跟没有开一样。花是取媚人的东西，取媚人会对自己有害处，所以以花取胜的树大多寿命不长，不像柏、桐、梓、漆这些朴实的树能活得长久。但是树就是树，为什么要学得跟花一样呢？善于开花的树说："你如果能对世人没什么需求，不开花也可以，但是我和你不同。得到的雨露都是一样的，我却因为开花而能得到人们的灌溉，大家的土壤都是一样的，我可以得到肥料。你不知道尧时的大水和汤时的大旱吗？要是出现像那样的缺少雨露、土壤营养供给不足的情况，你该怎么办呢？为什么不改变你现在的做法而像我学习呢？"不开花的树说："这些我做不到，我甘心做竹木。"

竹

【原文】

俗云："早间种树，晚上乘凉。"喻词也。予于树木中求一物以实之，其惟竹乎！种树欲其成荫，非十年不可，最易活者莫

【注释】

①盼：眼睛黑白分明的样子。这里指眼睛。

如杨柳，求其荫可蔽日，亦须数年。惟竹不然，移入庭中，即成高树，能令俗人不舍，不转盼而成高士之庐[①]。神哉此君，真医国手也！

【译文】

有句俗语说："早上种树，晚上乘凉。"这是个比喻。要在树木里面找个实例，那就只有竹了。人们种完树想要它成荫，一定要等上十年。最容易活的树，要算是杨柳了，要想它们成荫，也得几年时间。只有竹不是这样，移栽到院子里，很快就长成高大的树，能让俗人的家园，转眼就成为高贵人的宅院。它真是神奇啊！

【注释】

①遵：相信，遵守。

【原文】

种竹之方，旧传有诀云："种竹无时，雨过便移，多留宿土，记取南枝。"予悉试之，乃不可尽信之书也。三者之内，惟一可遵[①]，"多留宿土"是也。

【译文】

种竹子的方法，以前流传说："种竹不用挑选时间，下过雨就移栽，多保留原来的土，要选朝南的竹枝。"我都试过，觉得这句话不能完全相信。三点之中只有一点可以相信，就是多保留原来的土。

【注释】

①忌：怕。

②受：享用。

【原文】

移树最忌伤根[①]，土多则根之盘曲如故，是移地而未尝移土，犹迁人者并其卧榻而迁之，其人醒后尚不自知其迁也。若俟雨过方移，则沾泥带水，有几许未便。泥湿则松，水沾则濡，我欲留土，其如土湿而苏，随锄随散之，不可留何？且雨过必晴，新移之竹，晒则叶卷，一卷即非活兆矣。予易其词曰："未雨先移。"天甫阴而雨犹未下，乘此急移，则宿土未湿，又复带潮，有如胶

似漆之势，我欲多留，而土能随我，先据一筹之胜矣。且栽移甫定而雨至，是雨为我下，坐而受之[2]，枝叶根本，无一不沾滋润之利。最忌者日，而日不至；最喜者雨，而雨即来；无所忌而投以喜，未有不欣欣向荣者。此法不止种竹，是花是木皆然。

【译文】

移栽树木最怕伤到根，土多的话树根的盘曲情形就会同原来一样，只是移换了地点，没有移换它的土，就像移动一个睡着的人，连着他的床一起搬走，他醒后也不会知道自己被人移动了。若是等雨后才移动，拖泥带水，就会有些不便。根上的泥土湿就会松，沾到水就容易沾上不好的东西。我想要保留土，土却又湿又松，锄下去就散开，那有什么办法呢？而且雨过天晴，新移的竹子，被太阳晒到的叶子就会卷起来，一卷起来就是活不了的征兆。我改个说法是："未雨先移。"在刚阴天还没下雨的时候，赶紧移栽，那么旧土没湿，又带着潮气，就会抱得很紧。我想多留土，土也能跟着过来，这就先胜一筹了。刚移栽完就开始下雨，这样雨就像为我下的，我就可以坐着享用了，竹的枝叶和根都可以得到浇灌。刚移的竹子最怕太阳，而太阳不会出来；最喜欢的是雨，而雨马上跟着下起来。避开所怕的而给竹子喜欢的，竹子一定会长得欣欣向荣。这办法不仅适宜种竹子，只要是花木都适合。

【原文】

至于"记取南枝"一语，尤难遵奉。移竹移花，不易其向，向南者仍使向南，自是草木之幸。然移草木就人，当随人便，不能尽随草木之便。无论是花是竹，皆有正面，有反面，正面向人，反面向空隙，理也。使记南枝而与人相左，犹娶新妇进门，而听其终年背立，有是理乎？故此语只当不说，切勿泥之[1]。总之，移花种竹只有四字当记，"宜阴忌日"是也。琐琐繁言，徒滋疑扰。

【注释】

①泥：拘泥。

【译文】

至于“记取南枝”这句，是最难照办的。移栽竹子或者花，不改变它的朝向，朝南的仍然朝南，这对植物当然是很好。但是移栽草木到人需要的地方，应该看人的方便，而不能都根据草木的情况。不论是花还是竹，都有正面、反面，正面向人，反面向空隙，这是当然的。如果选取朝南的枝条，但如果这跟人要种的朝向相反，就像娶新媳妇进门，任凭她终年背着脸，有这种道理吗？所以这句话就当没人说过，千万不要被它束缚。总之，移栽花或竹，只有四字应该记住，“宜阴忌日”就是了。我这样啰唆，只让人觉得更杂而不知所措。

松柏

【原文】

“苍松古柏”，美其老也。一切花竹，皆贵少年，独松、柏与梅三物，则贵老而贱幼。欲受三老之益者，必买旧宅而居。若俟手栽，为儿孙计则可，身则不能观其成也。求其可移而能就我者，纵使极大，亦是五更，非三老矣[①]。予尝戏谓诸后生曰：“欲作画图中人，非老不可。三五少年，皆贱物也。”后生询其故。予曰：“不见画山水者，每及人物，必作扶筇曳杖之形[②]，即坐而观山临水，亦是老人矍铄之状[③]。从来未有俊美少年厕于其间者。少年亦有，非携琴捧画之流，即挈盒持樽之辈[④]，皆奴隶于画中者也。”后生辈欲反证予言，卒无其据。

引此以喻松柏，可谓合伦[⑤]。如一座园亭，所有者皆时花弱卉，无十数本老成树木主宰其间，是终日与儿女子习处，无从师会友时矣。名流作画，肯若是乎？噫，予持此说一生，终不得与老成为伍，乃今年已入画，犹日坐儿女丛中。殆以花木为我，而我为松柏者乎？

【注释】

①五更、三老：古代对德高望重的老人的尊称。五更的地位低于三老。

②筇：古代的一种竹子，可以做手杖。

③矍铄：形容老年人精神好。

④挈盒持樽：提着食盒，持着酒樽。

⑤合伦：合乎伦理。

【译文】

人们赞美苍松古柏的苍老。所有的花竹，都是在年龄小的时候最珍贵，只有松、柏和梅三种，是以老为贵，以幼为劣。想要享受这三种老树带来的好处，一定要买旧的房子来住，要是自己动手栽种，为子孙打算是可以的，只是不可能亲眼看见它长到苍老。找那些可以移栽到眼前的，即使很大，也是五更而非三老了。我曾对年轻人开玩笑说："想要成为图画里的人，只能是老人，三五个少年，是受到轻视的。"年轻人问什么原因，我说："你没看见画山水的人，一画人物，不是挟着拐杖的，就是坐着看山水的，都是老年人的样子。从没看见俊美少年在里面的。少年也是有的，不是捧书拿琴，就是端盒持酒杯的，都是画里的奴仆。"年轻人想要反驳我的话，最终也找不到证据。

用这来比喻松柏，可以说正合适。如果一所园林，只有一些柔弱的刚种下的花草，没有几十株老成的树木，在里面做领袖，这就像是整天跟后辈小儿相处，而没有跟老师朋友交流的时候了。名流作画，会这样吗？我持这种说法一辈子，始终不能跟年老的人成为伙伴，到今天年纪都可以入画了，还整天坐在后辈小儿中间，这样用花木比喻我的话，不是要把我当成松柏来看待吗？

梧桐

【原文】

梧桐一树，是草木中一部编年史也，举世习焉不察，予特表而出之。花木种自何年？为寿几何岁？询之主人，主人不知，询之花木，花木不答。谓之"忘年交"则可，予以"知时达务"，则不可也。梧桐不然，有节可纪，生一年，纪一年。树有树之年，人即纪人之年，树小而人与之小，树大而人随之大，观树即所以现身。《易》曰："观我生进退。"欲观我生，此其资也。予垂髫种此①，即于树上刻诗以纪年，每岁一节，即刻一诗，惜为兵燹所坏②，不克有终。犹记十五岁刻桐诗云："小时种梧桐，桐叶小于艾。簪头刻小诗，字瘦皮不坏。刹那三五年，桐大字亦大。桐字已如许，人大复何怪。还将感叹词，刻向前诗外。新字

【注释】

①垂髫（tiáo）：少年时代。

②燹（xiǎn）：野火。

日相催，旧字不相待。顾此新旧痕，而为悠忽戒。”此予婴年著作，因说梧桐，偶尔记及，不则竟忘之矣。即此一事，便受梧桐之益。然则编年之说，岂欺人语乎？

【译文】

梧桐这种树，是草木中的一部编年史。全世界的人都无视它的存在，我却将它写出来。花木是什么时候种的，有多少岁了，问主人，主人不知道，问花木，花木不能回答，就可以称它为“忘年交”，称为“知时达务”就不行了。梧桐不是这样，它用节进行记录，生一年，记录一年。树记录树的岁数，人就记录人的岁数，树小的时候人跟它一样小，等树长大了人也跟着长大，观察树就是观察人自己。《易经》说：“观我生进退。”想要观察自己的生活，这就是一个工具。我小的时候种梧桐，就在树上刻诗，这样可以记录年份，每年长一节，就刻上一首诗，可惜后来梧桐树在战乱中被毁了，不能够继续。我还记得十五岁时刻在梧桐上的诗：“小时种梧桐，桐叶小于艾。簪头刻小诗，字瘦皮不坏。刹那三五年，桐大字亦大。桐字已如许，人大复何怪。还将感叹词，刻向前诗外。新字日相催，旧字不相待。顾此新旧痕，而为悠忽戒。”这是我少年时代的作品，因为说到梧桐，偶尔记起，不然最后会忘记。仅这一件事，就是得益于梧桐，可见说梧桐是一部编年史，难道是骗人的吗？

槐　榆

【原文】

树之能为荫者，非槐即榆。《诗》云：“于我乎，夏屋渠渠①。”此二树者，可以呼为“夏屋”，植于宅旁，与肯堂肯构无别②。人谓夏者，大也，非时之所谓夏也。予曰：古人以厦为大者，非无取义。夏日之屋，非大不凉，与三时有别，故名厦为屋。训夏以大，予特未之详耳。

【注释】

①夏屋：大屋。渠渠：深广的样子。

②肯堂肯构：此处指营缮房屋。

【译文】

树中能够有荫的，不是槐树就是榆树。《诗经》说："于我乎，夏屋渠渠。"这两种树，可以称为"夏屋"，种在房子旁边，这跟盖房子打地基没有两样。说"夏"的意思，是说大，不是现在所说的夏天的意思。我说：在古代人的用语中，厦和大的意思一样，不是没有根据的，夏天的房子，不大就不凉快，跟其他三个季节有区别，所以给房子起名叫厦。把夏解释成大，我就不知道原因了。

柳

【原文】

柳贵于垂，不垂则可无柳。柳条贵长，不长则无袅娜之致，徒垂无益也[1]。此树为纳蝉之所，诸鸟亦集。长夏不寂寞，得时闻鼓吹者，是树皆有功，而高柳为最。总之，种树非止娱目[2]，兼为悦耳。目有时而不娱，以在卧榻之上也[3]；耳则无时不悦。

【注释】

①徒：只。

②娱：愉悦。

③榻：泛指床。

【译文】

柳树贵在能够垂，不能垂的柳就可以不种了。柳条贵在长，不长就没有袅娜的姿态，单是垂也没有用。柳树是吸纳蝉的地方，鸟也喜欢停到柳树上。长长的夏天，因为能时时听到这些鸟叫虫鸣的音乐，才不会寂寞，树在这方面有很大的功劳，而高大的柳树的功劳是最大的。总之种树不止是用来愉悦眼睛，也为了愉悦耳朵。眼睛有时候无法得到愉悦，因为要上床睡觉，而耳朵就能每时每刻得到愉悦。

【原文】

鸟声之最可爱者，不在人之坐时，而偏在睡时。鸟音宜晓听，人皆知之；而其独宜于晓之故，人则未之察也。鸟之防弋[1]，无时不然。卯辰以后，是人皆起，人起而鸟不自安矣。虑患之念一生，虽欲鸣而不得，鸣亦必无好音，此其不宜于昼也。晓则是

【注释】

①弋：用带着绳子的箭射鸟。

②扪：按，摸。这里引申为憋扪。

人未起，即有起者，数亦寥寥，鸟无防患之心，自能毕其能事，且扪舌一夜[2]，技痒于心，至此皆思调弄，所谓“不鸣则已，一鸣惊人”者是也，此其独宜于晓也。

【译文】

最可爱的鸟鸣声，不是在人坐的时候，而偏偏在入睡的时候。鸟叫适宜在清晨的时候听，人们都知道，但适宜在清晨听的原因，人们就不清楚了。鸟随时都要防备有人用弹弓打它，早晨七点以后，人都起床了，人起来鸟就不安了。担心害怕的念头一产生，就会想叫也叫不出来，叫起来也不会好听了。这是鸟叫不适宜在白天听的原因。清晨的时候人还没起，起来的人也很少。鸟没有防备的心，自然能拿出全副本领，而且憋了一夜，心中技痒难耐，到这时候都想卖弄展示一番，所谓“不鸣则已，一鸣惊人”。这是适合清晨听的原因。

【原文】

庄子非鱼，能知鱼之乐；笠翁非鸟，能识鸟之情。凡属鸣禽，皆当呼予为知己。种树之乐多端，而其不便于雅人者亦有一节；枝叶繁冗，不漏月光。隔婵娟而不使见者[1]，此其无心之过，不足责也[2]。然匪树木无心，人无心耳。使于种植之初，预防及此，留一线之余天，以待月轮出没，则昼夜均受其利矣。

【注释】

①婵娟：指月亮。

②责：责怪，责备。

【译文】

庄子不是鱼，却能知道鱼的快乐；我不是鸟，却能体察鸟的性情。凡是会鸣叫的鸟，都应该把我称为知音。种树的快乐有好多种，但是对于高雅的人也有一个不便之处，就是枝叶茂密，不能透月光。将月亮隔开让人看不到，这是它无心的过失，不能责怪它。但这不是树木无心，而是人没有留意。如果在刚种的时候，对这一点儿就有预防，留下一个空隙，可以露出天空，等候月亮出来，那么就不管白天黑夜都能享受到它带来的好处了。

黄 杨

【原文】

黄杨每岁长一寸，不溢分毫，至闰年反缩一寸，是天限之木也。植此宜生怜悯之心。予新授一名曰“知命树”。天不使高，强争无益，故守困厄为当然[①]。冬不改柯，夏不易叶，其素行原如是也。使以他木处此，即不能高，亦将横生而至大矣；再不然，则以才不得展而至瘁[②]，弗复自永其年矣。困于天而能自全其天，非知命君子能若是哉？最可悯者，岁长一寸是已；至闰年反缩一寸，其义何居？岁闰而我不闰，人闰而己不闰，已见天地之私；乃非止不闰，又复从而刻之，是天地之待黄杨，可谓不仁之至，不义之甚者矣。乃黄杨不憾天地，枝叶较他木加荣，反似德之者，是知命之中又知命焉。莲为花之君子，此树当为木之君子。莲为花之君子，茂叔知之；黄杨为木之君子，非稍能格物之笠翁[③]，孰知之哉？

【注释】

①困厄：艰难窘迫。厄，灾难，受困。

②瘁：过度劳累。引申为憔悴。

③格物：推究事物的道理。

【译文】

黄杨每年长一寸，一点儿也不多，到闰年反而会缩短一寸。这是受到天命限制的树，种植的时候应该有怜悯的心情。我新给它起了一个名字叫做“知命树”。天不让它长高，勉强去争没有用，所以安守困境，被看做理所当然。冬天不改变枝条，夏天不改变叶子，它一向就是这样的。若是把别的树放在这样的位置上，即使不能长高，也一定要横向长得很粗，再不然，就因为才力不能施展而变得憔悴，不能保证享受天年。受到天命的限制，又能从中自我保全，这不是知命的君子才能做到吗？最可怜的是，一年长一寸也就罢了，到闰年反而缩一寸，这是为什么呢？闰年虽然多了一年，黄杨却不能增长，别人都有增长而只有黄杨不能，已经显得天地不公，甚至不但不能多得，还要克扣，这样看来天地对待黄杨，可以算是不仁不义到极点了。而黄杨并不因此怨恨上天，枝叶比别的树更茂盛，反而像是感激上天一样，这是知命的事物中更知命的了。莲是花中的君子，黄杨就是树中的君子。莲是花中的君子，周敦颐能知道，黄杨是树中的君子，不是稍微能够推寻事物道理的李渔，还有谁知道呢？

棕榈

【原文】

树直上而无枝者，棕榈是也。予不奇其无枝，奇其无枝而能有叶。植于众芳之中，而下不侵其地、上不蔽其天者，此木是也。较之芭蕉，大有克己妨人之别。

【译文】

棕榈树是直上直下，没有枝条的。对于它没有枝条，我并不奇怪，奇怪的是它没有枝条还能长叶子。种在许多花木中间，而且在下面不侵占地皮，在上面不遮蔽天空。跟芭蕉比起来，很明显有克制自己，和妨害别人的分别。

颐养部

行乐第一

【原文】

伤哉！造物生人一场，为时不满百岁。彼夭折之辈无论矣，姑就永年者道之[1]，即使三万六千日尽是追欢取乐时，亦非无限光阴，终有报罢之日[2]。况此百年以内，有无数忧愁困苦、疾病颠连、名缰利锁、惊风骇浪，阻人燕游，使徒有百岁之虚名，并无一岁二岁享生人应有之福之实际乎！又况此百年以内，日日死亡相告，谓先我而生者死矣，后我而生者亦死矣，与我同庚比算、互称弟兄者又死矣。

【注释】

①姑：姑且，单单。

②罢：结束。

【译文】

伤心啊！造物主造出人，可人活在这个世界上的时间还不足一百年。那些年幼时就夭折了的暂且不说，就说那些能够延年益寿活到一百岁的人，即使一百年中天天寻欢作乐，时光也是有尽头的，终究会有结束的时候。何况在这一百年里，有无数的忧愁困苦、疾病颠连、名利缰锁、惊风骇浪，阻止人快乐地生活，使人徒有活到一百岁的虚名，实际上并没有一两年的时间可以享有人生应该享有的福气！又加上在活着的一百年里，几乎每天都有死亡的讯息传来，比我早出生的人死了，比我晚出生的人也死了，和我同年出生相互间称兄道弟的人也死了。

【原文】

噫！死是何物，而可知凶不讳，日令不能无死者，惊见于目，而怛闻于耳乎？是千古不仁，未有甚于造物者矣。虽然，殆有说焉。不仁者，仁之至也。知我不能无死，而日以死亡相告，是恐我也。恐我者，欲使及时为乐，当视此辈为前车也。康对山

【注释】

①康对山：康海，字德涵，号对山。明代武功人，弘治进士第一，授修撰。

构一园亭[1]，其地在北邙山麓[2]，所见无非丘陇。客讯之曰："日对此景，令人何以为乐?"对山曰："日对此景，乃令人不敢不乐。"达哉斯言！予尝以铭座右。兹论养生之法，而以行乐先之；劝人行乐，而以死亡怵之，即祖是意。欲体天地至仁之心，不能不蹈造物不仁之迹。

②北邙山：在今河南洛阳市东北。汉魏以来，王侯公卿的葬地多在于此，后以此泛称墓地。

【译文】

唉！死到底是什么东西，知道这是凶兆却不能避讳，虽然不会每天都有死亡在眼前惊现，却不可避免听到这样悲伤的消息。千百年来最不仁慈的要算是造物主了。虽然这样，还有另一种说法：不仁慈的人，其实是达到了仁慈的极致。造物主知道我不能不死，所以每天都通过告知别人的死亡，来恐吓我。恐吓我，是想让我能够及时行乐，应当将死去的那些人作为我的前车之鉴。康海建了一座园亭，建造的地方在北邙山山脚下，只能看见一些丘陵山陇。客人询问他说："每天对着这样的风景，让人拿什么当乐子呢?"康海说："每天对着这样的风景，让人不敢不快乐。"他的话是多么的豁达！我常常把这话当做我的座右铭。谈到养生的方法，首先就要讲到行乐；用死亡来劝人及时行乐不免让人感到恐惧，可是意思就是这样。要想体察天地的仁慈的用心，就不能不像造物主那样，做一些不仁的事情。

【原文】

养生家授受之方，外藉药石[1]，内凭导引[2]，其借口颐生而流为放辟邪侈者，则曰"比家"。三者无论邪正，皆术士之言也。予系儒生，并非术士。术士所言者术，儒家所凭者理。《鲁论·乡党》一篇，半属养生之法。予虽不敏，窃附于圣人之徒，不敢为诞妄不经之言以误世。有怪此卷以颐养命名，而觅一丹方不得者，予以空疏谢之。又有怪予著《饮馔》一篇，而未及烹饪之法，不知酱用几何，醋用几何，鹾椒香辣用几何者。予曰："果若是，是一庖人而已矣，乌足重哉!"人曰："若是，则《食

【注释】

①藉：凭借，依靠。

②导引：古代人强身除病的养生方法。

物志》、《尊生笺》、《卫生录》等书，何以备载此等?”予曰：“是诚庖人之书也。士各明志，人有弗为。”

【译文】

养生家教给人养生的办法，外在要凭借药石的力量，内在要靠自身的正确导引，那些以颐养修生为借口而去过放荡奢侈生活的，则被称为“比家”。以上三种无论是邪是正，都是术士的话。我是一介儒生，不是术士。术士说的是术数，儒家凭借的是道理。《鲁论·乡党》这篇文章，一半的内容都是关于养生的方法。我虽然不聪敏，私下里却把自己当成圣人的学生，不敢说些荒诞狂妄的言语误导世人。有人觉得很奇怪，这一卷命名为“颐养”，却找不到一个丹方，我为自己的见识贫乏道歉。又有人责怪我写《饮馔》一篇却没有谈到任何的烹饪方法，让人看过以后不知道酱应用多少，醋应用多少，香料辣椒应该用多少。我说：“如果做到这样的话，我就仅仅是一个厨师了，有什么值得重视的呢!”有人说：“如果是这样，那么《食物志》、《尊生笺》、《卫生录》这一类的书，为什么将这些记载得很详细?”我说：“那些是真正的烹调书。读书人都有自己的志向，每个人也有他不想做的事。”

贵人行乐之法

【原文】

人间至乐之境[①]，惟帝王得以有之；下此则公卿将相，以及群辅百僚，皆可以行乐之人也。然有万几在念，百务萦心，一日之内，除视朝听政、放衙理事、治人事神、反躬修己之外，其为行乐之时有几[②]？曰：不然。乐不在外而在心。

【注释】

①至：最，极。

②几：多少。

【译文】

人间最快乐的境界，只有帝王才能达到；在他以下的公卿将相，以及众多辅臣官僚们，都是可以行乐的人。但是他们百务缠身，一天里，除了上朝听政、居职理事、治人事神、反躬修己之外，又有多少时间可以去行乐呢？我说：不是这样。快乐不在外表而在于人的内心。

【原文】

心以为乐，则是境皆乐，心以为苦，则无境不苦。身为帝王，则当以帝王之境为乐境；身为公卿，则当以公卿之境为乐境。凡我分所当行，推诿不去者，即当摈弃一切，悉视为苦，而专以此事为乐。谓我为帝王，日有万几之冗，其心则诚劳矣，然世之艳慕帝王者，求为片刻而不能，我之至劳，人之所谓至逸也。为公卿将相、群辅百僚者，居心亦复如是，则不必于视朝听政、放衙理事、治人事神、反躬修己之外，别寻乐境，即此得为之地，便是行乐之场。一举笔而安天下，一矢口而遂群生，以天下群生之乐为乐，何快如之？若于此外稍得清闲，再享一切应有之福，则人皇可比玉皇，俗吏竟成仙吏，何蓬莱三岛之足羡哉[①]！

【注释】

①蓬莱三岛：传说中东海神山，即蓬莱、方丈、瀛洲。

【译文】

内心觉得很快乐，那么处在什么样的境地都会觉得快乐，内心觉得悲苦，那么任何境地都会让你觉得悲苦。身为帝王，就应当把帝王这个位置作为快乐的境地；身为公卿，就应当把公卿的身份作为快乐的境地。凡是我分内应当承担的任务就不能推诿出去，应当把其他的事情都摒弃掉，将无关的事看做苦事，而专门把分内的事情作为乐趣。假如说我是帝王，每天都想着要日理万机，处理一堆冗繁的事务，我的心就真的很劳累，然而世上那些羡慕帝王生活的人，连一时片刻的帝王都做不了，我认为的最劳苦的事情，恰恰是众人眼中最安逸的。同样，作为公卿将相、群辅百僚的人，也应这样想，这样的话就不必在视朝听政、放衙理事、治人事神、反躬修己以外，另外寻找快乐的境界，自己在的地方，就是行乐的场所。手中的笔一举起来就能使天下得到太平，一开口发誓就能使天下众生都实现心愿，把天下众生的快乐作为自己的快乐，还有什么样的快乐可以赶上这个呢？如果在这之外还能有一些清闲的时间，再来享受一切应该享受到的福气，那么人间的皇帝就可以和天上的玉皇大帝相比，俗世的官吏也就成了天上的神仙官吏，难道不是让蓬莱三岛的神仙都羡慕吗？

【原文】

此术非他，盖用吾家老子“退一步”法。以不如己者视己，则日见可乐；以胜于己者视己，则时觉可忧。从来人君之善行乐者，莫过于汉之文、景；其不善行乐者，莫过于武帝。以文、景于帝王应行之外，不多一事，故觉其逸；武帝则好大喜功，且薄帝王而慕神仙，是以徒见其劳。人臣之善行乐者，莫过于唐之郭子仪；而不善行乐者，则莫如李广。子仪既拜汾阳王，志愿已足，不复他求，故能极欲穷奢，备享人臣之福；李广则耻不如人，必欲封侯而后已，是以独当单于，卒致失道后期而自刭。故善行乐者，必先知足。二疏云[①]：“知足不辱，知止不殆。”不辱不殆，至乐在其中矣。

【注释】

①二疏：这里指西汉的疏广、疏受两叔侄，官至太傅、少傅，年老后辞官闲居，每日以与宾客行乐为事。

【译文】

这种方法并不是什么特殊的方法，而是运用道家老子所说的“退一步”的方法。同那些不如自己的人来对照自己，那么天天都会觉得快乐；同那些胜过自己的人来对照自己，那么时时都会觉得有忧虑的地方。自古以来作为君主帝王而善于行乐的，要算是汉代的汉文帝和汉景帝；其中不善于行乐的，要算是汉武帝。因为汉文帝和汉景帝在他们应该做的事情以外，不再多做一件事情，所以觉得安逸；汉武帝则是好大喜功，而且鄙薄帝王的身份羡慕神仙，所以他的行为只能显示他的劳苦。人臣之中善于行乐的人，要算是唐代的郭子仪；不善于行乐的人，要算是唐代的李广。郭子仪被封为汾阳王，他的愿望已经得到了满足，不再有其他的要求，所以能够极尽欲望和奢侈，享受人臣的福气；李广则总为自己不如别人而感到羞耻，一定要封侯才满足，所以独自抵挡单于的进攻，最终因为行军误期而自杀。所以善于行乐的人，必须先要知足。疏广、疏受说：“知足就不会受辱，知道停止就不会疲劳。”不受辱不疲劳，快乐就在其中。

富人行乐之法

【原文】

劝贵人行乐易，劝富人行乐难。何也？则为行乐之资，然势不宜多，多则反为累人之具。华封人祝帝尧富寿多男，尧曰：“富则多事。”华封人曰：“富而使人分之，何事之有[①]？”由是观之，财多不分，即以唐尧之圣、帝王之尊，犹不能免多事之累，况德非圣人而位非帝王者乎？

【注释】

①“华封人”三句：见《庄子·天地》。华封人，成玄英疏：“华，地名也，今华州也。封人者，谓华地守封疆之人也。”

【译文】

劝说地位高贵的人行乐容易，劝说有钱的富人行乐就难了。为什么呢？因为钱财是行乐的资本，但又不应当过多，多了的话就成人的累赘了。华封人祝福尧富裕长寿而且多生男孩，尧说：“太富裕了会生出事端。”华封人说：“富了就把钱财分给大家，怎么会生出事端呢？”这样看来，钱财很多却不分给别人，就算像尧这样有圣人的品德、帝王的尊荣的人，都不能避免受到多生事端的拖累，何况才德不如圣人又没有居于帝王之位的普通人呢？

【原文】

陶朱公屡致千金，屡散千金，其致而必散，散而复致者，亦学帝尧之防多事也。兹欲劝富人行乐，必先劝之分财；劝富人分财，其势同于拔山超海，此必不得之数也。财多则思运，不运则生息不繁。然不运则已，一运则经营惨淡，坐起不宁，其累有不可胜言者。财多必善防，不防则为盗贼所有，而且以身殉之。然不防则已，一防则惊魂四绕，风鹤皆兵，其恐惧觳觫之状[①]，有不堪目睹者。且财多必招忌。语云：“温饱之家，众怨所归。”以

【注释】

①觳觫（húsù）：因恐惧而颤抖的样子。

一身而为众射之的，方且忧伤虑死之不暇，尚可与言行乐乎哉？甚矣，财不可多，多之为累，亦至此也。

【译文】

陶朱公多次赚得千金的财富，又多次把钱财分给大家，赚来了一定会分出去，散完了再去赚，也是学习尧帝防止多生事端。所以想要劝说富人行乐，首先就要劝他们分散手中的财物，而劝富人分散财物，就像夹着山跨越大海，是肯定做不到的。钱财多了就想着怎么运用它们，不运用的话产生的利益就不多。然而不运用还好，一运用的话就要费心经营，就会让人坐立不安，那种劳累真是很难说清。钱财多了就会防备别人，如果不防备就有可能被盗贼盗走，甚至有可能连性命都搭进去。然而不防备还好，一旦防备就会把人弄得胆战心惊，草木皆兵，那种害怕恐惧的样子，让人不忍心去看。况且钱财多了一定会招来妒忌。《论语》说："温饱之家，众怨所归。"一个人被很多人厌弃，忧伤虑死还来不及，哪里还会去行乐呢？钱财不能太多，多了就是累赘了，原因就是在这里。

【原文】

然则富人行乐，其终不可冀乎？曰：不然。多分则难，少敛则易。处比户可封之世[①]**，难于售恩；当民穷财尽之秋，易于见德。少课锱铢之利，穷民即起颂扬；略蠲升斗之租，贫佃即生歌舞。本偿而子息未偿，因其贫也而贳之**[②]**，一券才焚，即噪冯驩之令誉；赋足而国用不足，因其匮也而助之，急公偶试，即来卜式之美名**[③]**。果如是，则大异于今日之富民，而又无损于本来之故我。觊觎者息而仇怨者稀，是则可言行乐矣。其为乐也，亦同贵人，可不必于持筹握算之外，别寻乐境，即此宽租减息、仗义急公之日，听贫民之欢欣赞颂，即当两部鼓吹；受官司之奖励称扬，便是百年华衮。荣莫荣于此，乐亦莫乐于此矣。**

【注释】

①比户可封：也作"比德可封"。比喻教化深入民心。

②贳(shì)：出赁，出借。

③卜式：以畜牧致大富，汉武帝与匈奴开战，国用不足之时，他多次捐款，被任为中郎，后升至御史大夫。

【译文】

难道富人行乐就没有希望了吗？我说：不是这样。分散给别人的钱财太多很难做到，少聚敛一些就容易了。在任何一家人都能受到封赏的时代，就会很难向别人显示自己的恩惠；在人民都很穷困、钱财很少的时代，就很容易被感激。少征收一些利息，穷困的人民就会颂扬你；稍微减少一些租金，贫穷的佃户就会高兴得载歌载舞。对于那些偿还了本金却没有还上利息的人，如果你因为看到那些人很贫穷而把契约烧掉，就会像冯驩一样赢得美名了；自己的收入充足而国家的财力不足，就在国家财力匮乏的时候进行捐助，以急公好义的心态偶然做一次，就可以获得卜式那样的美名。真能这样的话，就和今天的富人完全不同了，而又不会损害我本来的状况。觊觎我的人都没有了，怨恨我的人也变少了，这时候就可以谈到行乐了。行乐的方法和贵人一样，没必要在拿着算盘算账以外，另去寻找快乐的境界。在放宽租金、减少利息、仗义奉公的时候，听听贫困的人们对自己的称颂，就当是乐班奏乐的声音；受到政府的奖励赞扬，也就像得到了华丽的衣裳。再大的荣耀也不过如此，再大的快乐也不过如此了。

【原文】

至于悦色娱声、眠花藉柳、构堂建厦、啸月嘲风诸乐事，他人欲得，所患无资，业有其资，何求弗遂？是同一富也，昔为最难行乐之人，今为最易行乐之人。即使帝尧不死，陶朱现在①，彼丈夫也，我丈夫也，吾何畏彼哉？去其一念之刻而已矣。

【注释】

①陶朱：即范蠡。助勾践灭吴后，改名易姓，在陶经商，称陶朱公。十九年中三次获得千金的产业，又三次分给贫穷的朋友和亲戚。

【译文】

至于悦色娱声、眠花枕柳、构堂建厦、啸月嘲风这一类的乐事，别人想得到却担心没有资金，我已经有了钱财，还有什么做不到的呢？同样是富人，以前是最难行乐的人，现在是最容易行乐的人了。即使尧帝没有死，陶朱活到了现在，他们是大丈夫，我也是大丈夫，我有什么畏惧他们的呢？去掉自己苛刻的念头就可以了。

贫贱行乐之法

【注释】

①胼胝(piánzhī)：趼子。即手掌或脚掌上因摩擦而生成的硬皮。

【原文】

穷人行乐之方，无他秘巧，亦止有“退一步”法。我以为贫，更有贫于我者；我以为贱，更有贱于我者；我以妻子为累，尚有鳏寡孤独之民，求为妻子之累而不能者；我以胼胝为劳①，尚有身系狱廷，荒芜田地，求安耕凿之生而不可得者。以此居心，则苦海尽成乐地。如或向前一算，以胜己者相衡，则片刻难安，种种桎梏幽囚之境出矣。

【译文】

穷人行乐的方法，没别的秘诀，只有“退一步”这种方法。我觉得自己穷，还有比我更穷的；我觉得自己低贱，还有比我更低贱的；我把妻子儿女当做累赘，还有失去妻子无依无靠、想要妻子儿女这种累赘却得不到的人；我为自己因为劳动使得手脚都是老趼而感到劳苦，还有人被关在监狱，荒芜了田地，想要安心耕作却不能做的人。这样去想，那么苦海都变成乐地。如果向前算，同胜过自己的人比较，那就一刻也得不到安稳，那些束缚忧郁的心境就会出现了。

【注释】

①溽暑：夏天闷热而潮湿的天气。

②亭长：此指极低微的小官。

③显者：显达者。此指高官。

【原文】

一显者旅宿邮亭，时方溽暑①，帐内多蚊，驱之不出，因忆家居时堂宽似宇，簟冷如冰，又有群姬握扇而挥，不复知其为夏，何遽困厄至此！因怀至乐，愈觉心烦，遂致终夕不寐。一亭长露宿阶下②，为众蚊所嘬，几至露筋，不得已而奔走庭中，俾四体动而弗停，则嘬人者无由厕足；乃形则往来仆仆，口则赞叹嚣嚣，一似苦中有乐者。显者不解③，呼而讯之，谓：“汝之受困，什佰于我，我以为苦，而汝以为乐，其故维何？”

亭长曰："偶忆某年，为仇家所陷，身系狱中。维时亦当暑月，狱卒防予私逸，每夜拘挛手足，使不得动摇，时蚊蚋之繁，倍于今夕，听其自嘬，欲稍稍规避而不能，以视今夕之奔走不息，四体得以自如者，奚啻仙凡人鬼之别乎！以昔较今，是以但见其乐，不知其苦。"显者听之，不觉爽然自失。此即穷人行乐之秘诀也。

【译文】

有一个富贵的人，旅途中住在驿站，当时正是盛夏，帐子里有很多蚊子，赶不出去，就想起在家里时，厅堂宽敞，枕席冰凉，又有许多姬妾拿着扇子为他扇风，都感觉不出是夏天，怎么现在困苦到这地步呢？因为想着非常快乐的情景，就更加心烦了，于是整个晚上睡不着。有一个亭长在台阶下露宿，被许多蚊子咬，筋都快被咬出来了，只能在院子里跑动，让四肢不停地动，使蚊子没办法落脚。他的身子虽然奔跑得很辛苦，口中却很大声地赞叹，好像苦中有乐。富贵的人不理解了，就把他叫来询问："你受的苦，比我多百倍，我觉得痛苦你却觉得快乐，是为什么？"亭长说："我想起有一年被仇家陷害，被关押在监狱里。当时正是夏天，狱卒防备我偷跑，每天晚上都捆住我的手脚，让我不能动弹。那时的蚊子，比今晚多上一倍，想要躲一下也不行，只能任凭蚊子叮咬。比起今晚可以跑个不停，而且四肢能够自由，那真是一个天上，一个地下；一个是人，一个是鬼啊！用过去来比今天，所以只觉得快乐，不觉得苦。"富贵的人听后，恍然大悟。这就是穷人行乐的秘诀。

【原文】

不独居心为然，即铸体炼形，亦当如是。譬如夏月苦炎，明知为室庐卑小所致，偏向骄阳之下来往片时，然后步入室中，则觉暑气渐消，不似从前酷烈；若畏其湫隘而投宽处纳凉[①]，及至归来，炎蒸又加十倍矣。冬月苦冷，明知为墙垣单薄所致，故向

【注释】

①湫隘：低湿狭小。

②迍邅（zhūnzhān）蹭蹬：行路艰难貌。此指处境困难。

风雪之中行走一次，然后归庐返舍，则觉寒威顿减，不复凛冽如初；若避此荒凉而向深居就燠，及其再入，战栗又作何状矣。由此类推，则所谓退步者，无地不有，无人不有，想至退步，乐境自生。予为两间第一困人，其能免死于忧，不枯槁于迍邅蹭蹬者[②]，皆用此法。又得管城一物，相伴终身，以扫千军则不足，以除万虑则有余。然非善作退步，即楮墨亦能困人。想虞卿著书[③]，亦用此法，我能公世，彼特秘而未传耳。

③虞卿：战国时人，赵国的上卿。主张连横抗秦，后来困顿于梁，在愁苦中著书。

【译文】

不仅心里要这样想，就连锻炼身体，也应该这样。比如夏天很闷热，明知道是因为房子矮小造成的，偏偏在骄阳下走上几步，再回到屋里，就会觉得暑气渐渐消散，不像先前那样严重了。如果畏惧房子狭小，就跑到宽敞的地方纳凉，回来以后，炎热就会加重十倍了。冬天很寒冷，明知是因为墙壁单薄造成的，就特意跑到风雪中走一次，再回到房子里，就会觉得寒气顿时减弱，不像刚才那么凛冽了。要是想避开原来房子的寒冷，就去深宅大院里取暖，回来以后，不知道要战栗成什么样子了。由此类推，所说的退步，到处都有，每个人都有，想到退步，快乐的心情就会产生。我是天地间受到困苦最多的人，没有死于忧愁，没在困顿流离中变得憔悴，都是用了这个方法。我还有毛笔这件东西，相伴终身，用它横扫千军是不能，用它扫除诸多忧虑却绰绰有余。但是如果不善于做退步，就是纸墨也能困住人。想来虞卿写书，也是用的这个方法，我能够公之于世，他却秘而不传。

【原文】

由亭长之说推之，则凡行乐者，不必远引他人为退步，即此一身，谁无过来之逆境？大则灾凶祸患，小则疾病忧伤。“执柯伐柯，其则不远。”取而较之，更为亲切。凡人一生，奇祸大难非特不可遗忘，还宜大书特书，高悬座右。其裨益于身

【注释】

①淑慎其身：语出《诗经》。淑慎：婉转而恭慎。

者有三：孽由己作，则可知非痛改，视作前车；祸自天来，则可止怨释尤，以弭后患；至于忆苦追烦，引出无穷乐境，则又警心惕目之余事矣。如曰省躬罪己，原属隐情，难使他人共睹，若是则有包含韫藉之法；或止书罹患之年月，而不及其事；或别书隐射之数语，而不露其详；或撰作一联一诗，悬挂起居亲密之处，微寓己意，不使人知，亦淑慎其身之妙法也[①]。此皆湖上笠翁瞒人独做之事，笔机所到，欲讳不能，俗语所谓“不打自招”者，非乎？

【译文】

由亭长这个例子推出，行乐的人，不必用别人作为自己的退步，就是自己，谁没有经过逆境？大到灾祸凶患，小到疾病忧伤，“执柯伐柯，其则不远”，拿来进行比较，更加亲切。人一生中的奇祸大难，不但不可以遗忘，还应该大书特书，高悬在座位右边。对于人的好处有三点：如果罪孽是自己造成的，就可以知错痛改，看做前车之鉴；若是祸从天降，就可以不必怨恨也不用忧愁，可以消除后患；至于追忆过去的困苦烦恼，引出无穷的快乐，又是警惕自心以外的事情了。如果说反省自身，归罪自身，这些是隐情，不想让别人看到。这里有掩饰的方法，可以只写遭遇灾祸的时间不提具体事件，或是另外写几条隐语，不写出详细情况，或写一副对联或一首诗，悬挂在起居常见的地方，暗中寄寓自己的心意，不让人知道，也是“淑慎其身”的好方法。这是我西湖李笠翁瞒着别人独自进行的事，顺笔写到，不能遮掩，这就是俗话说的不打自招吧！

春季行乐之法

【原文】

人有喜怒哀乐，天有春夏秋冬。春之为令，即天地交欢之候，阴阳肆乐之时也。人心至此，不求畅而自畅，犹父母相亲相爱，则儿女嬉笑自如，睹满堂之欢欣，即欲向隅而泣，泣不

【注释】

①并力：全力而为。闺帏：指房事。

出也。然当春行乐，每易过情，必留一线之余春，以度将来之酷夏。盖一岁难过之关，惟有三伏，精神之耗，疾病之生，死亡之至，皆由于此。故俗话云："过得七月半，便是铁罗法"，非虚语也。思患预防，当在三春行乐之时，不得纵欲过度，而先埋伏病根。花可熟观，鸟可倾听，山川云物之胜可以纵游，而独于房欲之事略存余地。盖人当此际，满体皆春。春者，泄尽无遗之谓也。草木之春，泄尽无遗而不坏者，以三时皆蓄，而止候泄于一春，过此一春，又皆蓄精养神之候矣。人之一身，能保一时尽泄而三时皆不泄乎？尽泄于春，而又不能不泄于夏，虽草木不能不枯，况人身之浮脆者乎？欲留枕席之余欢，当使游观之尽致。何也？分心花鸟，便觉体有余闲；并力闺帏[①]，易致身无宁刻。然予所言，皆防已甚之词也。若使杜情而绝欲，是天地皆春而我独秋，焉用此不情之物，而作人中灾异乎？

【译文】

人有喜怒哀乐，天有春夏秋冬。春天这个季节，是天地交流、阴阳会合的时候。人心到了这个时候，不想舒畅也会舒畅起来，就像父母相亲相爱，儿女自然会喜笑颜开。看到全场欢乐的气氛，就算想独自对着墙壁哭泣，也哭不出来。但是在春季行乐，会容易过度，一定要留一点精力，好度过将来的炎夏。因为一年中难过的关卡，只是在三伏天，损耗精神，产生疾病，以至于死亡都是在这个时候。所以俗话说："过得七月半，便是铁罗汉。"说得不假。考虑到危险要先预防，应该在春天行乐的时候，不得过度地放任自己的欲望，而埋下病根。花可以经常看，鸟鸣可以专心地听，山川云物的胜景，可以任意游览，只有对于房事，要有节制。因为人在这个时候，全身都是春。"春"，是泄尽无遗的意思。草木的春，泄尽了不会有损伤，是因为其他三个季节都在积聚，只在春天一个季节宣泄，过了春季，又是积聚的时候了。人的身体，能保证一个季节泄尽，而其他三个季节不泄吗？在春天已经泄尽了，在夏天又不能不泄，就是草木也会干枯，何况是非常脆弱的人的身体呢？想要保留枕席的欢乐，就应该在游览时尽兴。为什么？把心思分到花鸟上，就会觉得身体有空闲，把心思都花到房中，会让身体得不到一刻的休息。但是我所说的，都是防备过度的话。要是摒弃感情而且杜绝欲念，这是天地都是春就我一人是秋，何必要这样一个无情的人，成为人们的灾难呢？

夏季行乐之法

【原文】

酷夏之可畏，前幅虽露其端，然未尽暑毒之什一也。使天只有三时而无夏，则人之死也必稀，巫医僧道之流皆苦饥寒而莫救矣。止因多此一时，遂觉人身叵测，常有朝人而夕鬼者。《戴记》云："是月也，日长至，阴阳争，死生分。"危哉斯言！令人不寒而栗矣。凡人身处此候，皆当时时防病，日日忧死。防病忧死，则当刻刻偷闲以行乐。从来行乐之事，人皆选暇于三春，予独息机于九夏[①]。以三春神旺，即使不乐，无损于身；九夏则神耗气索，力难支体，如其不乐，则劳神役形，如火益热，是与性命为仇矣。《月令》以仲冬为闭藏[②]；予谓天地之气闭藏于冬，人身之气当令闭藏于夏。试观隆冬之月，人之精神愈寒愈健，较之暑气铄人，有不可同年而语（者）。凡人苟非民社系身，饥寒迫体，稍堪自逸者，则当以三时行事，一夏养生。过此危关，然后出而应酬世故，未为晚也。

【注释】

①息机：摆脱世务，休闲。九夏：夏季的九十天。

②闭藏：收藏。此指冬日宜聚精养神。

【译文】

关于酷暑的可怕，前面虽然已经谈到了一些，但还没有说出酷暑害处的十分之一。如果一年只有三个季节而没有夏季，那么就会少死很多人，巫医僧道这些人，都会饥寒交迫而没有人能救他们。只是因为多了这个季节，就让人觉得人生难料，常有早上还是人晚上就成了鬼的。《戴记》中说："这个月，白天达到最长，阴阳相争，死生分判。”这句话真是吓人啊，让人不寒而栗。人在夏天，都会时时防备生病，天天担心死亡。防病忧死，就应当随时找空闲来行乐。从来人们都选在春天的空闲时间行乐，我却特别选在夏天。因为在春天人们精神旺盛，即使不行乐，也不会损伤身体，夏天就会耗尽精神，力气很难支撑身体，如果不快乐，就会让身体和精神都劳累不堪，像给火加热一样，这就是跟自己的性命过不去了。《月令》里认为冬天应该闭藏。我说天地之气，应该在冬天闭藏，人的气力，应该在夏天闭藏。试看隆冬时节，人的精神，越冷越旺，比起暑气削弱人的体力，不能同日而语。人如果不是公事在身、饥寒迫体，稍有些资本轻闲的，就该在其他三个季节做事情，在夏天养息身体，渡过这个难关，然后再出来应酬事务，也还不迟。

【原文】

追忆明朝失政以后，大清革命之先，予绝意浮名，不干寸禄，山居避乱，反以无事为荣。夏不谒客，亦无客至，匪止头巾不设，并衫履而废之。或裸处荷之中，妻孥觅之不得；或偃卧长松之下，猿鹤过而不知。洗砚石于飞泉，试茗奴以积雪；欲食瓜而瓜生户外，思啖果而果落树头，可谓极人世之奇闲，擅有生之至乐者矣。后此则徙居城市，酬应日纷，虽无利欲熏人，亦觉浮名致累。计我一生，得享列仙之福者，仅有三年。今欲续之，求为闰余而不可得矣。伤哉！人非铁石，奚堪磨杵作针[①]；寿岂泥沙，不禁委尘入土。予以劝人行乐，而深悔自役其形。噫！天何惜于一闲，以补富贵荣之不足哉！

【注释】

①磨杵作针：此指人生苦短，不堪磨砺。

【译文】

我想到明朝灭亡，清朝创建之前，我对浮名不再有兴趣，不求任何官位，就躲到山中避乱，以没有事做为荣耀。夏天不拜访客人，也没有客人到来，不仅不用戴头巾，连衣服和鞋子也都不用。或是裸体躺在杂乱的荷叶之下，妻子儿女都找不到，或是躺卧在松树底下，猿猴和仙鹤飞过也看不到我。用飞泉洗砚台，拿积雪煮茶，想吃瓜，瓜就长在屋外，想吃果子，果子就从树上落下来，真是享尽了人世间的清闲，而且享受到了人生的最大快乐。后来迁居到城市中，应酬逐渐增多，虽然没有利欲熏心，也觉得浮名累人。算起来我的一生，享受到神仙之福的时光，只有那三年。现在想要继续那样的生活，哪怕一个月也不可能了。悲伤啊！人不是铁石，怎么能经受磨杵成针那样的损耗？寿命不是泥沙，不能轻易丢弃，我劝人行乐，却非常后悔自己让自己的身体劳累，唉！上天为什么吝惜那么点清闲，为什么不用它来弥补我富贵荣华的不足？

秋季行乐之法

【原文】

过夏徂秋，此身无恙，是当与妻孥庆贺重生，交相为寿者矣。又值炎蒸初退，秋爽宜人，四体得以自如，衣衫不为桎梏，此时不乐，将待何时？况有阻人行乐之二物，非久即至。二物维何？霜也，雪也。霜雪一至，则诸物变形，非特无花，亦且少叶；亦时有月，难保无风。若谓“春宵一刻值千金”，则秋价之昂，宜增十倍。有山水之胜者，乘此时蜡屐而游[①]，不则当面错过。何也？前此欲登而不可，后此欲眺而不能，则是又有一年之别矣。有金石之交者[②]，及此时朝夕过从，不则交臂而失。何也？褦襶阻人于前[③]，咫尺有同千里；风雪欺人于后，访戴何异登天？则是又负一年之约矣。至于姬妾之在家，一到此时，有如久别乍逢，为欢特异。何也？暑月汗流，求为盛妆而不得，十分娇艳，惟四五之仅存；此则全副精神，皆可用于青鬟翠黛之上。久不睹而今忽睹，有不与远归新娶同其燕好者哉？为欢即欲，视其精力短长，总留一线之余地。能行百里者，至九十而思休；善登浮屠者，至六级而即下。此房中秘术，请为少年场授之。

【注释】

①蜡屐：涂蜡于木屐。

②金石之交：比喻友情固如铁石。

③褦襶（nàidài）：遮日笠帽。

【译文】

经过夏天到了秋季，身体没有疾病，就该和妻子儿女庆贺新生，互相祝寿了。这时候暑气消退，秋爽宜人，四肢可以自如活动，衣服也不会成为累赘，这时不行乐，还要等到什么时候？何况还有阻碍人得到快乐的两样东西不久就要到来。这两样东西是什么？就是霜和雪。霜雪一到，万物就会变形，不仅没有花，叶子也少了，还可以经常看到月亮，却不能保证不起风。如果说"春宵一刻值千金"，那么秋天的价值，应该比春天还要高十倍。要是居住的地方有山水的美景，这时就应该穿上涂好蜡的鞋去游览，不然就错过了。为什么？因为在这以前想登临却做不到，以后想要观赏也做不到，再观赏就要再过一年了。有要好的朋友，应在这时朝夕相处，不然就会错过这个机会。为什么？因为在这以前暑气阻人，咫尺的距离就像远隔千里，以后风雪逼人，想要拜访朋友比登天还难。这就又负了一年的约定。至于家中的姬妾，一到这个时候，就像久别重逢，相处特别欢乐。为什么？因为夏天容易流汗，想要盛妆也不行，打扮得十分娇艳，也只剩下四五分，秋季则可以把全部的精神，都用在梳妆打扮上。长久不见她们盛妆，今天见了，能不像久别重见或是新娶一样，感情融洽吗？这时候行乐和节制欲望，要根据个人的情况，总要留下一些余地，能走百里的走九十里就考虑休息，有脚力善于登塔的到第六层就下来。这是房中秘术，让我教给年轻人。

冬季行乐之法

【原文】

冬天行乐，必须设身处地，幻为路上行人，备受风雪之苦，然后回想在家，则无论寒燠晦明，皆有胜人百倍之乐矣。尝有画雪景山水，人持破伞，或策蹇驴，独行古道之中，经过悬崖之下，石作狰狞之状，人有颠蹶之形者。此等险画，隆冬之月，正宜县挂中堂。主人对之，即是御风障雪之屏，暖胃和衷之药。若

【注释】

①杨国忠之肉屏：杨国忠冬天挑选肥胖的侍妾和婢女列在身前遮风取暖，称为"肉屏"。

杨国忠之肉屏[1]，党太尉之羊羔美酒[2]，初试和（或）温，稍停则奇寒至矣。善行乐者，必先作如是观，而后继之以乐，则一分乐境，可抵二三分，五七分乐境，便可抵十分十二分矣。然一到乐极忘忧之际，其乐自能渐减，十分乐境，只作得五七分，二三分乐境，又只作得一分矣。须将一切苦境，又复从头想起，其乐之渐增不减，又复如初。此善讨便宜之第一法也。譬之行路之人，计程共有百里，行过七八十里，所剩无多，然无奈望到心坚，急切难待，种种畏难怨苦之心出矣。但一回头，计其行过之路数，则七八十里之远者可到，况其少而近者乎？譬如此际止行二三十里，尚余七八十里，则苦多乐少，其境又当何如？此种想念，非但可为行乐之方，凡居官者之理繁治剧，学道者之读书穷理，农工商贾之任劳即勤，无一不可倚之为法。噫！人之行乐，何与于我，而我为之嗓敝舌焦，手腕几脱。是殆有媚人之癖，而以楮墨代脂韦者乎[3]？

②党太尉之羊羔美酒：党进，宋代人，官居太尉。有家姬名辟寒，后成为陶谷的妾。一日大雪，陶谷命取雪水烹茶，问道："党家有此景否？"辟寒回答说："彼粗人，安识此景？但能于销金帐下，浅斟低唱，饮羊羔美酒耳。"

③脂韦：脂，油脂。韦，软皮或特指牛皮。比喻圆滑，阿谀于人。

【译文】

冬季行乐，必须设身处地地将自己想象成路上的行人，受尽了风雪之苦，然后回想自己在家里，这样就无论天气是寒是暖、是阴是晴，都能比别人快乐百倍。有的山水雪景画，画中的人拿把破伞，或者骑着瘸驴，独自在古道中行走，经过悬崖下面，石头都变得狰狞，人好像随时都会摔倒。这样可怕的画面，在隆冬的时候，正适合挂在大厅中。主人面对着它，它就像是挡风雪的屏风，暖肠胃的药物，像杨国忠的肉屏，党太尉的羊羔美酒，刚开始的时候觉得很温暖，稍等一下就觉得出奇的寒冷。善于行乐的人，必须要这样想，然后再行乐，那么一分的快乐，可以抵得上两三分，五七分的快乐，就能抵得上十分十二分了。但是一到了极乐忘忧的时候，这种快乐又会自然地逐渐减少，十分的快乐，只抵得上五七分，二三分的快乐，只抵得上一分了。必须将一切的痛苦情形，再从头想起，那么快乐才会逐渐增加不会减少，又像当初一样了。这是讨便宜的最好方法。就像行路的人，要走的路程总共是一百里，走过七八十里，所剩不多，但是期望很快到达，心里非常急切，一些畏难怕苦的念头就会产生了。但是回头计算一下走过的路程，七八十里都能够走到，何况这又少又近的路呢？如果这时只走了二三十里还有七八十里没走，那么就是苦多乐少，这种情况又该怎么办呢？这种想法，不仅是行乐的方法，凡是做官处理繁杂的事务，做学问的人读书推究事理，农工商贾的勤苦劳累，都可以用这种方法获得快乐！唉！别人的行乐，跟我有什么关系？我却说得笔秃舌干，手腕都快脱臼了，可能是我有取媚别人的癖好，写起东西才是这样吧！

随时即景就事行乐之法

【原文】

行乐之事多端，未可执一而论。如睡有睡之乐，坐有坐之乐，行有行之乐，立有立之乐，饮食有饮食之乐，盥栉有盥栉之乐，即袒裼裸裎、如厕便溺，种种秽亵之事，处之得宜，亦各有其乐。苟能见景生情，逢场作戏，即可悲可涕之事，亦变欢娱。如其应事寡才，养生无术，即征歌选舞之场，亦生悲戚。兹以家常受用，起居安乐之事，因便制宜，各存其说于左①。

【注释】

①左：古人书写为从右至左竖写，下文在左，故有此说。

【译文】

行乐的事情多种多样，不能一概而论。比如睡有睡的快乐，坐有坐的快乐，行有行的快乐，站有站的快乐，饮食有饮食的快乐，梳洗有梳洗的快乐，就算是袒胸裸体、上厕所这些猥亵的事，处理得当，也是有值得快乐的地方。如果能见景生情，逢场作戏，就算是可悲可泣的事，也会变成快乐的事。要是缺乏应付事情的才能，没有养生的方法，就是在观赏歌舞的地方，也会感到悲伤。现在就把家里日常生活中，有关起居安乐的事情，根据不同的情况，分别介绍如下。

饮

【原文】

宴集之事，其可贵者有五：饮量无论宽窄，贵在能好；饮伴无论多寡，贵在善谈；饮具无论丰啬，贵在可继；饮政无论宽猛，贵在可行；饮候无论短长，贵在能止。备此五贵，始可与言饮酒之乐；不则曲糵宾朋，皆凿性斧身之具也[①]。

【注释】

①凿性斧身：戕害身心。

【译文】

宴会上有五点可贵的地方：酒量不论大小，贵在能喝好；一同饮酒的人不论多少，贵在善于交谈；酒菜不在丰盛与否，贵在能持续不断；酒令不论宽严，贵在可行；喝酒的时间不在长短，贵在能停止。有了这五种可贵的地方，才能谈饮酒的快乐，不然酒和朋友都成了伤害身体和心性的东西了。

【原文】

予生平有五好，又有五不好，事则相反，乃其势又可并行而不悖。五好、五不好维何？不好酒而好客；不好食而好谈；不好长夜之欢，而好与明月相随而不忍别；不好为苛刻之令，而好受罚者欲辩无辞；不好使酒骂坐之人，而好其于酒后尽露肝膈。坐此五好、五不好，是以饮量不胜蕉叶[①]**，而日与酒人为徒。近日又增一种癖好、癖恶：癖好音乐，每听必至忘归；而又癖恶座客多言，与竹肉之音相乱**[②]。

【注释】

①蕉叶：酒杯名。

②竹肉之音：丝竹管弦之音和自然歌唱之音。

【译文】

我生平有五种爱好，又有五种不喜好。这虽然是相反的，但又并行不悖。五种爱好和五种不喜好是什么？不好酒却好客；不好吃却好谈；不好长夜喝酒，却好赏月不忍离去；不好设置苛刻的酒令，却好让受罚的人没得反驳；不好借酒使性的人，却好在酒后吐露真情的人。因为有这五种爱好和五种不喜好，所以酒量不高却整天跟酒徒在一起。最近又增加了一种癖好、一种癖恶：癖好就是爱听音乐，经常听到忘记回家；而癖恶是讨厌酒席上客人多话，扰乱音乐美好的声音。

【原文】

饮酒之乐，备于五贵、五好之中，此皆为宴集宾朋而设。若在（夫）家庭小饮与燕闲独酌，其为乐也，全在天机逗露之中，形迹消忘之内。有饮宴之实事，无酬酢之虚文[①]。睹儿女笑啼，认作斑斓之舞；听妻孥劝诫，若闻金缕之歌。苟能作如是观，则虽谓朝朝岁旦[②]，夜夜无宵可也。又何必座客常满，樽酒不空，日藉豪举以为乐哉[③]？

【注释】

①酬酢：主客互相敬酒。

②岁旦：新年。岁，年。旦，开始。

③藉：凭借，依靠。举：行为，举动。

【译文】

饮酒的快乐，在五贵、五好里已经记录全面，这都是针对宴请朋友而讲的。若是家庭小酌或是闲居独饮的快乐，都在天机显露和纵情忘形之中。有饮宴的实际，而没有应酬的虚假客套。看到儿女们笑和哭，就当做斑斓绚丽的舞蹈，听妻子劝诫，像听到金属乐器和丝竹的音乐。如果能这样看待，就说天天都是新年，夜夜都是元宵节也可以。为什么还要客人满座，酒杯不空，每天依靠豪放的行为来取乐呢？

谈

【原文】

读书，最乐之事，而懒人常以为苦；清闲，最乐之事，而有人病其寂寞。就乐去苦，避寂寞而享安闲，莫若与高士盘桓，文人讲论。何也？“与君一席话，胜读十年书。”既受一夕之乐，又省十年之苦，便宜不亦多乎？“因过竹院逢僧话，又得浮生半日闲。”既得半日之闲，又免多时之寂，快乐可胜道乎？善养生者，不可不交有道之士；而有道之士，多有不善谈者。有道而善谈者，人生希觏，是当时就口招，以备开聋启聩之用者也。即云我

【注释】

①挥麈（zhǔ）：晋人清谈时，每执麈尾挥动，以为谈助，后人因称谈论为挥麈。麈，古书上指麈一类动物的尾巴所做的拂尘。

能挥麈[1]，无假于人，亦须借朋侪起发，岂能若西哉之钟虡，不叩自鸣者哉？

【译文】

读书是最快乐的事，懒人却常觉得辛苦；清闲也是最快乐的事，有人却嫌寂寞。选择快乐逃避辛苦，逃避寂寞而享受安闲，都不如与隐士文人交往谈论，为什么呢？"与君一席话，胜读十年书。"既享受一晚的快乐，又省去十年的辛苦，这不是太便宜了吗？"因过竹院逢僧话，又得浮生半日闲。"既得到半日清闲，又免去长时间的寂寞，这种快乐说得完吗？善于养生的人，不能不结交有道德修养的人，这些有道德修养的人，大都不善言辞。生活中很难遇到有道德修养又善于交谈的人，对于这种人应该经常接近，通过他们启发自己的聪明才智。即使我自己也能讲玄妙的道理，不需要依靠别人，也必须通过朋友的激发，难道能像西域的自鸣钟，不敲就自己响起来吗？

沐 浴

【原文】

盛暑之月，求乐事于黑甜之外[1]，其惟沐浴乎？潮垢非此不除，浊污非此不净，炎蒸暑毒之气亦非此不解。此事非独宜于盛夏，自严冬避冷，不宜频浴外，凡遇春温秋爽，皆可借此为乐。而养生之家则往往忌之，谓其损耗元神也。吾谓沐浴既能损身，则雨露亦当损物，岂人与草木有二性乎？然沐浴损身之说，亦非无据而云然。予尝试之。试于初下浴盆时，以未经浇灌之身，忽遇澎湃奔腾之势，以热投冷，以湿犯燥，几类水攻。此一激也，实足以冲散元神，耗除精气。而我有法以制（处）之：虑其太激，则势在尚缓；避其太热，则利于用温。解衣磅礴之秋，先调水性，使之略带温和，由腹及胸，由胸及背，惟其温而缓也，则有水似乎无水，已浴同于未浴。俟与水性相习之后，始以热者投之，频浴频投，频投频搅，使水乳交融而不觉，渐入佳境而莫知，然后纵横其势，反侧

【注释】

①黑甜：睡觉之中。

②置喙（huì）：发言，评论。

其身，逆灌顺浇，必至痛快其身而后已。此盆中取乐之法也。至于富室大家，扩盆为屋，注水于池者，冷则加薪，热则去火，自有以逸待劳之法，想无俟贫人置喙也②。

【译文】

盛夏里，酣睡以外的快乐的事情，只有沐浴了。只有沐浴，汗垢才能除去，污垢才能清洗干净，炎热酷毒的暑气才能消除。沐浴不仅适宜在盛夏，除了严冬季节为了防备寒冷，不适宜经常洗澡以外，在春暖秋爽的时候，都可以通过沐浴得到快乐。养生家往往忌讳沐浴，说沐浴损耗元气。我认为如果沐浴能损害人的身体，那么雨露也应该会损害万物，难道人和草木有本质上的不同吗？但是沐浴损害身体的说法，也不是没有根据的。我来试着解释一下。在刚下浴盆的时候，身体还没淋湿，突然进入一大盆滚热的水中，把热的身体放到冷水中，让水侵犯干燥的身体，身体就像面对水攻一样，这样一个刺激，的确可以冲散元神，耗损精气。

我有个解决的办法，如果担心冲水太突然，就慢慢进入，防止水温太高，就用温水。在脱衣服以前，要先调好水温，让水比较温和，从腹到胸，从胸到背，用温和的水慢慢地洗，有水也像没有水，已在沐浴就像还没洗。等到身体适应之后，再加热水，多次加入，边加边搅，让温水和热水交融人却感觉不到，渐入佳境还不知道。然后随意变换身体的姿势，或横或竖，顺浇或逆浇，直到身体很痛快为止。这是浴盆中取乐的方法。至于富有的大户人家，可以把浴盆弄成房间那么大，往池子里注水，冷了就加柴火，热了就熄掉火，自然有以逸待劳的方法，想来不需要穷人来指导。

听琴观棋

【原文】

弈棋尽可消闲，似难借以行乐；弹琴实堪养性，未易执此求欢。以琴必正襟危坐而弹，棋必整槊横戈以待。百骸尽放之时，何必再期整肃？万念俱忘之际，岂宜复较输赢？常有贵禄荣名付

【注释】

①箪：竹或苇制的盛饭容器。豆：古代盛食物的陶器。

之一掷，而与人围棋赌胜，不肯以一着相饶者，是与让千乘之国，而争箪食豆羹者何异哉[1]？故喜弹不若喜听，善弈不如善观。人胜而我为之喜，人败而我不必为之忧，则是常居胜地也；人弹和缓之音而我为之吉，人弹噍杀之音而我不必为之凶[2]，则是长为吉人也。或观听之余，不无技痒，何妨偶一为之，但不寝食其中而莫之或出，则为善弹善弈者耳。

②噍杀之音：急促之音。

【译文】

下棋完全可以用来消闲，但很难借下棋行乐；弹琴确实可以养性，却很难靠弹琴寻欢。因为弹琴时一定要正襟危坐，下棋一定要严阵以待。身体完全放松的时候，何必再求端正严肃，万念俱忘的时候，怎么能再计较输赢？常有人功名利禄都可以轻易抛弃，而跟人下棋争胜时，却不肯让一招棋，这跟出让千乘的大国，却争夺一碗豆羹有什么区别呢？所以喜欢弹琴不如喜欢听琴，善于下棋不如善于看棋。人家赢了我为他高兴，人家输了我也不必为他忧愁，这样就会永远在胜利中了。人家弹缓和的音乐我认为吉利，人家弹肃杀的音乐我也不必认为是凶兆，这就是总能做一个处在吉祥中的人。有时在看棋听琴之余，不免技痒，也可以偶尔下下棋弹弹琴，只要别沉浸其中废寝忘食、流连忘返，就是善于对待弹琴和下棋的人了。

看花听鸟

【原文】

花鸟二物，造物生之以媚人者也。既产娇花嫩蕊以代美人，又病其不能解语，复生群鸟以佐之。此段心机，竟与购觅红妆，习成歌舞，饮之食之，教之诲之以媚人者，同一周旋之至也。而世人不知，目为蠢然一物，常有奇花过目而莫之睹，鸣禽悦耳而莫之闻者。至其捐资所购之姬妾，色不及花之万一，声仅窃鸟之绪余，然而睹貌即惊，闻歌辄喜，为其貌似花而声似鸟也。噫！贵似贱真，与叶公之好龙何异？予则不然。每值花柳争妍之日，

【注释】

①佞佛：迷信佛。佞，用花言巧语谄媚。

②不负：对得起。

飞鸣斗巧之时，必致谢洪钧，归功造物，无饮不奠，有食必陈，若善士信妪之佞佛者[1]。夜则后花而眠，朝则先鸟而起，惟恐一声一色之偶遗也。及至莺老花残，辄怏怏如有所失。是我之一生，可谓不负花鸟[2]；而花鸟得予，亦所称“一人知己，死可无恨”者乎！

【译文】

花、鸟这两种东西，是造物主用来讨好人的东西。用娇嫩的花朵代替美人，又嫌它不能说话，就又有了各种鸟类辅助它。这个心机，跟寻找购买美女，教她们歌舞，抚养调教让她们取媚别人，是同样的婉转周到。然而世人不能了解，把花鸟看成愚蠢的东西，经常有人遇到奇花却看不到，鸟鸣悦耳却听不到。至于花钱购买的姬妾，美色还不及花的万分之一，声音只能算鸟鸣声中最难听的，人们却看到她容貌就惊叹，听到她唱歌就喜欢，因为她容貌像花而歌声像鸟。唉！轻视真的事物却重视同它相似的东西，这跟叶公好龙有什么区别？我就不是这样。每到花柳和飞禽争奇斗巧的时候，一定会感谢造物主，将功劳归于造物主，一喝酒就祭奠，有了食物一定要摆列出来祭祀，就像善男信女拜佛一样。晚上比花睡得还晚，早上比鸟起得还早，就怕遗漏了一种鸟的叫声或一种花的美丽。到了黄莺老去、百花凋谢的时候，就会若有所失。我这一生，可以算是对得起花鸟，而花鸟得到我，也可以算是“有一个人做知己，死也可以没有遗憾”了吧！

止忧第二

【原文】

忧可忘乎？不可忘乎？曰：可忘者非忧，忧实不可忘也。然则忧之未忘，其何能乐？曰：忧不可忘而可止，止即所以忘之也。如人忧贫而劝之使忘，彼非不欲忘也，啼饥号寒者迫于内，课赋索逋者攻于外[①]，忧能忘乎？欲使贫者忘忧，必先使饥者忘啼，寒者忘号，征且索者忘其逋赋而后可，此必不得之数也。若是，则“忘忧”二字徒虚语耳。犹慰下第者以来科必发[②]，慰老而无嗣者以日后必生，迨其不发不生，亦止听之而已，能归咎慰我者而责之使偿乎？

语云：“临渊羡鱼，不如退而结网。”慰人忧贫者，必当授以生财之法；慰人下第者，必先予以必售之方[③]；慰人老而无嗣者，当令蓄姬买妾，止妒息争，以为多男从出之地。若是，则为有裨之言，不负一番劝谕。止忧之法，亦若是也。忧之途径虽繁，总不出可备、难防之二种，姑为汗竹[④]，以代树萱。

【注释】

①课赋索逋者：征收税赋和追索拖欠赋税的人。逋，拖欠。

②下第：科举考试落榜。发：科举考试上榜。

③必售之方：一定可以考取上榜之法。

④汗竹：即汗青，汗简。引申为著述。

【译文】

忧愁能忘记吗？忧愁不能忘记吗？我说，可以忘记的不是忧愁，忧愁其实是不能忘记的。但是没有忘记忧愁，又怎么能快乐呢？我说忧愁不能忘记却可以停止，停止就是忘记的方法。像有人为贫穷忧愁，劝他忘记忧愁，他不是不想忘记，啼饥号寒的孩子在家里，催税讨债的人在屋外，怎么能忘记忧愁呢？想让穷人忘记忧愁，一定要先让饥饿和寒冷的人忘记哭喊，征税讨债的人忘记索取才行，这又是不可能的。这样，“忘忧”这两个字就只是空话。就像安慰落榜的人下次科考一定会中，安慰到老还没有后代的人将来一定会生孩子一样，到了他不生孩子也没有中榜时，还是会听到这些话，又怎能归罪于安慰我的人还让他补偿呢？

古人说："临渊羡鱼，不如退而结网。"安慰忧虑贫穷的人，一定要教他生财的方法；安慰落榜的人，一定要先教他中举的方法；安慰老了还没有后代的人，应该让他蓄养姬妾，禁止争风吃醋，为生养子女做准备。这样，就是有益的话，不白费一番安慰。停止忧愁的方法，也就是这样了。忧愁的形式有很多，总不超过可以防备和难以防备两种，我姑且做些记录，来为人们解忧愁。

止眼前可备之忧

【原文】

拂意之境，无人不有，但问其易处不易处，可防不可防。如易处而可防，则于未至之先，筹一计以待之。此计一得，即委其事于度外，不必再筹[1]，再筹则惑我者至矣。贼攻于外而民扰于中，其可防乎？俟其既至，则以前画之策[2]，取而予之[3]，切勿自动声色。声色动于外，则气馁于中。此以静待动之法，易知亦易行也。

【注释】

①筹：筹划，考虑。

②画：通"划"，谋划，筹划。

③予：对付。

【译文】

不顺心的事，谁都会有，要看它是否容易处理，是否可以预防。如果容易处理而且可以预防，那就在发生前，先准备一个应对的对策。这个对策想好，就把忧愁的事放在一边，不必再考虑，再考虑就会产生疑惑了。就像一个国家，匪徒在城外攻打，人民在城中扰乱，这能够抵御吗？等事情发生，就用先前筹划的对策对付，千万不可以自己露出声色，声色流露出来，心里就会气馁。这是以静待动的方法，容易明白也容易运用。

止身外不测之忧

【原文】

不测之忧，其未发也，必先有兆。现乎蓍龟[1]，动乎四体者，犹未必果验。其必验之兆，不在凶信之频来，而反在吉祥之事之

【注释】

①蓍(shī)龟：蓍草与龟甲。古代占卜用具。

太过。乐极悲生，否伏于泰[②]，此一定不移之数也。命薄之人，有奇福，便有奇祸；即厚德载福之人，极祥之内，亦必酿出小灾。盖天道好还，不敢尽私其人，微示公道于一线耳。达者如（处）此，无不思患预防，谓此非善境，乃造化必忌之数，而鬼神必瞷之秋也[③]。萧墙之变，其在是乎？止忧之法有五：一曰谦以省过，二曰勤以砺身，三曰俭以储费，四曰恕以息争，五曰宽以弥谤。率此而行，则忧之大者可小，小者可无；非循环之数，可以窃逃而幸免也。只因造物予夺之权，不肯为人所测识，料其如此，彼反未必如此，亦造物者颠倒英雄之惯技耳。

②否伏于泰：不顺之境隐伏在通泰之时。否、泰，分别代表困境与顺境。

③瞷（jiàn）：窥视。

【译文】

不可预料的忧患，在发生之前，一定会有征兆。在占卜中表现出来的或是表现在身体上的征兆，不一定应验。一定应验的征兆，不是不好的消息频繁出现，而是吉祥的事情太多。乐极生悲，不幸埋藏在幸运之中，这是不会变的事情。命薄的人有奇福，就会有奇祸；就是德厚有福的人，在极大的吉祥之下，也会出现小灾。因为上天公正，不会完全偏爱一个人，也会在他身上出现小小的灾祸以显示公道。睿智的人对这种事，都会考虑到忧患而且进行预防，认为这不是好事，是上天一定会忌妒、鬼神一定会窥视的事情。身边的灾祸，就是从这里引起的吧！防止忧愁的方法有五种：一是虚心检查自己的过失；二是勤奋磨炼自己；三是节俭要有积蓄；四是要宽恕别人防止争斗；五是要宽厚待人消除诽谤。照这样做，那么，大的忧愁可以化小，小的忧愁可以化无，这不是天道循环的定数，是可以规避幸免的。只是造物主生杀予夺的大权，不肯让人识破，预料它会这样，它不一定这样，这是造物颠倒戏弄英雄惯用的伎俩。

调饮啜第三

【原文】

《食物本草》一书，养生家必需之物。然翻阅一过，即当置之。若留匕箸之旁，日备考核，宜食之物则食之，否则相戒勿用，吾恐所好非所食，所食非所好，曾皙睹羊枣而不得咽①，曹刿鄙肉食而偏与谋②，则饮食之事亦太苦矣。尝有性不宜食而口偏嗜之，因惑《本草》之言，遂以疑虑致疾者。弓蛇之为祟，岂仅在形似之间哉？“食色，性也。”欲藉饮食养生，则以不离乎性者近是。

【注释】

①羊枣：果名。熟后似羊屎，故名。

②曹刿鄙肉食而偏与谋：指曹刿鄙视食肉的官员却与他们谋事。

【译文】

《食物本草》一书，是养生家必备的东西，但是人们翻阅一遍，就该放到一边，要是放在饭桌上，每天进行查对，适宜吃的东西才吃，不适宜吃的就互相告诫不要吃，我就怕所喜欢的吃不上，所吃的不是喜欢的，就像曾皙看到羊枣而不能吃，曹刿鄙弃肉食却偏偏让他吃，那么饮食这件事就太苦了。有人身体不适宜吃某种东西心里却偏偏喜欢，又担心《本草》上的话，结果是因为疑虑生病了。杯弓蛇影会给人带来灾祸，难道就是因为两者外形相似吗？“食色，性也。”要想借饮食养生，就应该不违背人的本性。

太饥勿饱

【原文】

欲调饮食，先匀饥饱。大约饥至七分而得食，斯为酌中之度，先时则早，过时则迟。然七分之饥，亦当予以七分之饱，如田畴之水，务与禾苗相称，所需几何，则灌注几何，太多反能伤稼，此平时养生之火候也。有时迫于繁冗，饥过七分而不得食，

遂至九分十分者，是谓太饥。其为食也，宁失之少，勿犯于多。多则饥饱相搏而脾气受伤，数月之调和，不敌一朝之紊乱矣。

【译文】

要调节饮食，先调节饥饱。大概饿到七分就应该吃东西，这是合适的，在这以前太早，在这以后又太迟。但是七分饿，也应该吃到七分饱。像田畴里的水，一定要跟禾苗相称，需要多少，就灌注多少，太多反而会伤害到庄稼。这是平时养生的火候。有时因为繁忙的工作，饿过了七分还不能吃饭，以至于饿到了九分十分时，就是饿过头了。这时吃东西，宁可吃少点，也不能吃得太多，太多饥饱相交，使脾胃受伤，几个月的调节也抵不过这一日的紊乱。

太饱勿饥

【原文】

饥饱之度，不得过于七分，是已。然又岂无饕餮太甚[1]，其腹果然之时[2]？是则失之太饱。其调饥之法，亦复如前，宁丰勿啬。若谓逾时不久，积食难消，以养鹰之法处之，故使饥肠欲绝，则似大熟之后，忽遇奇荒。贫民之饥可耐也，富民之饥不可耐也，疾病之生，多由于此。从来善养生者，必不以身为戏。

【注释】

①饕餮（tāotiè）：传说为一种贪食的恶兽。后借指贪食。

②果然：吃得很饱的样子。

【译文】

饥饱的程度，不能超过七分，是对的，但是难道没有过分贪吃，将肚子撑得饱饱的时候吗？这样就是吃得太饱了。调节的方法也跟前面说的一样，宁可吃得多一点，不能吃得太少。要是觉得过的时间不长，积累的食物不能消化，就用养老鹰的方法，故意让自己饿到饥肠辘辘，就像一次大丰收后突然遇到严重的荒年。穷人的饥饿可以忍耐，富人的饥饿就不能忍耐了，疾病的产生，大多是因为这个。从来擅长养生的人，一定不会拿自己的身体当儿戏。

怒时哀时勿食

【原文】

喜怒哀乐之始发，均非进食之时。然在喜乐犹可，在哀怒则必不可。怒时食物易下而难消①，哀时食物难消亦难下②，俱宜暂过一时，候其势之稍杀。饮食无论迟早，总以入肠消化之时为度。早食而不消，不若迟食而即消。不消即为患，消则可免一餐之忧矣。

【注释】

①消：消化。

②下：下咽。

【译文】

喜怒哀乐刚刚发生，都不是进食的时候，但是喜乐的时候还好，在悲伤和愤怒的时候就一定不要进食。发怒时吃的东西，容易咽下却很难消化，悲伤时吃的食物，难消化也难下咽。都应该先等一段时间，等到悲伤或愤怒的情绪稍微平静些。饮食不论早还是晚，总是以进入肠道消化的时间为尺度。早吃来保证消化，不如迟些吃马上消化。不消化是个问题，消化了就不用担心这一顿出问题了。

倦时闷时勿食

【原文】

倦时勿食，防瞌睡也。瞌睡则食停于中，而不得下。烦闷时勿食，避恶心也。恶心则非特不下，而呕逆随之。食一物，务得一物之用。得其用则受益，不得其用，岂止不受益而已哉！

【译文】

疲倦时不要进食，是为了防止瞌睡，睡着了食物就会停在胃里下不去。烦闷时不要进食，是为了避免恶心，恶心时不但不能咽下而且会呕吐出来。吃一种东西，一定要发挥它的作用，发挥作用人才会受益，发挥不了作用，人不但不受益，还会受害。